长安集

菊香斋诗文钞

胡安顺 著

中国社会科学出版社

图书在版编目(CIP)数据

菊香斋诗文钞/胡安顺著. —北京:中国社会科学出版社,
2021.1

ISBN 978-7-5203-7296-1

Ⅰ.①菊… Ⅱ.①胡… Ⅲ.①诗词—作品集—中国—当代
Ⅳ.①I227

中国版本图书馆 CIP 数据核字(2020)第 180248 号

出 版 人	赵剑英
责任编辑	杨 康
责任校对	王佳玉
责任印制	戴 宽

出 版	中国社会科学出版社
社 址	北京鼓楼西大街甲 158 号
邮 编	100720
网 址	http://www.csspw.cn
发 行 部	010-84083685
门 市 部	010-84029450
经 销	新华书店及其他书店

印 刷	北京明恒达印务有限公司
装 订	廊坊市广阳区广增装订厂
版 次	2021 年 1 月第 1 版
印 次	2021 年 1 月第 1 次印刷

开 本	710×1000 1/16
印 张	23
插 页	2
字 数	213 千字
定 价	88.00 元

《长安集》序

胡安顺

  《长安集》者，《菊香斋诗文钞》《承心堂诗文钞》《宝镌堂诗文钞》三部诗文集之丛聚也。作者胡安顺、许晓春、余志海三人，年齿不同，经历不同，所学所业抑或不同，然同系陕西师范大学教师则一，同系陕西省诗词学会理事则一，同好中国古代诗词且数十年笔耕不辍则一。今幸乘弘扬传统优秀文化之东风，各裒集拣选历年镂心之作，按体分类，顺时编次，复加推敲，相约成套以付梓，以飨同志，且了却平生文心好古之愿，实乃吾辈作者之快事，亦所在学校、学会之美事也。各部所收均以诗词为主，诗论为辅，内容多寡则互有不同。《菊香斋诗文钞》诗词而外，酌收赋记对联若干；《承心堂诗文钞》兼收古风律诗，重在律绝，尤重五言；《宝镌堂诗文钞》唯收律诗，五言七言，律绝并重，稍加注释。

  陕西远绍周秦古韵，汉唐高风，历为文运之圣地，鸿儒接踵，诗人如云，仅以唐代秦籍名家为例，苏颋、王昌龄、张志和、韦应物、杜牧诸人，或为文章大手笔，或为边塞七绝之圣手，或为山水田园之瑰才，或为咏史抒怀之冠军，各领一代风骚，平地起风浪，触手尽成春。而今陕西依然雄踞文化大省之列，古韵流风，俊彩星驰。以诗而论，社团林立，妙手成群，佳作泉涌，品类丛生，格调清新，声播九州。《长安集》仅为近年古体作品之一束，共收诗作逾千首，赋记诗论近百篇，对联近百副，若以一校一会而论，其量似可略备其数矣。至若品质之优劣，岂敢标许风裁，自高声名，有待君子定价，更期后世知音臧否取舍矣。

夫诗或有以一首而驰誉者，如唐崔护《题都城南庄》、金昌绪《春怨》、张若虚《春江花月夜》，或有多达数万首而无名者，如乾隆皇帝，故曰好诗在质高不在量高。童子跳绳，虽多量而无高度，可以为鉴。诗人或有少年成名者，如唐王勃、骆宾王、宋王禹偁诸人，或有年老而才尽思竭者，如南朝江淹，故曰好诗在老成不在老年。《沧浪诗话》云："诗有别才，非关书也。诗有别趣，非关理也。"今补曰："诗有别情，非关年也。"古今时代有别而江山无异，风景不殊，甚或今胜于昔，如泰山、庐山、黄河、长江、长安、咸阳、曲江、辋川、乐游原、大雁塔、黄鹤楼、鹳雀楼、滕王阁等，古人借以妙笔生花，绝唱千古，今人面对同样之山川日月楼台亭阁，吟咏无数，然竟无一首超乎前贤者，其故何也？是世异则事异也，非古人尽善而今人全不能也，故曰好诗在风气不在风景。气存则日月生辉，万物有灵；风去则天地无情，山河失色。大凡佳作，无不用词轻巧，通晓自然，思致含蓄，意趣盎然，凡属劣品，大多用词生硬，言大语塞，文理浅俗，意趣索然，故曰好诗在巧劲不在狠劲，所谓"用意十分，下语三分，可几《风》《雅》"。歌唱忌声野，野则难为听，书法忌力猛，猛则难为观，诗亦如之。唐人名作，常有用字重复者，如王维《鸟鸣涧》、李白《静夜思》、崔颢《黄鹤楼》等，亦有不合律者，如李白《送孟浩然之广陵》、杜甫《暮归》、张志和《渔父》、韦应物《滁州西涧》等，故曰好诗在意胜不在词工。所谓"炼句不如炼字，炼字不如炼意""造意者难为工也"。诗之用不唯在抒发个人情感，更在于关注社会现实，映射百姓甘苦，补缺救失，讽喻导扬，所谓"兴观群怨""正得失，动天地，感鬼神"者是也。倘若全无家国情怀，逃避现实，脱离生活，笔触仅囿于个人屑屑琐事，其作品又岂能与读者共鸣哉？故曰好诗在题材不唯诗才。《风》《雅》之旨，建安风骨、元和意趣，是为明鉴，以此为戒，庶几有年。

以上六事，乃《长安集》作者数十年创作之心得也，且内省外鉴，去躁戒浮，以古为师，与古为新，力学躬行，故能日有所进，月有所得，聚沙成堆，集腋成裘。

今不揣简陋，出而示之，以期与我同志共勉，为中华民族复兴之伟业做出贡献也。

陕西师范大学历来重视弘扬传统优秀文化事业，资助是集出版，即为明证。值是集付梓之际，谨向有关部门及工作人员表示由衷感谢，同时向中国社会科学出版社及本集编辑表示诚挚谢意。

己亥新秋于陕西师范大学菊香斋

自　序

胡安顺

　　众师友垂青于吾诗文，以为多可娱目，或有能传之后世者。吾自知此属抬爱褒励之语，不可信以为真，闻酒既醉。未能名噪于今日，又安得传之后世哉？立意谋篇，志在自赏。随俗雅化，非吾所长。意短言乖，颇离摛文之道；铺采忘时，或失风人之旨。人有所嘱，勉力承乏，常怀举鼎之忧。与友唱和，得意属词，每惧伤雅之议。有道是名噪有因，数合六德：一曰居高者名，日月之悬，万众仰之；二曰得势者名，虎啸山林，百兽惊骇；三曰合时者名，雄鸡一唱，天下皆白。四曰应世者名，诸子争鸣，群星璀璨。五曰用事者名，木铎之振，声播八荒。六曰鼓噪者名，夏蝉之鸣，震耳欲聋。六者得一而火，惜乎在吾全缺。《春秋》之义曰："太上有立德，其次有立功，其次有立言。"此乃不朽之论，是良史之所难。《大风》云飞，据其高也。《典论》雷鸣，得其势也。马迁勇非高祖，名成《史记》，合其时也。韩愈攘斥佛老，张皇幽眇，应其世也。元白唱和，无意矜伐，为事而作。竹林放歌，纵酒谈玄，非噪而何？《风》《雅》情真，怨诽而不乱，屈子嗣响；建安风骨，刚健而超迈，夸父难追。韩柳文章，千年不朽；李杜诗篇，万古流芳。秦皇感悟《谏逐客》，童子解吟《长恨歌》，春江一曲花月夜，岳阳楼上抒忧乐。吾文不足以济世，诗不足以美俗，信好古而失时，但论事而忘言。且商州山人，秦陇衣冠，抱残守缺，顾后瞻前。思囿于陋室，声不过潼关，语转瞬则即逝，情随年而递迁。贫贱则慑于冻饿，富贵则流于逸乐。此所谓井蛙不可以语于海者，拘于虚也；夏虫不可以语于冰者，笃于时也。是以藏拙守默，寂静安然，一旦出谷，唯恐哗然。虽然，吾弱冠弄翰，顾盼自雄。春秋代序，数十年矣。敝帚千金，尚自珍矣。诗赋杂论，各有所积；存舍之际，或有一得。今裒集成册，以飨同好，贻我后昆。至若博雅君子，诗文圣手，羞于示焉。烧薪覆瓿，势所不免；传之其人，何敢望焉。

己亥新秋于陕西师范大学菊香斋

（此文曾载《陕西诗词》2019 年第 4 期）

目　录

上编　诗词对联

一　古体诗 ……………………………………（ 3 ）

二　五言律诗 …………………………………（19）

三　五言绝句 …………………………………（23）

四　七言律诗 …………………………………（28）

五　七言绝句 …………………………………（61）

六　词 …………………………………………（115）

七　对联 ………………………………………（119）

八　杂歌对语 …………………………………（150）

中编　赋铭、传记、祭文碑文、论说

一　赋铭 ………………………………………（155）

二　传记 ………………………………………（177）

三　祭文碑文 …………………………………（197）

四 论说 …………………………………………（225）

下编 诗文简论

律诗格律概论 ……………………………………（263）

律诗的章法和意境 ………………………………（306）

文言文作法漫谈 …………………………………（324）

附 录

附录一 作者手迹 …………………………………（335）

附录二 作者所撰对联、碑文照片 ………………（339）

附录三 先师李葆瑞教授诗选 ……………………（343）

附录四 先师李葆瑞教授手迹 ……………………（348）

附录五 西北大学文学院刘炜评教授戏作 ………（355）

上　编

诗词对联

一　古体诗

1. 四言类

清明节颂始祖黄帝

2004 年 3 月

桥山巍巍，沮水清清。

遥思我祖，智慧天成。

服冕垂衣，建立五行。

始作书契，创造文明。

赫赫我祖，普天仰之。

明德惟馨，永其襄之。

清明佳节，神其降之。

黍稷美酒，时来飨之。

附记：此诗原载《诗刊》2006 年 4 月号上，选自《甲申年清明节公祭轩辕黄帝文》之颂词，有改动。

陕西师大 2012 年 80 岁老人集体祝寿词

2012 年 11 月

壬辰之岁，上寿之年。

欢聚一堂，言笑晏晏。

日月悠悠，风雨同舟。

共建师大，同写春秋。

雁塔星夜，长安霜晨。

一生奉献，铸造师魂。

上善若水，灌溉学田。

厚德载物，薪火相传。

人在黉宇，心系天下。

勇于创新，卓尔成家。

百强名校，桃李万千。

更上层楼，仍仗诸贤。

桑榆之收，老当益壮。
天健地坤，自好自强。

仙鹤灵龟，南山大椿。
寿逾八秩，始为一春。

如日之恒，如月之升。
如松之茂，永远长青。

秦岭苍苍，渭水洋洋。
夕阳晚照，余晖煌煌。

附记：此作应陕西师范大学离退休处之邀撰，由校领导在 11 月 10 日举办的祝寿庆典上诵读，后载于《陕西师大报》2012 年 11 月 15 日第 9 版。

刘如松罗晓霞新婚贺词

2013 年 1 月 8 日

巴州美女，礼泉刘郎。
千里姻缘，凤骞鸾翔。

男曰如松，女曰晓霞。

连理并蒂，幸福如花。

爱子之才，慕子淑好。

执子之手，与子偕老。

春日载阳，彩车行行。

鼓琴鼓瑟，和鸣锵锵。

洞房花烛，夜未央兮。

燕尔新婚，永不忘兮。

万福聚之，钟鼓乐之。

天地庆之，亲朋贺之！

2. 五言类

忆周磊教授

2012 年 3 月 15 日

本是新疆人，一跃出名门。

治学好方言，硕果沾学林。

豪放重义气，交游竭诚真。

友朋遍天下，出入每成群。

唯惜不保重，奔波常忘身。

生命实脆弱，一旦成古人。

撒手猝然去，未得留片言。

亲友共哀伤，同事皆戚颜。

事业正兴旺，远航始扬帆。

出师尚未捷，遗恨耳顺年。

来自乎西边，魂归乎西边。

耕耘于春天，埋葬于春天。

永与春同在，亦得其所焉。

福祸诚难知，彭殇可齐观。

人间太浮躁，归去亦清闲。

远离多难地，极乐在道山。

事固无不可，物固有所然。

呜呼复哀哀！阴阳隔瞬间。

黍稷正馨香，清酌荐盈盘。

尚飨！

附记：周磊系吾挚友，交游甚洽，2012 年 3 月 15 日闻其于 14 日晨突然辞世于乌鲁木齐，震惊之余，作是诗及挽联数副以表轸怀悼念之情。

雷景炀刘英利新婚贺词

2013 年 12 月 6 日

同是长安人，合卺五台乡。

民俗博物院，喜庆日月光。

女名刘英利，男曰雷景炀。

男爱女贤惠，女慕男自强。

男女皆硕士，外语配成双。

芳心爱科技，妙手著文章。

嘉耦承天赐，一对新鸳鸯。

执手誓白头，互拜在华堂。

琴瑟兮和鸣，凤翥兮鸾翔。

珠联兮璧合，时吉兮辰良。

亲朋来相贺，山呼齐颂扬。

永结百年好，情随天地长。

甲午中秋

2014 年 9 月 6 日

八月秋色好，今夜月最明。

同聚五台下，共抒千古情。

附记：应邀参加关中民俗艺术博物院中秋节赏月诵诗活动即席而作。

雾霾有感

2017 年 1 月 5 日

千机难飞起，万径封堵绝。

雾里环卫工，凌寒盼风雪。

游潼关湿地

2018 年 10 月 23 日

蒹葭兮苍苍，秋水兮泱泱。

小桥兮隐隐，我心兮徜徉。

鸟鸣兮花香，有美兮清扬。

邀我兮合影，我心兮诚惶。

秋雁兮南翔，秋草兮微黄。

秋声兮渐近，我心兮忧伤。

续柳宗元《江雪》

2018 年 10 月 31 日

乘兴在得意，物化不及阅。

秋尽草木凋，冬来天地烈。

千山鸟飞绝，万径人踪灭。

孤舟蓑笠翁，独钓寒江雪。

亥年咏猪

五言六十八韵

己亥年（2019）正月初三

盛阴接微阳，肃杀禁寒蝉。

虚怀甘末位，纪月兼纪年。

甲骨刻形象，化石出蓝田。

本在深山游，曾与舜攀缘。

二首有六身，许慎释其言。

位列十二相，荣入六畜圈。

《诗经》见《公刘》，又载《石渐渐》①。

郭璞学识博，赞之曾轻轩。

乾隆才情高，咏之有遗篇。

贝丘立而啼，齐侯惊坠还。

阳货馈与言，孔子仕为官。

曾子杀示儿，诚信值万千。

蓄养无失时，孟子王道宣。

戚姬变人彘，吕后太凶残。

若非假利兵，丧命博士袁。

汉景爱之甚，陶俑满陵园。

上林遇贾姬，退让意悠闲。

梁鸿赔与邻，耆老刮目看。

曹萌任邻取，心比天地宽。

吴祐牧且读，守志在长垣。

孙期事母孝，牧之终养焉。

肉果万人腹，皮革制鞋穿。

命短不足岁，味美盘中餐。

东北炖粉条，西北油炸煎。

中原喜红烧，腌制在蜀川。

---

① 《石渐渐》，指《诗经·小雅·渐渐之石》。

朱门与酒臭，谁见谁垂涎。

生因人活命，死为人情欢。

人乐为刀俎，俎醢或风干。

大祭为太牢，牛羊配齐全。

庙堂神圣地，敬献居高坛。

考叔食舍之，示孝解君难。

骊姬用为计，申生丧黄泉。

圣人怀仁义，割正食不言。

饿甚尤不择，一如陈蔡间。

孟母买之归，教子取道端。

君子远庖厨，举箸或争先。

项王气盖世，啖之力拔山。

美人恃肥厚，壮士因鬼肩。

贵妃嗜荔枝，舍此难为颜。

仲叔甘野藿，食肝苦无钱。

婚丧举盛宴，匮乏必穷酸。

一身全是宝，药用疗失眠。

经营易致富，滚滚好财源。

生死系安危，业毁家难完。

声高贡献大，位卑少宣传。

在天为天蓬，下界糇事牵。

恶名咸猪手，受气屡蒙冤。

取经二师兄，苦被妖女缠。

蠢懒野肥娄，贱号多高冠。

更以性贪婪，荐食撑肚圆。

得宠猫狗后，挨刀牛羊前。

形象难入画，豢养无尊贤。

食劣常泔水，圈恩入冬寒。

渴饮污染水，饥充腐臭酸。

惧怕地沟油，毁胃又伤肝。

无奈增肥剂，体重身难翻。

生孩未六月，忍心即出栏。

可恶黑心商，注水意何安？

一日屠千万，上帝未垂怜。

人皆谓之蠢，其实人亦顽。

如此严相逼，无异自相残。

短视甚得意，悲剧是必然。

盲人骑瞎马，断崖不可攀。

城门夜失火，池鱼死路边。

与人共呼吸，命运总相连。

奉劝多善待，风雨同舟船。

人道与猪道，相守各得仙。

但愿人长久，千里共婵娟。

附记：此诗原载于《陕西诗词》2019 年第 2 期。

3. 七言类

归来歌

1967 年 8 月 1 日

悠悠三载转首逾，疆天送我还故里。

思乡每日数归期，兴来不知穷途虑。

历尽一路奇山水，踏破万顷莽戈壁。

天山风雨罢别去，秦岭呼啸归来矣。

附记：1964 年 10 月余由陕西商县三中转学到新疆生产建设兵团农六师十六团（一〇三团前身）子弟学校初中部，1966 年毕业，升入农六师子弟学校高中部，1967 年夏乘火车回陕西探亲，此诗作于归途。

游天池

1971 年秋

其 一

天池水深连东海，天山峰高接太空。

王母七仙留胜迹，一望五岭尽雪松。

其　二

百年积雪压险峰，环抱碧池有美名。

周长四万二千尺，海拔一千九百赢。

墨云来去生风雨，红日出没定阴晴。

更有王母七仙女，招引游人万里行。

附记：1971 年余在新疆维吾尔自治区公安厅芦草沟劳改煤矿警卫排工作。9 月 20 日，与中学同学王玉堂及友人周凯同游天池。其时游客稀少，偌大天池，仅吾等数人而已，且天气异常，时阴时晴，偶落小雨，清冷寂寥。吾等乘电动小铁舟由北岸驶向南岸，四望皆水，渊深无底，不见游鱼，令人生寒，远处崇山险峻，雪松成林，浮云盘旋，高鸟飞翔。至南岸，时已过午，于守林人舍中用餐，其时宾馆食堂具无。餐后稍憩，缘山路而归，穿越五岭，夹道皆古松。途中听说天池深连东海，中藏蛟龙。七仙女曾浴于天池，池水依山体曲成七湾，七女各浴一湾。离开天池，乘车下山，拐弯处又见一小池，传为王母足浴盆，小池对面有一椭圆形山体，平光如镜，阳光下泛白，传为王母化妆镜，云云。遂记之，并为诗以记其事，同时作有七律一首，见"七律"部分。

咏　兰

1983 年春

谁舒翠袖气芳芬，秀体修长一枝春。

饮露自成高格调，喜绿必是惜香魂。

蜜蜂彩蝶难为伍，野草闲花不作邻。

莫怨四时无知己，抱恨秋菊独爱君。

附记：此诗写于在东北师范大学读研究生期间。

咏 荷

1983 年夏

出水苒苒体轻轻，无语脉脉意盈盈。

红蕊风吹香细细，青枝露洗绿亭亭。

身临淡泊心犹静，神远泥污气自清。

最是斜阳雷雨后，玉为精魂雪为容。

附记：此诗写于在东北师范大学读研究生期间。

园中秋景

2001 年秋

西风萧瑟归鸟鸣，飞入林间斗不停。

翼扑霜叶纷纷下，低头遍地是落红。

明珠颂

2013 年 11 月 20 日

渭水滔滔明珠明，李公善断更豪情。

家居市场建伟业，大地原点筑新城。

敢填空白大手笔，不惧风险攀高峰。

一路辉煌创奇迹，三秦内外传盛名。

附记："明珠"为西安一家家居企业之名，本诗受校教育基金会之托改写。

贺王勇超先生书展

2014 年冬

功成民俗博物院，诗随兴就《五台吟》。

书法学继《大开通》，翘楚长安一超人。

附记：关中民俗艺术博物院院长王勇超先生于 2014 年 12 月 27 日在陕西美术馆举办个人书展，余受邀参观，因赋此诗以贺之。

续貂体绝句三首

2018 年 10 月 28 日

续李白《静夜思》

秋夜床前明月光，清辉疑是地上霜。
把酒举头望明月，寥寞低头思故乡。

续王维《竹里馆》

秋来独坐幽篁里，每日弹琴复长啸。
自在深林人不知，独怜明月来相照。

续王维《鹿寨》

寂寂空山不见人，日暮但闻人语响。
晚霞返景入深林，余晖复照青苔上。

二 五言律诗

暂借一枝栖

2002 年

鲲鹏千里志，暂借一枝栖。

顾盼待时动，伏藏垂翼低。

本为云际鸟，岂是槛中鸡。

运转向南海，冲天与日齐。

忆鱼浦江先生

2006 年冬

曾为系主任，长武出贤人。

教法关中颂，学风海内闻。

立身多善举，交友竭诚真。

旷达笑生死，但求桃李春。

　　附记：鱼浦江先生为陕西师范大学文学院教授，于 2006 年冬辞世。此诗原载《陕西师大报》2007 年 1 月 30 日第 7 版。

咏　槐

2016 年 4 月 22 日

四月槐花盛，香弥天地间。

像云犹似雪，比桂却如兰。

芳继三春景，味登千户餐。

德能臣国相，飘落亦闲闲。

附记：此诗原载于《西安市九十中学报》2016 年第 16 期第 4 版。

大散关即事

2017 年 11 月 20 日

昔闻大散关，今日睹真颜。

深峡锁南国，高峰守北原。

将军百战死，战士几人还。

往事知多少，兴亡不在天。

长安暮春诗友雅集

2018 年 4 月 24 日

其　一

相聚坐春风，有朋来自京。

品茶伴红袖，论道慕清名。

微醉渼陂酒，静听秦地声。

忘怀百事扰，暂觉一身轻。

其　二

次韵苦竹教授

欢聚雅堂内，清谈非俗人。

投缘全在趣，同好故相亲。

名重身难静，心平气自匀。

诗朋燕饮处，最忆古城春。

其　三

长安春事晚，集会效兰亭。

奉酒主人意，赠书嘉客情。

晤言在斗室，托志发新声。

尽兴终南下，赋诗相继成。

附记：戊戌年暮春之初，长安日暖，终南积翠，蒙许晓春教授美意相邀，初六午后，赴城南国色天香小区承心堂，会李树喜老先生诸诗友。始则品茶论诗，赠书题字，月旦人物，继而聚餐话旧，觥筹致意，欢呣不已，尽兴而别。李树喜先生者，著名诗人、光明日报出版社原社长也。座中他友者，孙德生、徐鹏、张琼、王霏、王秦香诸人也，皆钟情古诗而卓有成就。承心堂者，许晓春教授之别墅也。环舍花木掩映，鸟声细碎，暗香浮动。堂如其人，古调高致，字画成趣，书茶同香，异乎流俗。2018年4月24日记。

续祖咏《终南望馀雪》

2018 年 10 月 29 日

终南阴岭秀，积雪浮云端。

林表明霁色，城中增暮寒。

贩夫呼贱卖，守吏赴华筵。

茅舍愁长夜，薄衾入梦难。

附记：《全唐诗》卷一三一祖咏《终南望馀雪》题下注云："有司试此题，咏赋四句即纳，或诘之，曰'意尽'。"今续貂足之，称"续貂体"无妨。

三 五言绝句

中 秋

1985 年中秋

天边一轮月，玉兔在寒宫。

岁岁中秋望，相思两地同。

偶 感

2012 年 7 月 4 日

座上客常满，庭中桃李繁。

有书敢斗富，无病胜当官。

附记：2012 年 7 月 4—5 日，学校竞聘正处级岗位人员于崇鋆楼述职，余应组织部之邀忝列评委，其间偶撰而成。

中秋感怀

2014 年中秋节

八月桂花天，中秋月最圆。

任凭万事好，最忆是华年。

咏 菊

2015 年 10 月 11 日

花开丹桂后，香在蜡梅前。

独得清秋意，风姿不畏寒。

雾霾有感

2017 年 1 月 5 日

其 一

众鸟高飞尽，白云去不还。

相看两不见，因是雾霾天。

其　二

飞鸟叫声哀，梅花久不开。

严寒何所惧，唯独怕尘霾。

其　三

墙角数枝梅，凌寒却未开。

近看叶尽黑，知是雾霾来。

曲江春

2017 年 3 月 12 日

其　一

长安天已暖，冬去春复还。

曲江多游女，看花甚悠闲。

其　二

三月倒春寒，花开落忽残。

凄风满天地，冷雨洒人间。

和荆贵生先生《七十七周岁感怀二首》

2018 年 1 月 13 日

其　一

（其二为七绝）

人生何重要？操守最为珍。

舍此若从政，残民不避辛。

附荆贵生先生原诗：

七十七周岁感怀二首

2018 年 1 月 12 日

荆贵生

其　一

（其二为七绝）

老人何重要？体健最为珍。

舍此皆虚物，无须费苦辛。

岐山印象

2018 年 8 月 23 日

岐山风景好，渭水润良田。

广场多佳丽，天缘醋最酸①。

【自注】

①天缘：指岐山县天缘醋厂生产的天缘牌香醋。

无　题

2018 年 12 月 25 日

秋至叶纷落，春来花自开。

枯荣随物化，得失两无猜。

观周晓陆教授所发黄河断流两岸龟裂照片有感

2019 年 1 月 31 日

昔行千里舟，今作斗升流。

两岸恓惶景，揪心十亿愁。

四 七言律诗

夏夜浇水

1969 年夏

月儿弯弯弯似弓，扬花小麦半齐胸。

兴来挥铲效大禹，困至倒身作卧龙。

残夜寒风难做梦，陇头空啸易平庸。

喜迎红日天山出，万道霞光如剑锋。

附注：1969 年 3 月 9 日，余由新疆生产建设兵团农六师子弟学校分配至一〇三团（前身十六团）十三连值班排当战士。虽属军事编制，发军服，亦持枪，但并不戴领章帽徽，平日多是干农活，间或军事训练。是夏某日夜，下地为小麦浇水，夜半倒卧于沟渠之畔稍憩，仰望夜空，斗转星移，因感而作，1998 年稍有修改。

游天池

1971 年 9 月 20 日

博格达峰入太空，瑶池缥缈雾烟浓。

碧波浴洁七仙体，石镜照慈圣母容。

冷雨飞来天地变，热风吹过雪山融。

水深无底连东海，万丈寒渊藏黑龙。

咏　梅

1979 年春

抖落严霜气馥芬，朔迎凄烈最精神。

岁寒方见骨风傲，雪白何如天性纯。

意僻凌尘清自许，情偏抗世苦争春。

冷枝任教风摇曳，不把芳心轻与人。

附记：此诗 1979 年作于喀什师范学院（喀什大学前身），1983 年于东北师范大学学习期间修改。

咏 梨

1981 年 3 月

听任飘飘各南北，开时圣洁落难存。

风前摇曳体无力，雨后寂寥啼有痕。

香冷空留一树碧，雾浓难觅九春魂。

芬芳尽伴东风去，紫燕声声日色昏。

附记：此诗 1981 年始作于喀什师范学院，1983 年在东北师范大学学习
期间修改。

寄友人

1982 年 3 月

风云共卧度时艰，饮畅开怀夜色阑。

尘世难容高格调，豪情岂顾浅人言。

靡笄高固有余勇，赤壁周郎是弱冠。

更上层楼常记取，行舟逆水岂盘桓？

附记：1981 年秋季余于喀什师范学院（喀什大学前身）报考东北师范
大学研究生，约 10 月下旬收到录取通知书，甚喜，然不久市上出现骚乱，
继而一群暴徒闯入校园攻击师生，霎时人心惶惶。一日，数学系老师祝尔
加、于中坚夫妇邀余至其家设宴祝贺，为安全计，是晚就宿其家，倾谈至深
夜。余于 1982 年 2 月入学报到后撰此诗奉寄祝尔加夫妇。

寄中学同学

1982 年 3 月

准葛严霜瀚海风，须眉半染闯关东。

乌骓逝却霸王志，皓首难成太史功。

远望思家家不在，长歌当哭恨无穷。

秋临易水最萧瑟，时忆天山日出红。

附记：此诗作于东北师范大学读研究生期间，友人指新疆中学同学李万通。

咏 菊

1983 年秋

蝉断雁归啼有痕，百花凋落只伊存。

香凝雪蕊风流韵，翠裹青枝雨洗尘。

岁岁后凋看落叶，年年未忘接芳邻。

常怜月色临寒立，自赏孤芳是美人。

附记：此诗写于东北师范大学读研究生期间。

和吾师李葆瑞先生

1986 年 2 月 25 日

一字之差差万里，吾师洪福险为夷。

心中无畏灾何惧，笔底生辉名自随。

终岁著书唯谨慎，百年行己未摧眉。

世情翻覆任风雨，桃李不言天下知。

附记：1985 年年底，吾师李葆瑞先生赐书，言吉林省医院诊断他所患喉疾疑似食道癌，后经中国人民解放军第 263 医院和北京医院会诊，确诊为食道炎。先生随信赋诗一首以记其事，诗云："大难无端降我家，诸方营救走京华。通州匝月风云变，祸福皆因一字差。"吾有感于此，亦赋诗一首以奉先生。

忆高海夫先生

1997 年 1 月

河东自古出贤人，夫子才情堪与群。

一席五车千座叹，十书八斗四乡闻。

文追子厚珠鸣玉，道法昌黎松薄云。

天不假年名未灭，从今代代诵空文。

附记：高海夫先生，山西省夏县人，毕业于西北大学中文系，陕西师范大学中文系教授，著名的古代文学专家，于 1997 年辞世。高先生生前曾撰文评论拙编《左传纪事精选》一书，奖掖后学，多溢美之词。本诗原载《陕西师大报》1997 年 1 月 20 日第 4 版，又载于《西安晚报》1997 年 4 月 1 日副刊第 7 版。

贺《西安教育学院学报》由内刊转公开发行

1998 年 10 月 4 日

寻常学报苦经营，今始公开名早成。

博采众家终出类，不私门户敢争鸣。

十年蓄势达摩志，一旦引吭玉凤声。

自是更求真善美，千秋伟业正光明。

附记：《西安教育学院学报》于 1986 年创刊，限于省内发行，历经 12 年，于 1999 年被批准为公开刊物，主编蒋福全邀余贺之，遂撰此诗。

悼郭子直先生

1999 年 1 月

少年忧国出西岐，折桂京华为救时。

友结通人任继愈，师投大雅黎锦熙。

胸藏经史志原道，笔走龙蛇势取奇。

天不愁遗人此去，空余瓦当识为谁？

附记：郭子直先生，陕西岐山县人，陕西师范大学中文系教授，书法家。生于1932年，幼承家学，1934年考入北京大学教育系，1939年卒业。1939—1955年先后执教于凤翔师范、岐山中学，1955年调入陕西师范大学，"文化大革命"中下放到岐山中学，后调回陕西师范大学继续执教于中文系。1999年1月辞世。此诗原载于《陕西师大报》1999年1月25日第3版。

忆黎风先生

1999年9月5日

黎老先生有盛名，著书传道发新声。

京师桃李满天下，秦地贤人业已成。

少壮风华多义气，晚年寂寞任寒清。

可怜一世说鲁迅，却被胡风误半生。

附记：黎风先生，江西人，现代文学教授，鲁迅研究专家。早年执教于北京师范大学，后因胡风事件受牵连，被贬至陕西师范大学中文系，于1999年暑期去世，其时余因外出未能送别先生，殊憾，今为是作以表追悼之情。先生曾撰文评论拙编《左传纪事精选》一书，多奖掖推许之词。此诗原载于《西安晚报》1999年2月8日副刊第7版。

悼赵克诚先生

1999年冬

海城明月曲江天，辛苦教研若许年。

键户危楼穷汉语，开筵绛帐育新贤。

功高泽及千秋后，身正风为一代先。

晚岁积劳常卧病，壮心不已枕书眠。

附记：赵克诚先生，辽宁海城人，东北师范大学中文系研究生毕业，陕西师范大学中文系教授，汉语教研室主任，于1999年冬辞世，享年74岁。赵先生是吾之校友与前辈。先生生前所居楼一度出现裂缝，被称为危楼，后被加固。此诗原载《陕西师大报》2000年1月10日第4版。

忆高元白先生

2000年6月27日

京师苦读路三千，报效故乡六十年。

学继章黄开古意，风承汉魏冠时贤。

勇身敢救蒙冤友，奋笔皆为济世篇。

高老先生今已去，常留懿范在人间。

附记：高元白先生，陕北米脂人，陕西师范大学中文系教授。1935年毕业于北京师范大学国文系，先后师从钱玄同、黎锦熙、沈兼士、余嘉锡等先生。曾担任陕西师范大学中文系主任、中国音韵学研究会顾问、中国语言学会理事、陕西省语言学学会会长、陕西省文史研究馆馆长等职务，于2000年6月27日辞世，享年93岁。此诗原载于《陕西师大报》2000年9月20日第4版。

清明节赋诗祭黄帝陵

2002 年 3 月

先祖轩辕驾玉龙，威加海内九州同。

止戈淳化应时运，创制垂衣开世功。

庙古犹存天子气，陵高遥见圣人风。

年年盛祀清明节，缭绕香烟接紫穹。

附记：此诗原载于《陕西师大报》2002 年 3 月 31 日第 4 版。

忆辛介夫先生

2007 年 1 月

廿载沉冤志守真，重登函丈惜流云。

占著品物演《周易》，拥篲排难定《说文》。

淡泊情怀仁是本，黄昏词笔意藏神。

诗家自古千千万，九十高歌有几人？

附记：辛介夫先生，生于 1912 年，北京市顺义人，陕西师范大学中文系教授，兼任陕西省文史研究馆名誉馆员、太华诗社社长，《周易》《说文解字》研究专家，诗人。早年毕业于北京大学，1936 年赴延安入中国人民抗日军政大学学习，1941 年任教于陕西三原中学，1953 年调入陕西师范大学。曾蒙冤多年，后平反。于 2007 年 1 月辞世。此诗原载于《陕西师大报》2007 年 1 月 30 日第 7 版。

中秋感怀

2009 年中秋

云舒云卷水悠悠，花落花开任去留。

终岁唯求书内趣，今宵始看月中秋。

蓬门园圃有桃李，大雅篇章无赘疣。

自许平生白衣贵，不将豪气揖公侯。

附曾志华教授和诗：

庚寅端午有感

步安顺先生韵戏赠诸友

2010 年 6 月 16 日

曾志华

人生岁月自悠悠，乌坠兔升任去留。

蜗角虚名圆梦幻，蝇头微利费春秋。

拜金魂魄成神圣，醒世诗文等赘疣。

独对终南思易理，不须青眼看王侯。

秋日游昭陵有感

2010 年 7 月

其　一

贞观青史话明君，自古兼听有几人？

开国雄才五帝业，安民盛世万家春。

成雕六骏名中外，入画百官威鬼神。

遗韵绵延千载后，昭陵代谒忆贤臣。

其　二

青史贞观唯一人，兼听从善是明君。

武功辉耀千秋颂，文治清平万户春。

六骏骋驰声在耳，百官敬肃貌如神。

风光最是凌烟阁，兴国圣王多四臣①。

附记：2010 年 7 月 6 日余与韩宝育教授、刘继超教授驱车往继超家乡礼泉县游昭陵。至山下，遇烟霞镇官厅村刘村长，继超宗侄也，陪同为向导。陵前石碑夹道，尽刻贞观名臣画像，神态各异，威仪棣棣。登九嵕峰顶，凉风习习，秋虫鸣鸣，俯视川原，丘陵起伏，气象非凡。是陵占地两万公顷，周长六十公里，内有长孙无忌、程咬金、魏徵、温彦博、段志玄、高士廉、

①　四臣：社稷之臣、腹心之臣、谏诤之臣、执法之臣。

房玄龄、孔颖达、李靖、尉迟敬德、长乐公主、韦贵妃等大臣皇戚陪葬墓一百八十余座，另有少数民族将领阿史那·社尔等人之墓十五座。皇家陵寝，宏伟壮观，惜游人稀少，远不及乾陵盛况。中午用餐于山下袁家村，继超请客。食毕，看望继超八十老母。午后参观昭陵博物馆。尽兴而归，为是作以记。

昭君颂

2010 年 8 月 5 日

丽质天生性亦刚，不思买贿见君王。

和亲自往胡笳地，报国功齐骠骑郎。

画像当时未着色，芳魂今日尚余香。

影消汉苑何须恨，名与青山万古长。

附记：2010 年 8 月初余赴内蒙古大学参加中国语言学会第十五届学术研讨会，于 3 日与邢欣教授、韩宝育教授同游昭君墓，因感而作。

附研究生同学刘晔嫒和诗：

昭君塑像感怀

2010 年秋

刘晔嫒

我于 2007 年 8 月初赴内蒙古鄂尔多斯参加草原文化学术研讨会，在巴特主席陪同下亦游过昭君墓，有感难发。朝廷需功业，女人被"立功"，谁解昭君意，重在边地宁。今奉原韵，不合平仄，顺口而已，有空闲请教我 ABC。

绝色昭君性自刚，汉宫贿风蔽君王。

毡帐独行烟草地，羌笛漫奏万家康。

芳魂暂寄阴山下，英丽长镌马蹄香。

史传翻转诗多箧，谁解琵琶心曲长。

纪念黄典诚先生诞生一百周年

2012 年 2 月 21 日

门第书香心志坚，师从泰斗效前贤。

立言论学千秋后，执教育才一代先。

闽语调研垂法式，古音强弱赋新篇。

无端壮岁遭摧抑，却就高名四海传。

　　附记：2012 年为著名音韵学家黄典诚先生诞辰 100 周年，蒙先生高足叶宝奎教授之邀，余为《黄典诚教授诞辰百年纪念文集》奉撰一文，并为是诗以纪念先生。

澳大颂

2013 年 10 月 23 日

巍巍澳大正华年，东亚立名四海传。

文理兼容物载地，中西横跨月流天。

杏坛开讲才三十，黉宇聚徒逾八千。

明日引潮新领袖，北园不在即南园。

附记：澳门东亚大学成立于1981年，始为私立，1988年重组为公立大学，1991年易名为澳门大学。现任校长赵伟博士为国际知名华人学者，1977年毕业于陕西师范大学物理系并留校任教。1982年赴美深造，获计算机与信息科学硕士学位与博士学位，并任职至协理副校长。于2008年出任澳门大学第八任校长，同时担任澳门大学首位讲座教授。2013年9月19日赵伟校长向陕西师大发来澳门大学横琴新校区落成庆祝典礼邀请函。陕西师范大学决定由甘晖书记代表学校出席，并赠澳门大学书法作品一副，内容嘱余撰写，因成是作。

贺陕西师范大学出版社成立三十周年

2015年10月

卅年辛苦费经营，商海运筹如用兵。

逐鹿中华大市场，出书品位获佳评。

八千要籍育多士，三百奖牌负盛名。

立足一流看世界，风光无限任攀登。

附记：2015年秋，陕西师范大学出版社为庆祝成立三十周年举办书展活动，邀余提供书法作品，因成是作。

咏怀古迹六首

2016 年 8 月 10 日

苻坚颂

其 一

前秦皇帝貌堂堂，一世传奇名远扬。

选德举贤试经艺，率妻携女课农桑。

武功疆域连云漠，文治清平继圣王。

身死国亡因拒谏，后来为政要思量。

其 二

英伟龙骧胆气豪，开疆平乱武功高。

变夷从夏勇兴革，止马献歌思舜尧。

亡国只因求胜切，投鞭竟作望风逃。

若非骄妄太轻敌，青史何来南北朝。

其 三

苻坚身后甚凄凉，墓在邠州一片荒。

小路延伸郊外尽，村民指点草中藏。

当时国土兼葱岭，今日坟前走鼠狼。

淝水南征失天助，盛名否则过秦皇。

钩弋夫人

2016 年 8 月 12 日

寡情汉武太荒唐，钩弋夫人枉断肠。

生子弗陵空有国，脱簪宫掖恨无常。

荣华全仗倾城貌，毁弃原因挟势强。

名晋婕妤悲薄命，徒留孤塚在云阳。

忆魏德运同志

2016 年 10 月

沐雨栉风常忘还，登高履险觅华篇。

半生捉影得三昧，一瞬定神留百年。

京邑驰名服国手，庙堂调镜对高官。

腾飞云际忽殂落，遗恨悠悠八宝山。

附记：魏德运，著名摄影家。1957 年生于西安，20 世纪 70 年代末参军新疆，80 年代起就职于陕西师范大学。自 1996 年往来于北京、西安从事摄影创作活动。后调入北京师范大学，于 2016 年 10 月 26 日在中国人民大学举办"共和国不会忘记——魏德运长征老红军精神肖像艺术高校巡展"期间不幸突发心梗去世，享年 59 岁。魏德运被业界公认为大师级艺术家，他曾为包括乔石、刘延东、吴官正、陈至立、唐家璇、十一世班禅额尔德尼·

确吉杰布、季羡林、张岱年、金克木、邓广铭、钟敬文、启功、霍松林、李政道、田家炳、曾宪梓、艾丰、艾莉森·F.里查德（哈佛大学校长）、理查德·莱温（耶鲁大学校长）在内的诸多政府高官和国内外名家拍摄肖像，多次应邀在北京大学、清华大学、中国人民大学等单位演讲或举办影展，中央电视台、《人民日报》、《光明日报》等300多家媒体先后报道推介过他的艺术。其作品善于构图，利用自然光，捕捉人物精气神，季羡林盛赞他是"一位真正的摄影家"，张岱年撰文肯定其作品"能做到传神"，周汝昌认为他是"用生命在拍摄，拍出了人物的精气魂"。德运性平和，喜交游，有求必应，曾为余拍照，今逢其辞世周年之际特撰是诗以示追怀。

丁酉新春感怀

2017 年春节

东风一夜万家春，回首流年笑煞人。

心有六弓射日月，手无寸柄转乾坤。

长思往圣开风气，愿为生民立命新。

坐老空城练大字，著书填表倍伤神。

附记：此诗曾载于《陕西诗词》2018 年第 4 期。

悼霍松林先生

2017 年 2 月 1 日

新变代雄书等身，文章平地起风云。

扬葩华夏称盟主，振藻东瀛朝外臣。

龙马精神忧国梦，建安风骨铸诗魂。

先生驾鹤成仙去，从此宗师少一人。

附记：霍松林先生，1921 年 9 月生，甘肃天水人，陕西师范大学文学研究所所长、教授、博士生导师，文学院名誉院长，著名的中国古典文学专家、文艺理论家、诗人、书法家。早年毕业于南京中央大学中文系，1951 年赴陕执教至今，于 2017 年 2 月 1 日辞世，享年 97 岁。余于先生谢世当日下午惊闻噩耗，当晚撰成是诗以志悼念。此诗曾载于《陕西诗词》2017 年第 1 期。

悼秦文举同学

2017 年 4 月 16 日

惊闻文举命归西，无奈死生何愀悲。

回首寒窗恍若梦，寻踪往事乱如丝。

英年每被穷途困，晚岁偏遭恶病欺。

差及古稀抱恨去，猝教老友泪空垂。

附记：秦文举，祖籍甘肃，生于 1948 年，中学先后就读于新疆生产建设兵团农六师十六团（一〇三团前身）子弟学校初中部、农六师子弟学校高中部。1969 年分配工作，先后任一〇三团值班四连战士、二连会计、团部蔡家湖农行行长，后调入师部五家渠市农行。2017 年 4 月 8 日因病于乌鲁木齐市辞世，享年 69 岁。文举为人质朴善良，交友重诚信，处事守楷则，与吾有同窗、战友之谊，惜因千里阻隔，其卧病期间不能亲赴看望，殡葬送恤亦未临穴扶榇，故为是诗以为悼念。

江山吟

2017 年 7 月 31 日

美景江山何处寻？商州腰市木森森。

断崖无路通危岭，曲水有源接太阴。

春早花开千树艳，秋迟叶落万山金。

长亭十里人如织，画意诗情各得心。

附记：应商洛市供电局诗词学会之邀，于 2017 年 7 月 27 日与陕西省诗词学会副会长李耀儒先生、秘书长王小凤女士等人共赴商州腰市江山村与商洛诗友座谈，交流创作经验。江山村乃商州新开发之景区，山重水复，亭台相望，石磴礁嶢，古木森森，果然好去处。当日停宿村人武元政诗友客栈，注册"江山根据地"者是也。承蒙热情款待，翌日临别，众人相约各赋诗作以赠武氏，因为七律一首、七绝六首（另见《江山村吟留别》），后均载于《陕西师大报》2017 年 10 月 15 日第 4 版及《陕西诗词》2017 年第 3 期。

兰州张掖同学会有感

2017 年 8 月 12 日

人近古稀惊立秋，适逢同学在甘州。

互疑神态非旧貌，无奈青丝全白头。

欢饮碰杯求一醉，高歌起舞忘千愁。

祁连残雪最堪忆，夕照丹霞似梦游。

附记：2017 年 8 月 5—10 日，喀什大学中文七五级学员第二届同学会举办于兰州、张掖，共庆聚首，同游青海湖、兰州黄河、张掖马蹄寺、七彩丹霞等地，畅叙同窗之谊，尽兴而归。其间适逢 7 日立秋，因感而作。

劝君更尽一杯酒

2018 年 1 月 5 日集句

烽火城西百尺楼，（王昌龄《相和歌辞·从军行》）

六龙经此暂淹留。（温庭筠《马嵬驿》）

空闻虎旅传宵柝，

无复鸡人报晓筹。（李商隐《马嵬二首》其一）

堪叹故君成杜宇，（李商隐《井络》）

庭闲鹊语乱春愁。（鱼玄机《暮春即事》）

劝君更尽一杯酒，（王维《渭城曲》）

风物凄凄宿雨收。（韩翃《同题仙游观》）

公 刘

2018 年 1 月 29 日

后稷教民有姬周，继承祖业笃公刘。

于豳斯馆夹皇涧，思辑用光起凤楼。

瞻彼溥原铸伟业，汇其众水变长流。

龙兴世代仁为本，文武灭商岂战谋。

秦二世

2018 年 2 月 5 日

凶残落得一身孤，荒塚千年伴鬼狐。

势尽自裁困阎乐，时来矫诏杀扶苏。

庙堂本决乾坤事，鹿马竟成愚弄图。

万代江山终二世，始皇有子不如无。

南山神韵

2018 年 2 月 7 日

每日神游在陇山，举头玄鹤入云天①。

秋冬叶落金铺地，春夏花开红欲燃。

太统登高观积雪②，崆峒访道学神仙③。

圆通寺近德声远④，福佑神州万姓安。

---

① 玄鹤：玄鹤楼，在甘肃省平凉市南山公园内。
② 太统：太统山，位于甘肃省平凉市市区西南。
③ 崆峒：崆峒山。
④ 圆通寺：在甘肃省天水市秦安县境内，始建于北魏时期。

附记：近日，有朋友发诗作来请求修改，言其叔父葬于太统山附近，拟立碑刻诗以祀之。因原作不易改，索性重写为律诗以交差。

静夜思

2018 年 7 月 20 日

依稀灯火夜深深，报表抄书事事侵。

蛾术功成日月老，鸡鸣声压凤凰音。

国家项目刑天器，时令文章望帝心。

秋月春花知几许，少年光景梦中寻。

岐山周公庙

2018 年 8 月 26 日

清庙巍巍映润泉，周公香火接姜嫄。

当时创制延天祚，今日革风思祖源。

顾命握权身足立，金滕明志世称贤。

圣勋不只定礼乐，万古高风华夏传。

感 怀

——感友人《醉汉记趣》而作

2018 年 8 月 29 日

吃饭寻常请客难，而今人老不差钱。

敢将义气邀朋聚，每见推辞有事缠。

西凤茅台空满柜，夕阳流水待衰年。

隔篱求与邻翁饮，杜甫当时更可怜。

附友人安乐乡人曾志华教授原诗：

醉汉记趣

2018 年 8 月

步李义山《无题》韵

曾志华

请客时难别亦难，滔滔岂顾碟杯残。

话多缘我情长在，面赤因他酒未干。

行令连呼天气热，归家不惧月光寒。

可怜一夜眠门外，拂晓妻儿惊探看。

咏　桂

2018 年 10 月 5 日

树树金黄拟彩云，芬芳日醉数千人。

繁花秋夕接天汉，绿叶冬寒少友邻。

香伴嫦娥甘寂寞，艳惊诗佛忘晨昏。

问渠何得此浓郁，蓄势不争第一春。

戊戌岁末有感

2019 年 2 月 3 日

高朋雅集共迎春，放胆衔杯话世尘。

官场沉浮如走马，文人忧乐每伤神。

愧言国事空无奈，敢献新诗期有邻。

可惜烛残情未尽，鸿篇续论待明晨。

附记：2019 年 2 月 2 日（戊戌年腊月二十八日）晚，与诗朋好友多人聚于雁塔校区启夏苑桃园厅，辞旧迎新，煮酒论诗，月旦人物，欢哈不已，因为是作以记其事。

附友人和诗：

致商州山人

2019 年 2 月 19 日

陈再生

乡党诗友共迎春，同祝安顺期世尘。

文人忧乐家国事，匹夫担责无愧心！

雁塔瑞兆聚桃李，高朋雅集话诗文。

各献新作舒心意，鸿篇续论情尽陈。

和胡安顺教授《戊戌岁末有感》

2019 年春节

甘 晖

夏秋冬去又是春，迷幻眼中看霾尘。

胸怀坦荡可走马，思多纠结太费神。

世事难料怎能奈？人心叵测须自珍。

嗟乎侠气尚未尽，朗朗清气有来晨。

己亥年春节逢雪有感

2019 年春节

狗年已去庆猪年，期盼东风夜未眠。

拟把诗情写画意，却逢飞雪倒春寒。

踏青尚待云霾后，炼意还须明月前。

李杜华章压百代，才思多在艳阳天。

秦始皇

2019 年 2 月 24 日

一统神州万国朝，焚书坑士罪难逃。

集权封建如囹圄，称帝尊崇比舜尧。

断子绝孙因作俑，饰非拒谏自为牢。

防民岂有传千载，唯见孤坟秋草高。

太平天国

2019 年 2 月 25 日

天朝已往事凄迷，功败垂成究可悲。

有地均耕饭共食，无权贪取法同依。

若非二秀失交谊，只恐一曾成碎尸。

至如夺得江山后，是否亲民未可知。

咏郭老

2019 年 3 月 21 日

盖世文章惊世才，新编御用两荣哀。

潜心龟瓦存高意，寓祭甲申驰下怀。

立论十批失法度，奉身万岁仰丹台。

可怜风骨难评议，诋毁少陵千不该。

童　年

2019 年 3 月 22 日

酸涩童年老梦中，食堂粥少腹常空。

春深偷摘豌苗嫩，秋早遥期柿子红。

柳叶当蔬苦强咽，麦糠充膳便难通。

步行十里为求学，古庙神前苦用功。

附诗友和诗：

忆吃食堂和商州山人

2019 年 3 月

魏义友

年少饥肠炼饿功，食堂争饭气摩空。

居然四海一家日，吹作千村万莩风。

痛史难忘千古训，宏图岂改百年衷。

而今回首心犹暖，曾以吾身试大同。

和商州山人《童年》

2019 年 3 月

刘炜评

牛奶面包痴梦中，醒来脑腹两空空。

小松树唱行云遏，大寨花开遍地红。

一大二公千说好，三心二意九州同。

清明每望钟离道，朱印岂忘黎庶功？

和胡教授《童年》（新韵）

——忆吃大食堂

2019 年 3 月

孙民随

其 一

童年绮梦早成空，流逝光阴无有踪。

曾见村前拆旧庙，也闻堡内住同宗。

开言每每都循礼，相遇常常先问声。

世代传承皆父老，睦邻日久话由衷。

其 二

逝去光阴记不多，已将岁月变蹉跎。

村前旧庙成学校，院里青石当课桌。

曾在草丛寻兔窟，却慌沟坎有狼窝。

爱听奶奶讲屋漏，每到中秋想玉娥。

依韵和胡安顺教授《童年》

2019 年 3 月

李晓刚

往事尘消已逝风，依稀回忆断西东。

斗私不许存小我，灭富才能求大公。

万众奔腾天下白，千山沐浴太阳红。

峥嵘岁月谁叹息，花落花开又几丛。

忆吃大食堂

2019 年 3 月 23 日

久雨思晴夜盼星，饥肠何日不空鸣。

食堂炊断千家火，公社兴亡万众生。

照影清汤比水鉴，如柴瘦骨少人形。

犬吠村头谁又去，哭声一夜到天明。

附诗友和诗：

和商州山人《忆吃大食堂》

2019 年 3 月

孙民随

那年往事也曾经，家里厨房火不生。

校内饥肠常隐忍，路途刮肚早哀鸣。

端回琼玉翻波浪，拿到珍珠捡素莺。

白菜萝卜一起煮，汤汤水水见分明。

忆童年

2019 年 3 月 24 日

老去原知万事难，唯留快乐在童年。

每逢端午回家早，盼过中秋望月圆。

春暖沿河追舞蝶，秋凉上树捉鸣蝉。

当时未解人间苦，父母艰辛最可怜。

项　羽

2019 年 5 月 19 日

拔山盖世目重瞳，敢代秦皇义气雄。

破釜沉舟战必胜，弃人失计梦成空。

鸿门拒谏老臣恨，垓下别姬征路穷。

岂有龙兴凭悍勇，乌江血染一天红。

立秋有感

2019 年 8 月 8 日

昨携诗友汉江游，今见叶黄惊立秋。

秋似美人偏爱瘦，贫逢老境怕添愁。

寒蝉入夜悄无息，促织绕堂鸣未休。

月光自是长安好，秀色还思汉水流。

汉 广

2019 年 8 月 22 日

旬阳城下汉江流，天赋双鱼太极洲。

曾经三国争雄地，无复千家入夜愁。

文庙柏乌迎日月，黄州馆客忘春秋。

山多乔木遮望眼，游女依然不可求。

附记：以上《立秋有感》《汉广》曾载于《陕西诗词》2019 年第 4 期。

五　七言绝句

汉拜将坛怀古五首

1999 年 7 月

其　一

仗剑统军汉水边，扫平天下解君难。

争来刘氏帝王业，身后空余拜将坛。

其　二

成败皆称萧相贤，功难抵过尔心寒。

岂知炎汉奠基处，正是当时拜将坛。

其　三

汉家兵败正艰难，力挽狂澜一片丹。

了却君王天下事，谁知寂寞向荒坛？

其 四

喋血井陉败赵韩，兵围垓下楚江寒。

功成却被女儿诈①，扼腕英雄哭将坛。

其 五

忍人难忍是英贤，盖世功勋君不安。

长乐斧声恩义绝，三光依旧照高坛。

附记：本诗原载于《陕西日报》1999 年 7 月 23 日文艺版。

终南山

2000 年 5 月

千寻飞瀑接流霞，百态古松生断崖。

枫树连天漫无路，茅庐隐约有人家。

附记：门下研究生雷景炀同志作山水画一幅，索诗以题之，因为是作。

---

① 据《史记·淮阴侯列传》，吕后、萧何闻韩信欲反，设谋诈信至宫中，斩于长乐宫钟室。信临刑叹曰："吾悔不用蒯通之计，乃为儿女子所诈，岂非天哉！"

校园即景

2001 年 3 月

兰桂飘香百鸟鸣，飞泉流韵读书声。

满园绿色谁描出，花谢花飞花有情。

附记：此诗原载《陕西师大报》2001 年 3 月 30 日第 4 版，本次收入时有改动。

忆鱼浦江先生

其 二

2007 年 1 月 23 日

教改金陵同赴会，银川结项创时新。

先生转首溘然去，相聚从今少一人。

附记：此诗原载《陕西师大报》2007 年 1 月 30 日第 7 版。

蜀地游

2008 年 4 月 9 日

乐山留影赏花时，牵手峨眉人不知。

竹苑熊猫最无赖，都江春水惹相思。

庚寅元日有感

2009 年 1 月 26 日（正月初一）

负日献芹未得闲，烧薪覆酱亦堪怜。

秋冬去后迎春夏，辞别牛年是虎年。

辞寅迎卯有感

2010 年 2 月 1 日

春误樱花夏误莲，秋风不觉冷冬残。

此生唯信读书好，每愧新年负旧年。

附曾志华教授、刘勋宁教授和诗：

次韵安顺先生辞寅迎卯有感

2010 年 2 月 6 日

曾志华

君子花中虽数莲，秋来能免叶凋残。

庄周齐物妙言在，勿负人生耳顺年。

步原韵和胡安顺先生

2011 年 2 月 17 日

刘勋宁

纸赏樱花梦赏莲，更衣始觉秋冬残。

没头码字还文债，奢侈读书当哪年？

和彰化师大周益忠教授

2010 年 8 月 30 日

其 一

秦关遥望路重重，宝岛长安一日通。

万水千山遮不住，只缘大爱在心中。

其 二

文教周秦化九州，汉唐多士解民忧。

帝都尚学风仍在，高校如林楼外楼。

附记：2010 年 8 月下旬，台湾地区彰化师范大学同人由副校长带队造访陕西师范大学文学院，双方于陕西师范大学宾馆启夏苑举行学术会议，余应邀参加。席间，彰化师范大学周益忠教授作七绝二首，该校张清泉教授以南调吟唱之，声清而雅。陕西师范大学王涛副校长提议本人和之以增两校之谊，因成此作。

附周益忠教授原作：

七绝二首

2010 年秋

周益忠

2010 年金秋 8 月，台湾地区彰化师范大学教师一行十五人至西安与陕西师范大学文学院同仁学术交流，有志二首，周益忠敬咏于启夏苑，2010 年 8 月 30 日。

其　一

自古秦关百二重，白沙丹凤久难通。

东流清渭情无限，冲决崤函入海中。

其　二

陕西千载帝王州，师范年华百感忧。

大学长安行古道，为彰化育更登楼。

马年有感

2012 年 1 月 22 日（除夕）

三更灯火五更天，旰食宵衣思马迁。

众里寻他千百度，不遑启处又逢年。

曲江春晓

2012 年 4 月初

春到曲江千树花，长堤十里尽烟霞。

今年更比往年好，香伴东风入万家。

曲江春暮

2012 年 4 月 29 日

满眼斜晖满眼青，百花谢尽鸟空鸣。

一年又是春归去，不忍看犹不忍听。

撤　船

2012 年 4 月 29 日

对峙黄岩忽撤船，初闻惊愕只汗颜。

孰知退让是奇计，大勇伐谋兵未残。

附记：2012 年 4 月 8 日，一架菲律宾海军侦察机发现黄岩岛泻湖内有 8
艘中国渔船，菲律宾遂派最大战舰、旗舰——3400 吨的"德尔毕拉尔"号
护卫舰前往抓扣我渔船。4 月 10 日，菲律宾水兵 12 人登上中国渔船进行检

查。中国海监 84 船、75 船闻讯及时赶到阻止了菲军的行为。4 月 12 日，中国渔政 303 船抵达黄岩岛，与菲渔政船对峙。18 日上午，中国最先进的渔政船——2500 吨级载机渔政船 310 号从广州出发前往黄岩岛巡航执法。22 日中方突然撤回 310 号，舆论颇感意外。不久听说 310 号船并未远离，只是在 10 海里外的海上游弋，且很快返回继续与菲船对峙。因感而作。

偶　感

2012 年 5 月 23 日

梅借雪花柳借风，下山猛虎入云龙。

穷经皓首何堪论，为学无官事每空。

附记：2012 年 5 月 22 日余与文学院李西建院长等五位教授率博士生往韩国参加"东北亚西亚语文学·文化学术大会"。23 日上午，陕西师范大学与韩国全北大学博士生报告论文，两校教师点评，某学生所引诗句中有两"借"字，因感而得"梅借雪花柳借风"一句，继而补足成绝句。

秋韵二首

2012 年秋日

其　一

寒蛩唧唧绕厅堂，一夜秋风天下凉。

正恨暑长避无计，梦回忽见菊花黄。

其　二

云流木落雁南翔，入夜秋声簟席凉。

从此鸣蝉住高调，蜚声蟋蟀闹厅堂。

附记：2012 年 8 月某日晚饭后与曾志华教授、韩宝育教授散步于曲江遗址公园，偶得"一夜秋风天下凉"句，遂补足成《秋韵》绝句一首（其一）。翌日又补写一首（其二）。2013 年 11 月将《秋韵》其一发给友人日本明海大学刘勋宁教授，刘于 20 日发来和诗一首，亦附如下：

和胡安顺先生《秋韵》

2012 年秋

刘勋宁

日间残菊兢斜阳，夜半秋声晓色凉。

百草堪怜无可计，起看银杏一街黄。

纪念《陕西师大报》发行第 500 期

2013 年初春

辛苦编排若许年，新闻趣事及时传。

期期精彩到千户，鼓舞师生永向前。

辋川行五首

2013 年 8—9 月

其 一

蓝关古道入云天，访胜寻踪到辋川。

四顾幽篁全不在，欲为长啸竟徒然。

其 二

辋川长日照蓝关，山鸟空鸣在树颠。

摩诘当时隐居处，唯留孤杏守千年。

其 三

辋川三月柳含烟，访鹤山僧今未还。

满院落花不须扫，且留香物伴人眠。

其 四

辋川秋至桂花天，香袭幽篁蕊落泉。

遥想当年诗佛事，弹琴长啸复参禅。

其　五

空山落日满疏帘，倚户临风听暮蝉。

送走残阳望新月，半为寂寞半神仙。

附记：2013 年 8 月全国汉语言文字学高级研讨班在陕西师范大学举办期间，余与党怀兴教授陪同北京大学郭锡良教授、南京大学鲁国尧教授参观蓝田猿人故址，之后驱车前往辋川访寻王维别业故址，途经蓝关古道，韩愈"雪拥蓝关马不前"即此也。访寻王维隐居故址，乃郭先生之夙愿，几经盘桓打问，终达目的地。至则见一硕大银杏树，虽历经千年风雨，却依然苍翠，巍然耸立，足五六人才得合围。树前立一石碑，上刻"王维手植银杏树"，其余记载只字未见，所谓王维故居者，唯此而已，想象中之院落遗迹及幽篁、竹里馆、深林、青苔、渡头诸物已全然不存。杏树周边地势平整，方约里余，四围皆山，空旷寥然。树南有一山涧，东西向，涧流已断，涧旁树上蝉噪不已，时有山鸟飞鸣而过。郭先生慨然叹曰："此景与吾想象中之鸟鸣涧何其相似乃尔！"归途中余且喜且憾，偶得诗句二，并求正于诸先生，时在 8 月 15 日，后于 9 月 4 日补为 5 首，曾载于《陕西诗词》2015 年第 2 期。

咏　梅

——和刘勋宁先生

2015 年 4 月 8 日

冰为肌骨玉为魂，三友凌寒尔独芬。

蓄势经年在一放，风光占尽最先春。

附日本明海大学教授刘勋宁先生原诗：

咏残梅

2015 年 4 月 7 日

刘勋宁

白是精神赤是情，芳招彩蝶蜜招蜂。

浮华落尽留心骨，只引诗人咏血红。

同学会

喀什师范学院毕业四十周年纪念

2015 年 5 月 31 日

千里南疆瀚海天，同趋喀什过重关。

寒窗数载艰难日，回首悠悠四十年。

纪念抗战七十周年

2015 年 9 月 18 日

抗战烽烟遍九州，群山血染大江流。

国残家破几多恨，马踏东京意未休。

附记：进攻南京的日军最高指挥官松井石根大将（时任日军华中方面

军司令官，于 1948 年 11 月 12 日被远东国际军事法庭作为甲级战犯判处绞
刑）曾于 1937 年 8 月 12 日写下这样一首诗："汗了戎衣四十年，兴国如梦
大江流。君恩未酬人将老，执戟又来四百州。"看后不胜感慨，因为是作。

咏　桂

2015 年 9 月 21 日

秋来树树满天星，岁岁花开未借风。
不与三春斗妖艳，香飘十里味犹浓。

曲江秋暮

2015 年 11 月初

残荷衰柳曲江天，大雁南归秋意寒。
又是一年萧瑟景，西风落叶下长安。

银杏三首

2015 年 11 月初

其　一

在树金黄落地飞，翩翩起舞送秋归。
多情每被菊花笑，可恨诗家留意迟。

其 二

满园银杏叶成荫，摇曳飘飘遍地金。

柔似菊花轻似桂，晚秋时节最情深。

其 三

树树金黄如彩云，深秋一望最销魂。

骈妍虽在菊花后，入画风光胜早春。

附记：《银杏三首》原载于《陕西师大报》2015 年 12 月 15 日第 4 版。

赠阎庆生先生

2016 年 2 月 18 日

阎公才学可雕龙，妙语连珠谁与同？

虽是清风一教授，千山万壑在胸中。

忆丹江

2016 年 2 月 21 日

杨柳依依绕刺梅，春风拂岸落红飞。

何时归看丹江水，梦里神游第几回？

曲江春

2016 年 3 月

其　一

曲江三月柳丝丝，雨后风轻归燕迟。

一路桃花开不尽，飞红落满绿杨枝。

其　二

桃花夹岸映天红，乳燕学飞莺始鸣。

岁岁曲江春事早，熏风送暖丽人行。

其　三

吹落桃花柳絮风，曲江池畔草青青。

多情最是林间鸟，因怕春归日夜鸣。

附记：《曲江春》（其一）曾载于《西安市九十中学报》2016 年 5 月 5 日第 4 版。

清明节

2016 年清明节

其 一

清明祭祖到商州，父母碑前齐叩头。

回望新坟逼旧冢，亡人多是少年游。

其 二

寒食清明上祖坟，供香化纸祭尊亲。

青烟难释许多恨，唯把叩头当感恩。

附记：吾于2016年清明节前夕回商州，于4日到家乡白杨店率子侄及孙辈八九人上柏树岭祭坟。祭毕，望见岭前草木依然，而新坟无数，规模装饰远胜旧坟。问之，亡人或为儿时同伴，享年或六十余，或五十、四十余，甚或三十余。盖千百年来，生息繁衍于斯土者，日出而作，日落而息，终年辛勤，却不免于饥寒病痛，是故命短者众，长寿者寡，今所见诸冢，数十年后即为新茔所替，世代如此，相沿至今。人生苦短，乡人犹短，因感慨系之，为是作以记。

七月青海行

2016 年 7 月 20 日

其　一

青海调研七月中，祁连如黛草青青。

菜花映日香扑面，一路盘山天上行。

其　二

七月驱车青海行，翻山越岭快如风。

牛羊遍地看不够，一路相迎一路情。

其　三

登高极目远山苍，油菜花开遍地黄。

青海秋来景色好，风清日丽胜春光。

其　四

祁连积雪照冰川，柴达风吹日月山。

去病当时征战苦，文成车马走千关。

其 五

调研中教到门源，海北精神满校园。

昔日学生成骨干，不言艰苦好儿男。

其 六

青海陕西千里遥，两区师大创新高。

帮扶结队常来往，再铸辉煌志气豪。

附记：2016 年暑期 7 月 15—17 日，陕西师范大学一行六人赴帮扶单位青海师范大学进行校际交流，同时考察中学教育，六人包括校办、教务处领导及三位省级教学名师，由校领导带队，余忝列其中。其间教师各作学术报告一场，并前往实习基地门源海北二中参观，与陕西师范大学毕业生座谈，特赋诗以记。其中前四首曾载于《陕西诗词》2016 年第 3 期。

桂林行十首

2016 年 12 月 30 日

桂 林

桂林山水不虚传，山在城中水绕山。

明月桃花江上渡，美轮美奂胜游仙。

漓 江

其 一

漓江碧水映蓝天，天水难分飞鸟旋。
两岸竹林杂芳树，青山扑面送微寒。

其 二

蓝天倒影鳜鱼游，野鹜成群争暖流。
桂树花开香袭岸，山风旦暮送行舟。

阳 朔

风吹红藕水连水，云绕奇峰山外山。
夜夜对歌人似海，长街灯火照南天。

七星岩溶洞

百怪千奇造化功，七星岩洞景无穷。
有山有水有嘉树，像雾像云又像风。

龙隐岩

其 一

龙隐岩高勒石繁，名城增色八方传。

游人皆道书丹好，谁解当时作业难。

其 二

金桂香飘龙隐岩，岩垂石刻越千年。

刀工代代争奇巧，书法最佳是米颠。

李宗仁故居

一生戎马系危安，几度迫教中正难。

最是台儿庄大战，名垂青史万人传。

白崇禧故居

其 一

寻常村舍出名流，诸葛将才谁与俦？

百战烽烟成记忆，积年蛛网锁空楼。

其　二

北伐争锋多智谋，八年抗战可千秋。

英雄能夺宗仁气，退步谋身输一筹。

附记：2016 年 12 月余往香港中文大学参加"中国音韵学研究会 2016 年度学术讨论会"，之后受邀与马重奇教授、乔全生教授同赴广西师范大学文学院讲学。讲学结束，蒙孙建元教授陪同参观桂林名胜，因为以上诸作以记其事。其中《桂林》《七星岩溶洞》曾载于《陕西诗词》2017 年第 1 期。

雾霾天有感

2017 年 1 月 4 日

其　一

千里雾霾白日曛，北风不到土纷纷。

莫嗔相见无问讯，口罩面蒙谁识君？

其　二

清早离家晌午回，全身灰黑鬓毛衰。

邻人相见不相识，误以非洲客又来。

其　三

九州生气恃风雷，万里蒙尘究可哀。

我劝天公且反省，人间缺德不需霾。

其　四

万里神州半是霾，入冬未见梅花开。

不知瑞雪何时到，去岁黄尘今又来。

鸡年除夕即事

2017 年 1 月 27 日

其　一

昔年除夕挂红灯，锣鼓喧天和炮鸣。

今岁无聊看春晚，谁知破坏好心情。

其　二

自吹好看何堪看，自诩好听岂可听。

笑品始终无爆笑，空耗春晚赚虚名。

其　三

禁放烟花因雾霾，万家静坐候春来。

纵然暂得好空气，年味顿消究可哀。

丁酉除夕有感

2017 年 1 月 27 日

其　一

隆冬历尽接春寒，佳节迎来未尽欢。

最怕今宵十二点，钟声过后是明年。

其　二

才尽江郎创意难，年年挨骂演年年。

千条微信废春晚，万众移情朋友圈。

附记：《论语·卫灵公》："子曰：'众恶之，必察焉；众好之，必察焉。'"《韩非子·用人》："释法术而任心治，尧不能正一国；去规矩而妄意度，奚仲不能成一轮"。圣人之语、哲人之言良有以也。

中国远征军

2017 年 3 月 15 日

荷戈投袂义当先，国殄不知危死难。

谁料远征钢铁汉，葬身缅北野人山。

曲江春

2017 年 4 月 21 日

其 一

春到曲江如画中，樱花烈烈杏花红。

晴明忽见蒙蒙雨，云去还来淡淡风。

其 二

曲江三月丽人行，人面桃花今古同。

公子不知何处去，桃花依旧笑春风。

其 三

杨柳青青物候新，樱花桃李最销魂。

野芳寂寞开无主，不怨东风怨路人。

其 四

春来桃李满城香，春去落红遍地伤。

燕子不归杜宇老，漫天柳絮舞斜阳。

其　五

节令催生遍地开，无情风雨递相来。

正红时节忽凋落，春日看花能几回？

附记：《曲江春》五首原载于《陕西师大报》2018 年 3 月 15 日第 8 版。

江山村吟留别

2017 年 7 月 31 日

其　一

屋在清溪小路边，鸟鸣上下树参天。

青山当户满园绿，野草侵阶花护栏。

其　二

不需出入闭柴扉，日宴高朋笑作围。

芳树春来花满地，酒香引蝶上栏飞。

其　三

江山夏夜最宜人，小坐听箫鼓掌频。

一曲阳关接折柳，随风飘落几家闻。

其　四

停车投宿月朦胧，久叩柴扉始有声。

小犬隔篱空吠影，不知来客是诗朋。

其　五

长天如幕月如钩，林静风清万壑幽。

蟋蟀声声好入梦，山中一夜忘乡愁。

其　六

商洛人文堪自豪，江山美酒配佳肴。

能吟店主武元政，多艺厨师善品箫。

附记：2017年7月27日余赴商洛市商州区江山村与商洛市供电局诗友交流，所住客店店主武元政先生为转业军人，能吟律诗，其所雇大厨为青年人，善品箫，当晚为客人吹古曲多首。

读书偶感

2017年8月20日

空读诗书少计谋，白天《周易》夜《春秋》。

可怜每及国家事，无勇无拳未觉羞。

颜真卿赞

2017 年 8 月 23 日

创体名高万代传，忠贞铁骨义参天。

世人皆道颜筋好，莫忘颜公是大贤。

附记：2017 年 8 月 23 日是颜真卿蒙难 1233 年忌日（784 年 8 月 23 日），特撰小诗纪念。

忆贾温性先生

2017 年 8 月 24 日

篆隶真行集一身，渊源有自日求新。

奉身自励常为善，德艺双馨多令闻。

和荆贵生先生《七十七周岁感怀二首》

2018 年 1 月 13 日

其 二

此生甘苦寻常事，不害人民是正求。

无过无功无谤议，有书有乐有春秋。

附荆贵生先生原诗：

七十七周岁感怀二首

2018 年 1 月 12 日

荆贵生

其　二

（其一为五绝）

年轻体健寻常事，到老身康方是求。

长寿知行须合一，公园锻炼度春秋。

丁酉岁末有感

2018 年 1 月 26 日

早临碑帖晚修辞，春赏百花秋赋诗。

斯世无能身外事，天天散步曲江池。

漫步曲江

2018 年 1 月 27 日

闲来移步曲江池，杨柳春风依旧时。

遥想当年思李杜，燕游无异异无诗。

丁酉岁暮长安飞雪

2018 年 1 月 28 日

其 一

雪花飞舞到长安，万户欢欣不觉寒。

童稚无忧忙打仗，行人互祝又丰年。

其 二

隆冬飞雪似春来，千树梨花一夜开。

又是一年好光景，鼎新革故不需猜。

其 三

瑞雪知时连日来，散花飘絮自瑶台。

漫天飞舞迷人眼，欲访寒梅半路回。

其 四

雪落树间惊鸟飞，啼声上下复东西。

因疑春去花无味，拣尽寒枝不肯栖。

其 五

雪伴梅花处处开，穿林透雾送香来。

一丝寒意一丝趣，正是隆冬好酌杯。

附记：此组诗曾载于《陕西诗词》2018 年第 2 期。

雪舞诗兴

2018 年 1 月 29 日

雪来思涌似潮生，雪去凭空神不灵。

诗有别才非在学，却关景物更关情。

北大精神

2018 年 3 月 9 日

空谈政治是书生，北大精神何处逢？

家国情怀几个有，蔡公再世亦无能。

附记：3 月 7 日，陈学超友发来其新作《题紫籐园》，并附"近日北大、清华老同学圈因政见不同吵爆了"数语，余因为是作以响应。《题紫籐园》原作如下：

题紫籐园

2018 年 2 月 5 日

陈学超

三月春晴未着花，临屏点键阅天涯。

一帮老友聊风月，五色新图映日斜。

鸥鹭相偕堪畅叙，蒹葭歧异可明察。

仰游潜水共安乐，绿入蓝来各自暇。

开讲绝无油腻汉，息坛难找佛系丫。

偶发高论掀小浪，时有奇图现大蓝。

不服殷鉴是良师，再写青史品自华。

万里欢筵不需酒，紫藤园里醉落霞。

匆草于多伦多枫松园。

长安暮春诗友雅集

2018 年 4 月 24 日

长安四月暖风熏，会友把诗留暮春。

同品新茶寻古意，座中才女有三人。

附记：有关是日雅集之诗又有五律三首，雅集之记附于五律诗后。

读刘炜评教授诗并次韵一首（其二）

2018 年 4 月 28 日

优孟衣冠意率真，刘郎才气语传神。

诗中云海多苍狗，只怕曲高和寡人。

附刘炜评教授原诗：

席后绝句五首呈陕西诗词学会诸君

2018 年 4 月 28 日

刘炜评

其 二

醉眼犹能辨假真，谑谈张胆也留神。

衣冠优孟遗风在，非有先生启后人。

读诗有感

步杨万里《桂源铺》，因炜评教授《戏为剥皮诗》而作。

2018 年 7 月 8—13 日

其 一

千山遏阻大江奔，惹得惊涛动地喧。

积重倒流三万里，后村没了没前村。

其 二

江河日夜向前奔，遇阻涛惊天地喧。

历尽万难归大海，风流一路过千村。

其　三

青溪无倦向东奔，百折不回日夜喧。
汇聚万流掀巨浪，岂能久屈小山村？

其　四

群山竞势水飞奔，山水相依日夜喧。
水避高山山让水，春光处处是烟村。

其　五

春来驱马向山奔，一路落红百鸟喧。
细柳天桃看不尽，走神误入杏花村。

其　六

河神秋至向东奔，汇纳百川日夜喧。
自美风光尽在己，忘乎原自小山村。

其　七

欲追日影向西奔，夸父豪情惊世喧。
可叹英雄困河渭，亡身弃杖富千村。

其　八

阳春三月众溪奔，万紫千红百鸟喧。
问柳寻花莫止步，后村景致胜前村。

附杨万里、刘炜评教授原诗：

桂源铺

杨万里

万山不许一溪奔，拦得溪声日夜喧。

到得前头山脚尽，堂堂溪水出前村。

戏为剥皮诗

刘炜评

崇山力阻万溪奔，争奈清流日夜喧。

各秉初心向江海，信能行到地球村。

读李晓刚教授《渭城致炜评君》

2018 年 7 月 13 日

山洪没路水迢迢，车堵千人成地标。

疑似江南秋雨后，横流无际渡无桥。

附李晓刚教授原诗：

渭城致炜评君①

2018 年 7 月 13 日

李晓刚

红灯车塞路迢迢，处处高楼夺地标。

古渡荒原无觅处，浊浪掀倒渭河桥。

步炜评教授《即景》

2018 年 7 月 14 日

禹天今日是何遥，黄泛排空接九霄。

一样泥沙未减少，倒流反过渭河桥。

附刘炜评教授《即景》：

即 景

2018 年 7 月 14 日

刘炜评

尧天舜日一何遥，滚滚浊流弥九霄。

也拟桃源耕五亩，倩谁泅渡搭浮桥。

① 刘炜评《步韵李晓刚教授》："关山百二走迢迢，厌看官家涨地标。值水忽来如海势，哀思漫过渭河桥。"

步李晓刚教授《即景》

2018 年 7 月 14 日

暴雨连天势未央，咸阳古渡正茫茫。

当时计失黄万里，致教渭河清变黄。

附李晓刚教授《即景》：

即 景

李晓刚

风雨奔腾夜未央，桥头浊水感苍茫。

出山大禹为新计，不凿不疏维治黄。

观昭苏县风景照有感

2018 年 7 月 15 日

昭苏看景四乡奔，油菜花开溪水喧。

天地相连黄一片，谁知仙境是边村。

附记：2018 年夏日，中学同学王玉堂发来游新疆昭苏县彩照，风景如
画，因为是作。昭苏者，汉张骞出使西域所经之乌孙国也。

岐山吟留别
五丈原

2018 年 8 月 22 日

天意难违非战难，运筹忠义两无关。

几曾见得蜀吞夏，遗恨空悲五丈原。

甘棠颂

2018 年 8 月 24 日

古风扑面孝为先，耕读持家代代传。

莫道西天有乐土，甘棠遗爱遍周原。

戊戌中秋有感

2018 年 9 月 24 日

中秋无月是何年，戊戌迎来风雨天。

今夜嫦娥应寂寞，悲思不只怨长安。

咏 桂

2018 年 10 月 5 日

其 一

八月群芳尔独尊，风情占尽是香魂。

御园村野同馥郁，赢得秋光不减春。

其 二

秋来金桂见精神，花满琼枝香袭人。

最是清风明月夜，箫声断续倍销魂。

登潼关汉城观黄河有感

2018 年 10 月 22 日

南向转身东向流，狂奔到海不回头。

若非急拐风陵渡，倒退凶灾天地愁。

潼关怀古

2018 年 10 月 22 日

长安自古帝王都，全赖潼关遮羯胡。
遥想当年守战苦，满山尸骨姓名无。

续貂王之涣《登鹳雀楼》

2018 年 10 月 13—23 日

其 一

半轮白日依山尽，万里黄河入海流。
远望欲穷千里目，登高更上一层楼。

其 二

暮观白日依山尽，朝看黄河入海流。
谁不欲穷千里目，几人更上一层楼？

其 三

独怜白日依山尽，尤爱黄河入海流。
壮志欲穷千里目，奋身更上一层楼。

其 四

白日依山尽兴游，黄河入海流到头。

欲穷千里目前路，更上一层楼外楼。

续貂体二首

2018 年 10 月 28 日

今日即兴又为"续貂体"二首，借以体验古人构思之趣也。

续王维《相思》

多情红豆生南国，岁岁春来发几枝。

秋日愿君多采撷，只因此物最相思。

续王维《送别》（一作《山中送别》）

折柳山中相送罢，回车日暮掩柴扉。

信知春草明年绿，借问王孙归不归？

戊戌岁末吟留别

2019 年 1 月 28 日

小序：戊戌年腊月二十日（2019 年 1 月 25 日）晚，西北

大学刘炜评教授邀请多位诗友雅集于大雁塔西北角永丰酒家，

辞旧迎新，小酌清议，诗话于前，醉话其后，乘兴而来，微醺而去，所谓晤言一室之内，放浪形骸之外，虽无贪官受贿之乐、美女侍酒之趣，亦无污吏受审之忧、谄谀逢迎之累。处下能屈，登高能赋，乐而忘年，得意忘言，有感即发，无忌左右。因为绝句数首以记其事，时在 26 日。28 日适逢小年，得暇小改。

其 一

雁塔彩虹不夜天，驱车乘兴赴华筵。

高朋满座尽诗友，把酒迎猪辞狗年。

其 二

刘郎才气酒中仙，设宴曲江追古贤。

拼得豪情成一醉，不知窗外是尧天。

其 三

曲江曲尽夜阑干，雁塔题名事往年。

醉卧长安君莫笑，终南修炼几成仙？

其 四

雁塔晨钟已杳然，高僧经卷几人传？

可怜玄奘坐禅处，锣鼓喷泉日夜喧。

其　五

岁暮长安千户忙，皇城日短夜流光。

银花火树迷人眼，堪比三春输一香。

其　六

长安入夜亦辉煌，雁塔钟声古韵长。

毕竟千年王者邑，万家灯火绕城墙。

其　七

不借东风不送香，假花得志也猖狂。

冬呈烂漫争春色，爬树上街登大堂。

其　八

龙脉无形伤不得，皇都地气直通神。

沉睡一觉千年梦，说破天机惊煞人。

其　九

小年警示到年头，将及大年忙未休。

贪吏思贪商逐利，诗人索句正凝愁。

附记："其五""其六"曾载于《陕西诗词》2019 年第 2 期。

和炜评教授《桃园夜归和韩轩兄
过大雁塔绝句》

2019 年 1 月 28 日

春秋故事有陈田，齐国臣民受苦煎。

得计篡权谋百世，秦兵到日是终年。

附刘炜评教授原诗：

桃园夜归和韩轩兄过大雁塔绝句

刘炜评

哀禾难拨老心田，锥眼灯红似火煎。

行迈凤城寒腊月，狗年痛过痛猪年。

赠烟民

2019 年 1 月 31 日

其 一

半日两包胜做官，清晨一口活神仙。

死囚临决求过瘾，初夜新郎先点烟。

其 二

斯翁烟斗霸王鞭，德胜烽烟伴卷烟。

鲁迅文思因烟涌，邓公烟后再开元。

附记：近日见到"长安诗人"群中诗友所发组诗《心事如烟》，颇多趣味，因感而作。

戊戌岁末长安观灯有感

2019 年 2 月 2 日

其 一

雁塔曲江烟火明，钟楼车马鼓楼灯。

长安春晚风流处，最是大唐不夜城。

其 二

满城宫阙映流霞，灯火最明是酒家。

天上人间全不是，三冬万树放红花。

其 三

无蝶无蜂人看人，彩灯入夜到清晨。

金花满树开无主，貌似多情不是春。

其 四

春风不度事奇葩，千树枝头尽彩霞。

杨柳披红欲变节，无情松柏亦开花。

附记："其一""其二"曾载于《陕西诗词》2019 年第 2 期。

春晚静悄悄

2019 年 2 月 4 日

看戏时难听亦难，更无锣鼓炮声喧。

而今唯有元宵月，犹为千家照晚年。

附记：拜贺、观灯、放鞭炮、挂春联、穿新衣、食粱肉、唱大戏、耍社火、祭祖上坟、走亲访友乃中国年之基本元素，而今戏曲式微，迩又禁放鞭炮，虽在大年，全城寂然，人皆虚度银屏，微信是务，故知电视毁时，手机妨情，春晚废年，西风败俗。叹日月之徒增，悲传统之渐远，哀世情之易移，因为是作，时在己亥春晚。

诗群有感

2019 年 2 月 9 日

抒情容易写真难，灵感飞来或忘言。

点赞有无且不管，新诗先发友人圈。

夕阳芳草见游猪

2019 年 2 月 5—9 日

其 一

春来冬去雪霜无，解冻川原争复苏。

陇上早梅开未尽，夕阳芳草见游猪。

其 二

夕阳芳草见游猪，云际飞鸿声渐无。

陇下炊烟正袅袅，牧童弄笛在归途。

其 三

向晚山花开似无，夕阳芳草见游猪。

河边打闹谁家子，掬水高抛看雨珠。

附记：己亥春节期间，中华书局朱兆虎先生发来《夕阳芳草见游猪》
画一张。附言："古人尚雅，极少以'猪'入诗，梁启超盛推乾隆皇帝'夕
阳芳草见游猪'的妙句，在雅集上请王云作画，姚华赋诗，自书画题，堪
称诗书画三绝，成为近代艺林佳话。苏东坡也调侃汉代官府不许私人酿酒，
打砸私家酒瓮，酒流满地，却把家畜都给醉倒了，有'西邻椎瓮盎，醉倒
猪与鸭'的佳句。雅俗无间，惟须妙手；万象更新，不待阴晴。值此新春
伊始，谨呈三绝'夕阳芳草图'，聊博一笑。"画中梁启超题云："夕阳芳草
见游猪。往在日本须磨浦之菱涛阁为诗迷戏，汤荷庵举此句覆其第七字，合

座莫能射得。出原本则乾隆御制诗也。昨年会食京师新月社，席间以为笑剧，既而梦白、茫父用作画题，致有佳趣。茫父一试帖更可诵，故请两君为补写一轴。丁卯秋，启超。"画中姚华诗曰："不觉悠然见，群猪正尔游。夕阳随地没，芳草贴天柔。陇外牛羊下，望中山水秋。尾摇红暗淡，蹄认绿夷犹。有幸陪龙杖，无端助凤楼。不因三写误，句向御题求。"余因以"夕阳芳草见游猪"为题续貂成绝句三首，猪年万城禁炮，聊以诗增兴耳，时在己亥正月初一、初二、初五。

悼李锐先生

2019 年 2 月 17 日

敢思敢想意真纯，忘死直言因爱民。

不吊旻天舍一老，锐身从此少斯人。

己亥元夜大唐不夜城观灯

2019 年 2 月 19 日

人山人海看花灯，擦背摩肩寸步行。

如鲫过江何所见，万头攒动电光明。

寄新疆中学同窗

2019 年 3 月 31 日

其　一

春风已度玉门关，燕子纷飞过柳园。

莫怨北庭冰雪冷，花开明日到天山。

其　二

人生七十已衰年，忘却百忧忘却钱。

冷眼梦回看世界，人间万事是云烟。

其　三

无钱无势且无权，亦未秦城受作难。

我有一言应记取，平民生活胜高官。

春夜闻梁宏达讲故事

2019 年 4 月 5 日

谁家二小暗飞声，反教乃师名满城。

此事两伤非折柳，何人不恼反同情？

清明节感怀

2019 年清明节

千家扫墓在清明，旧塚新坟烟色青。

万里关山挡不住，人间最重是亲情。

民族脊梁

——读炜评教授《张志新烈士祭日》而作

2019 年清明节

民族脊梁华夏魂，拼将一死为烝民。

年年今日清明节，祭扫勿忘张志新。

痛悼凉山救火英烈

2019 年清明节

其　一

英雄魂断少年时，又为斯民哭健儿。

可恨苍天太作恶，公平正义有谁知？

其　二

妻子呼天母哭疯，悲摧岂止怨东风。

男儿报国在疆场，何乃葬身烈火中。

其　三

介推故事美名传，忘旧文公令士寒。

留得清明同扫墓，今年国祭是凉山。

附记：2019 年 3 月 30 日 18 时，凉山州木里县雅砻江镇立尔村发生森林火灾。3 月 31 日下午，30 名扑火队员在转场途中，突遇山火爆燃牺牲。因感而作，时在 2019 年清明节。

读炜评教授和祭诗有感

2019 年 4 月 6 日

监国卫巫非渺茫，赵高指鹿甚荒唐。

胡风文字秦城狱，鬼哭夹边魂怕狼。

附刘炜评教授和诗：

和李青莲、胡商山

2019 年 4 月 6 日

刘炜评

桥门无处不吞声，耳目信疑千百城。

转想卫巫真蠢货，周家蓄犬岂关情？

己亥暮春有感

2019 年 4 月 30 日

众芳摇落最惊心，欲葬随风无处寻。

几许闲愁几许恨，晓寒寂寂夜沉沉。

阳春三叠

2019 年 5 月 21 日

杨白花

二月小绒护绿芽，随风飘舞弄流霞。

引来乳燕与蜂蝶，占尽春光杨白花。

曲江来燕

三月春浓处处花，新荷出水柳藏鸦。

曲江故苑来新燕，游人应悔到天涯。

榆　钱

四月春归花已残，东风着意在榆钱。

圆如通宝连青琐，欲续韶光接夏莲。

附记：《阳春三叠》原载《陕西师大报》2019 年 6 月 1 日第 8 版。

旬阳行

2019 年 8 月

旬阳太极城

其　一

天赋流形风物佳，神工鬼斧出奇葩。

旬阳城曲绕江汉，太极中华第一家。

其　二

太极天生汉水涯，伏羲八卦不需夸。

行人不到秦巴地，妄说阴阳岂是家？

蜀河古镇

其　一

古镇如新事渺茫，雨中探访趣尤长。
船帮最是黄州馆，鸣盛楼高引凤凰。

其　二

古镇蜀河临汉江，江流日夜纤工忙。
望夫台上千秋泪，多少凝望负斜阳。

其　三

雅集蜀河似梦乡，微风送爽雨敲窗。
山中一夕农家乐，把酒论诗听二黄。

其　四

街舍盘空雨色新，途多骡马庙多神。
山中四季天如盖，江岸千年人望人。

旬阳文庙

旬阳文庙匾高悬，字字如金值万钱。
古柏千年藏院内，凌霄花绕映红天。

孟达墓

孟达谋身欠考量，徒生一副好皮囊。

衣冠荒塚谁人拜，未见曾孙一炷香。

汉江航运纪念馆

一江碧水向东流，不见船帮惹客愁。

纪念馆中听故事，何如击楫泛中游。

汉　江

旬阳一望水悠悠，别梦依然踏雨游。

愁锁长安百事扰，诗情还在汉江头。

附记：2019 年 8 月 3—4 日应咸阳女子诗社阮心社长之邀赴陕南旬阳县采风，一行九人，受到旬阳县文联等单位同志热情接待。6 日得七绝六首、七律《立秋有感》一首以记行，11 日又得绝句《汉江》《孟达墓》二首。

六　词

菩萨蛮·端午节

2008 年 4 月 28 日

清明过后望端午，春深燕子当空舞。河畔看垂杨，
心随苇叶长。

节来同祭祖，粽子千家煮。插艾戴香囊，饮酒点雄黄。

渔歌子·同学会

喀什师范学院毕业三十周年纪念

2015 年 5 月 31 日

喀什城东师院天，春秋几度晓风寒。

毕业后，四十年，相逢无忌话千般。

长相思·送贪官

2018 年中秋

生难堪，死难堪，半死半生谁可堪，狗官无愧惭。

明亦贪，暗亦贪，不暗不明是大贪，最终全入监。

长相思·中秋有感

2018 年中秋

其 一

暑气消，乱云飘。一夕狂风草木凋，凭栏甚寂寥。

雁声高，思绪遥。盼到中秋听玉箫，月圆在树梢。

其 二

夏风狂，秋风凉。大雁南飞知了藏，高山流水长。

桂花香，菊花黄。入夜闲愁伴月光，中秋思故乡。

蝶恋花·暮春

2019 年 5 月 10 日

长夜愁思和梦绕。唤醒晨风，小鸟枝头叫。寄语声声终未晓，多情不管人烦恼。

郊外绿杨遮大道。四野萋萋，满目青青草。花谢难寻蜂渐少，一年又是春归了。

南乡子·过年

2020 年 1 月 29 日（庚子正月初五）

春节变联防，路堵城封人卧床。愁锁空楼多少恨，彷徨，霾雾疫情两断肠。

万户负流光，郊外柳丝与草长。燕子归来门紧闭，悲伤，欲返却愁过汉阳。

附记：友人阎庆生教授高评：咏眼前事，伤家国怀，流丽深婉，情思飞动，因情见色，景象虚实相生而融成化境，实为罕见之词作佳篇也！

一剪梅·庚子初春

2020 年 2 月初

二月风轻鸟乱鸣，杨柳萌芽，野草回青。终南遥望晓烟轻，山寺依稀，隐约群峰。

举国惶惶闹疫情，一处新增，百处心惊。萧条春日几何曾，人尽蜗居，谢绝亲朋。

七　对联

（一）祭祀联

辛巳年清明节公祭黄帝陵联

2001 年春

其　一

黄帝陵高通太乙，桥山柏古荫神州。

其　二

止干戈，一海内，代神农，千古雄风犹在；

旁日月，抚颛民，顺天纪，万年土德长存。

附记：此二联应陕西省公祭黄帝陵工作委员会办公室之邀为辛巳年（2001）

清明节公祭黄帝陵撰，后载于《陕西师大报》2001 年 3 月 30 日第 4 版。

壬午年清明节公祭黄帝陵联

2002 年 3 月 18 日

其　一

千载黄陵生紫气，万株翠柏荫神州。

其　二

桥山群柏，同环玉宇；

沮水春风，共祭轩辕。

其　三

涿鹿阪泉，业继三皇以后；

宪章文教，制开百代之先。

其　四

经天地，顺时变，建中华，垂万年法式；

正衣裳，叙人伦，造书契，创千古文明。

其　五

继天立极，德服诸侯，庙古陵高泽厚；

出线入关，功成奥运，政通民富国强。

其　六

重振雄风，革故鼎新建四化；

永承景运，富民强国利千秋。

其　七

人文初祖，礼仪安邦，创千秋伟业；

炎黄子孙，科教兴国，展万里宏图。

其　八

清明时节，万里寻根同祭祖；

炎黄子孙，一宗追本共思先。

附记：此数联应陕西省公祭黄帝陵工作委员会办公室之邀为壬午年（2002）

清明节公祭黄帝陵撰。

癸未年清明节公祭黄帝陵联

2003 年 3 月

其　一

承运维新，开尧舜盛世，振周秦雄风，启汉唐伟业；

与时俱进，致人民小康，兴科技强国，建世纪丰功。

其 二

祭天拜祖，开发西部经济；

励志图强，重建中华文明。

其 三

松柏越千年，根深叶茂；

子孙传万代，源远流长。

附记：此数联应陕西省公祭黄帝陵工作委员会办公室之邀为癸未年（2003）

清明节公祭黄帝陵撰。

丁亥年清明节公祭黄帝陵联

2007 年 3 月 21 日

其 一

功著人文，名垂日月；

德兴华夏，光照乾坤。

其 二

永承传统，香火千年祭初祖；

共建和谐，炎黄万姓是同根。

附记：此二联应陕西省公祭黄帝陵工作委员会办公室之邀为丁亥年（2007）

清明节公祭黄帝陵撰。

（二）春联

迎春联

2006 年岁末

师生共济，万里扶摇，宏图开局十一五；

薪火相传，三年跨越，壮志迎春二一一。

附记：此联遵学校办公室之嘱撰，用于办公楼。

壬辰年自拟春联

2011 年 12 月 20 日

其　一

云开龙显象，山动虎生威。

其　二

万里鲲鹏意志，九天龙马精神。

其 三

千家爆竹九州动，一夜春风万象新。

癸巳年校用春联

2013 年 1 月 30 日

其 一

迎春纳庆，戒空谈，奉身无愧千秋后；

除旧布新，去浮躁，立论敢为一代先。

其 二

汉唐古韵流风，誉驰四海，黉宇今年春事早；

西北人文重镇，名在百强，师生去岁创新多。

其 三

身处黉门，学兼中外，格物务求强国；

力行世范，事镜源流，致知首在育人。

附记：此数联应学校后勤处之约撰。

丙申年春联

2016 年岁末

龙凤呈祥，喜从天降；

仁和致福，运自春来。

附记：2016 年何志学教授喜得龙凤孙，年末嘱余为撰 2017 年春联，因为是作。

（三）贺联、赠联

高元白先生寿联

2000 年 10 月

架上图书座右鹤，门前桃李苑中兰。

附记：2000 年，陕西师范大学文学院贺高元白先生九十华诞，遵文学院之嘱代撰。

霍松林先生寿联

2000 年 9 月

文倾四海追三代，寿过八旬始一春。

附记：2000 年，陕西师范大学文学院贺霍松林先生八十华诞，遵嘱代撰。

赵丁李静婚联

2001 年 1 月 14 日

丁郎善射，世纪箭穿瓶雀目；

静女其殊，桃花面映洞房春。

附记：此联遵友人之嘱撰。新郎名赵丁，新娘名李静，均为警察。

贺刘琨、符新伟同志新婚

2002 年 10 月 2 日

其 一

山有琨兮琨有炜，

君知我兮我知君。

其 二

洞房今夜停红烛，

琴瑟永年颂恋情。

其 三

牵我之手，赠我戒指；

执子之手，与子白头。

顾明远先生寿联

2008 年 10 月 9 日

其 一

垂教开风气，著书增寿年。

其 二

才富五车，誉流四海；

寿逾八秩，年始一春。

附记：北京师范大学教育学部顾明远教授八十华诞，陕西师范大学、陕西师范大学教育学院送花篮祝贺，嘱余代拟贺词，因为对联二副。

赠台湾师范大学

2010 年 6 月 11 日

其　一

百年名校，诚勤正朴；

千载国风，礼义仁廉。

其　二

高足如云，业精六艺，尽应时俊选；

名师若雾，学富五车，皆长善方家。

附记：2010 年 6 月，陕西师范大学师生代表团赴台湾师范大学进行学术交流，受代表团之邀，撰成赠联二副。

傅正乾先生寿联

2011 年 3 月 31 日

松柏春秋永，文章日月长。

附记：2011 年，陕西师范大学文学院傅正乾先生八十华诞，遵曾志华教授之嘱撰联并书。

国学大师寿联

2011 年 10 月 19 日

文领时风关国运，年齐上寿比南山。

赠全北大学

2012 年 5 月上旬

桃李争华，品兼三德；

渊源有自，名在十强。

赠全北大学中文学科

2012 年 5 月上旬

书中万象乾坤大，笔下三才日月辉。

赠高丽大学中文学科

2012 年 5 月上旬

书富百家在，道高诸子通。

附记：根据商定，陕西师范大学文学院部分教师率博士生拟于 2012 年

5 月 22 日赴韩国与全北大学中语中文学科及台湾地区台中科技大学设计与语文学院师生进行学术交流，嗣后与高丽大学中语中文学科师生交流。院长李西建教授嘱余书写对联若干以为赠礼，因为是作。

赠大荆中学毕业生

2012 年 5 月上旬

尊师重道，发展家乡教育；

联谊高歌，弘扬商洛精神。

附记：商洛市商州区大荆中学历届毕业生拟于 2012 年 5 月 19 日在西安举行联谊会，原省纪委研究室副主任王鸿麟先生（商州区大荆人）为该会拟对联"尊师重教，发展家乡教育；联谊欢庆，反哺服务桑梓"，发来求吾修改，因成是作。

李青林教授父母功德联

2013 年春

丹水杏坛，徽音流远；

商州电业，筚辂功高。

附记：同乡李青林教授嘱余代为父母撰联并书。李父是商洛市供电局老干部，有创业之功，李母为教师。

郭芹纳教授七十诞辰贺联

2014 年 7 月 11 日

律诗一部开风气，训诂卅年有令名。

傅正乾先生八十九寿辰贺联

2019 年 3 月 3 日

朝夕养乾坤正气，春秋膺家国情怀。

（四）挽联

忆裴让先生

1999 年 9 月

其　一

业举元明，兼善悬壶对弈，才富而不自多，函丈墨香飘万里；

望由天水，独能讲让刑仁，行高而不自诩，裴公人品足千秋。

其　二

笑貌犹存，誉满学林终一世；

斯人虽去，名垂校史足千秋。

附记：裴让先生，甘肃天水人，陕西师范大学文学院副教授，研究元明清文学，曾任文学院副主任，懂医术，精于棋道，能盲下，为人宽厚仁和，有令名。于1999年辞世，享年68岁。"其一"曾载于《陕西师大报》1999年9月20日第4版。

忆高元白先生

2000年9月

居三十五载主任，公一系之利以为利，垂范师生，不树威而望重；

享九十三岁天年，爱四海之心以为心，推恩老幼，不自誉而名高。

附记：此联原载于《陕西师大报》2000年9月20日第4版。

挽赵克诚先生

1999 年冬

敬慎威仪，百载为人无媚骨；

覃思终业，一生秉志有高名。

附记：赵克诚先生为陕西师范大学文学院教授，长期从事现代汉语教学与研究工作，于 1999 年冬辞世。先生 20 世纪 50 年代毕业于东北师范大学中文系，于吾为同事、校友，亦属前辈，然每逢见面辄以师弟相称。

挽史念海先生

2001 年 3 月 29 日

其　一

史学驾明清而上，

高名在覃顾之间。

其　二

山河因良史而增色，

校系借先生而著名。

附记：此二联遵嘱代陕西师范大学文学院撰联挽史念海先生。

文与河山在，名随天地存。

附记：此联遵嘱代陕西省司马迁学会撰联挽史念海先生。

挽吕桐春老师

2004 年 12 月 9 日

学兼书画，名作墨香飘万里；

德守谦和，高行美誉垂千秋。

附记：惊悉东北师范大学文学院吕桐春老师于 2004 年 12 月 8 日下午辞世，特撰联追怀。

挽李绵先生

2007 年 1 月

其 一

功随校史千秋在，

德树学林一代风。

其 二

文章求是，道德守谦，百载学人风范；

陕北救亡，关中兴教，一生革命情怀。

附记：李绵为陕西师范大学前校长、党委书记，国务院任命，副部级，属于老一代革命家、教育家，于 2007 年 1 月辞世。此二联受学校之托撰，后载于《陕西师大报》2007 年 1 月 30 日第 3 版。

挽友人

2010 年 10 月 4 日

克俭克勤，终生革命留芳誉；

亦师亦友，华发秋风哭忘年。

附记：此联遵梁道礼教授之嘱为挽其忘年交撰。

挽曹伯庸先生

2011 年 4 月 21 日

誉流四海，师德树千年懿范；

艺采百家，墨香开一代书风。

附记：2011 年 4 月 20 日，陕西师范大学文学院教授、著名书法家曹伯庸先生辞世，学校及文学院高度重视，拟以高规格治丧送别，嘱余撰联及生平简介。曹先生与余为古代汉语教研室同事，相处多年，其为人质朴温和，慨然有君子之风。

挽周磊先生

2012 年 3 月 15 日

其　一

风霜自励，万种情思在汉语；

劳苦不辞，一生奔走为方言。

附记：2012 年 3 月 14 日，中国社会科学院语言研究所研究员、方言研究室主任、《方言》杂志副主编、全国汉语方言研究会会长周磊先生在乌鲁木齐调研期间不幸因病溘然辞世，余忝兼陕西省语言学学会会长之职，特代学会撰联致哀。

其　二

天不假年，音容宛在；

猝然作古，威望长存。

附记：此联代陕西师范大学文学院撰并书。

其　三

喜重聚，去岁东来话秋月；

恨无常，今朝西望哭春风。

附记：吾与周磊研究员同来自新疆，相识十余年来交游甚洽。其为人耿介，仗义，重然诺，颇具西北硬汉气质。2009 年春，吾受陕西师范大学文学院委托与高益荣教授往北京高校调研，周磊亲自驾车来下榻看望，并请吾二人同往新疆民族饭店品尝美食，其乐融融。知吾兼习书法，当晚赶刻图章一枚，于翌日送来，所用玉甚巨，且刀工精良，篆书亦佳。2011 年秋某日，周磊陪友人自京莅敝校讲学，是晚无事，于宾馆聊天多时，曾相约异时同往韩城，游龙门，拜司马。日前邢向东副院长与吾相商，拟请周磊作为陕西师范大学文学院"211 工程"结项预评专家。不意昨日忽闻其于乌鲁木齐因心脏病猝发去世，以为误传，向新疆师范大学朋友打听后方知噩耗属实，震惊之余，久久不能释怀，人生果然如梦，死生原在转瞬之间。古人云"人生六十鬼为邻，尽将风光与他人"，斯言不虚。今年春节，其尚发短信来致贺，然未及两月，竟溘然作古矣！去秋长谈，竟成永别！惜乎痛哉，自今而往，吾又少一好友矣！因为是联及挽诗一首以寄哀思。

挽王仲英先生

2012 年 6 月 27 日

居简而安，淡泊一生无恨事；

拥书自富，光华千古有遗篇。

附记：王仲英，陕西省西安市长安区人，生于 1930 年，东北师范大学研究生班毕业，专攻古代文学，师从杨公骥教授，曾执教于细柳中学。1981 年调入陕西师范大学中文系，改教古代汉语，后晋升副教授，1991 年退休。2012 年 6 月 26 日辞世，享年 82 岁。此联遵文学院之嘱撰。王先生与余有校友之谊，且在同一教研室共事多年，其为人慎言谨行，居简而心安，向学以忘忧，有《左传》语法论文多篇行世。

挽王国俊先生

2013 年 12 月 17 日

其 一

垂范杏坛，乐以忘忧，文章千古，流芳千古；

献身科技，死而后已，风雨一生，励志一生。

其 二

一代奇才，创新立论，数学高名传世界；

三秦巨子，从教为官，清风懿范育来人。

附记：2013 年 12 月 16 日，陕西师范大学原校长王国俊先生辞世，余受学校委托撰挽联二副，用于灵堂及遗体告别仪式。王先生为著名的数学家，陕西渭南人，1954 年报考清华大学无线电专业，成绩优异，然因家庭出身问题被录取到西安师范学院（陕西师范大学前身）数学系，毕业后分配到汉中一中任教，1962 年调入西安市长安区引镇中学，"文化大革命"中被打成"牛鬼蛇神"，1978 年调回陕西师范大学数学系。自 1986 年起担任代校长、校长，兼任中国数学会理事、中国系统工程学会模糊数学与模糊系统学会副主任委员、陕西省科学技术协会常务理事、陕西省数学学会理事长等职。1988 年被评为国家级有突出贡献专家。

墓碑联

2015 年 5 月 9 日

勤勉一生垂范，德行千古流芳。

附记：此联遵校医院李大夫之嘱为其父母立墓碑而撰。

挽贾温性同志

2016 年 8 月 5 日

仁和温厚行由天性，遒劲谨严书领新风。

附记：贾温性，历任陕西师范大学人事处处长、远程教育学院院长、高等职业技术教育学院院长，兼任陕西师范大学书画研究会会长、陕西省教育书法研究会副会长兼秘书长、陕西省慈善书画研究会副会长兼秘书长等职务，于 2016 年 8 月 4 日因病辞世。

懿范官厅

2018 年春

春晖寸草，子欲养而亲不待；
懿范官厅，魂永在而德长留。

附记：2018 年初春，友人刘继超教授之母以九十岁高龄谢世，嘱余代撰挽联，因为是作。官厅为陕西省礼泉县烟霞镇官厅村，即刘母生前所在村。

挽宏柯教授

2018 年 2 月 25 日

其 一

艺苑光华，百卷美文千古在；

英年殂落，三秦大地一星沉。

其 二

文坛声望，生前中华驰誉；

西部情怀，笔下人物生辉。

附记：红柯同志是陕西师范大学文学院教授，著名作家，于 2018 年 2 月 24 日凌晨因心梗去世，享年五十六岁。翌日受文学院领导之托代撰此挽联。

（五）咏物励志联

应邀为田家炳教育书院大楼落成典礼撰联

2000 年 5 月 10 日

其　一

扶本增华，荫及子孙之后；

疏财报国，名垂日月之间。

其　二

登斯楼也，终南美景，雁塔晨钟，长安风物尽收眼底；

入此院者，文史通才，理工时俊，华夏栋梁多在泮中。

附记：此二联应学校有关部门之邀为田家炳教育书院大楼落成典礼而撰。"其二"典礼当日书为巨幅标语悬挂，后又载于《陕西师大报》2000 年 6 月 5 日第 1 版。

感　怀

2000 年 6 月

情随事迁，长恨悲欢不由己；

境本心造，莫将得失自迷人。

乾坤洞

2004 年 11 月 8 日

道进一寻，界分天地；

山朝千岭，名越古今。

附记：此联应西安市临潼区华清池管委会之邀为西安市临潼区华清池乾坤洞所撰。

游海螺沟冰川

2008 年 4 月 9 日

贡嘎山积千年雪，海螺沟横万丈冰。

白杨店

2009 年秋

镇地三官庙，通天一道桥。

附记：此联为故乡商洛市商州区白杨店镇撰联。白杨店镇南临丹江，东西狭长，中有一条街，是关中通往东南必由之路，亦即"商於古道"必经之地。街东头旧有一神庙，庙中有泥塑三座，分别为观音、关公和土地神，故称三官庙。20 世纪 50 年代是庙改为小学，而神像犹在，余小学一二年级就读于此。"文化大革命"期间是庙被毁，其后在旧址建成一所中学，即白杨店中学。庙之东侧有一道大沟，南北向，名曰马三渠，渠上有一座供东西来往之石桥。据说石桥两侧曾有一棵柏树和四棵楸树，并立有一巨石，余未见也。白杨店街东、中、西三处地段稍高，其上各有水井一口。因是之故，镇上至今流传着如此说法："一条街上三道岭，三道岭上三口井。四楸一道桥，一百（柏）一十（石）三官庙。"

客厅联

2009 年秋

执中守正，重义贵和。

附记：遵刘继超教授之嘱为其弟新房撰联。

学 而

2010 年春

学而后知惧，行而后知难。

附记：2010 年陕西师范大学文学院教师往武当山春游，偶得此联于下山途中，时与田刚、张宗涛、马晓翔诸教授同行。

牡 丹

2011 年 6 月 25 日

其 一

牡丹擅国色，富贵伴天香。

其 二

唯有牡丹擅国色，总呈富贵伴天香。

附记：刘峰涛教授发来对联"唯有牡丹真国色，吉祥如意伴平安"请书写之，因感而改成是作。

书房联

2011—2012 年

其 一

汉唐气象，秦陇衣冠。

其 二

报国常励志，投闲唯著书。

其 三

秦汉文章千古在，阮嵇风骨一时存。

其 四

书注《春秋》在，文兼今古通。

装裱店

2012 年 9 月

价增百倍，一裱成名。

校 风

2014 年 5 月 28 日

惟志惟勤，敬业乐群。

《尚书·周书·周官》："功崇惟志，业广惟勤。"《礼记·学记》："古之教者……一年视离经辨志，三年视敬业乐群，五年视博习亲师，七年视论学取友，谓之小成。"韩愈《进学解》："业精于勤，荒于嬉；行成于思，毁于随。"用语综合以上诸义，兼顾师生，旨在彰显励志、勤奋、敬业、团结之精神。

学 风

2014 年 5 月 28 日

好学力行，见贤思齐。

《礼记·中庸》："子曰：'好学近乎知，力行近乎仁，知耻近乎勇。知斯三者，则知所以修身；知所以修身，则知所以治人；知所以治人，则知所以治天下国家矣。'"《论语·里仁》："子曰：'见贤思齐焉，见不贤而内自省也。'"用语综合以上数义，旨在突出好学且学以致用、积极向上、立竿见影的优良学风。

附记：陕西师范大学七十年校庆，应校宣传部之邀提供校风、学风用语建议并加说明，因为是作。

乡村牌楼联

2014 年 11 月 6 日

松节为操，春秋芳誉传千古；

柏舟矢志，风雨艰辛守百年。

附记：此联受刘生良教授之托而撰。

官厅村

2017 年 8 月 4 日

远绳炎汉，人追麟趾，德仁是求，一脉源流守正气；

近祖文成，村傍唐陵，耕读为本，九嵕雨露润官厅。

附记：应刘继超教授之托，为其家乡礼泉县烟霞镇官厅村而撰。传说官
厅村刘氏一族为明开国功臣刘伯温支脉，远绍汉高祖。

酒家联

2017 年 12 月 30 日

其　一

汉唐故地，俗乐食甘，美味千年传四海；

河渭流风，酒香义重，豪情一饮倒三江。

其 二

重楼雅阁，陈百味佳肴，劝君更尽一杯酒；

古韵高风，聚三秦名菜，好客诚招八方人。

附记：受陕西师范大学文学院朱立挺同志之托，为渭南市某酒店撰联。

理发店联

2018 年岁末

其 一

顶上功夫，高朋满座，春夏秋冬接地气；

关中文化，好字环墙，草行楷隶尽风流。

横批：四季墨香

其 二

一年座上客常满，片刻镜中春复来。

横批：顶上功夫

附记：陕西师范大学理发店郭亮经理爱好书法，遍求名作悬挂于店铺四壁，俨然书展，曾被媒体报导。郭经理求余代拟对联，因为是作。

一字成名

2019 年 1 月

十年飞翰谁人问，一字成名天下知。

附记：2019 年 1 月 16 日，美国友人传来一张照片，内容为中国书画艺术研究院名誉院长赵先生以"影後"二字书赠归亚蕾女士，因感而作。

葛牌酒家

2019 年 7 月 20 日

秦陇衣冠，钓风沐雨，半壁山房迎贵客；

汉唐习俗，修善竭诚，一杯清酒敬来人。

附记：受友人何志学教授之托为蓝田县葛牌古镇某客栈拟联。

八 杂歌对语

十字歌

2019 年 4 月 6 日

寡欲则足，足则乐，乐则寿。

穷则思变，变则通，通则久。

事少则静，静则思，思则哲。

业广则勤，勤则苦，苦则折。

利轻则让，让则和，和则安。

财多则争，争则斗，斗则残。

位卑则恭，恭则敬，敬则成。

权重则威，威则淫，淫则凶。

家贫则饥，饥则俭，俭则吝。

势宠则骄，骄则满，满则损。

交久则怠，怠则过，过则怨。

信深则任，任则疑，疑则变。

书法对语

2017—2020 年

1. 人恐迟暮，书贵苍老。

2. 高山坠石，力重有势；牛屎落地，体散无形。

3. 悬崖起舞，步步履险岂失足；尺牍振翰，笔笔出奇不逾矩。

4. 密不透风，忌作捆蟹；疏可走马，不越雷池。

5. 出乎其外，收放自如，李广屯兵水草地；入乎其内，法度森然，亚夫执法细柳营。

6. 雁阵惊寒，不逾规矩；梅花傲雪，贵在传神。

中 编

赋铭、传记、祭文
碑文、论说

一　赋铭

小园赋

　　辛未冬，吾于学府北院分得新居一套，室惟两室，序属一层。人多好高，吾则爱低。楼之南有空地一片，将建为花园，命名者未及名其名，吾姑名之曰"未名园"，以与"北大"之"未名湖"相应。吾之居居楼中而偏左，虽在一层，门前并无遮挡，寒冬腊月，暖阳依然当户。乔迁之春，吾遍植菊花于门前，三秋九月，菊香袭屋，因名吾居曰"菊香斋"，使菊香与书香相应。是后吾又于门之南顺东西向杂植月季与冬青，于门之两侧分栽绿竹与紫藤，虽无樊篱，小园已成，遂名此园曰"菊香园"，使园名与斋名相应。园约十米见方，内搭葡萄一架，架旁植杏树一株，树下立石案一座，座上置桂花一盆。皇家园林，以包容山水取胜；江南园林，秀美玲珑，以小中显大见长。吾园极小，不能依山傍水，故所置之物刻意求简，亦欲小中显大耳。

　　春日载阳，园中落花与啼鸟乱飞；秋夜风清，斋前白菊共明月一色。盛夏听蝉鸣，声声皆成韵；隆冬赏雪落，片片尽入诗。伏案之暇，吾或独步于园中，仰观宇宙无极之大，俯察四时变化之异，静思万物盛衰之理。或与棋友夹案而弈，运筹于心中，攻守于纸上，胜败不计，荣辱不论，来去随意。或与高士坐而论道，海阔天空，既玄且微，明知于时无补，但求通其旨，得其趣。一日拂衣而喜，奋袖低昂，忘乎所以。以为世间大园甚众，名多不扬；庾信之园虽小，而千古流芳。梦得先生不云乎："山不在高，有仙则名；水不在深，有龙则灵。"吾园固小，然佳木修竹美石名花之所为备，天宝物华尽在乎此，上可得日月之光，下可取地气之灵；且十步之内，唯吾独居，唯吾独尊，悦目赏心，此乐何及？于是乎搏髀而歌，顿足而舞，快意当前，不思其后。歌曰："园之阳光兮，可暖吾身；园之菊竹兮，可冶吾心；园之葡萄兮，可果吾腹；园之鸣禽兮，可消吾愁。园兮园兮，何小之有？"

附记：本文原载于《陕西师大报》1995年12月5日第4版。

工行西安新南大街支行赋

惟公元二〇〇八年夏，工行原南大街支行、钟楼支行、朱雀支行及东大街支行下属之南院门支行整合为新南大街支行，且始以"服务立行、竞争强行、人才兴行"为发展新理念。越明年，日月增瑞，装修营业厅以迎开泰。竣工之日，行长苏英杰先生邀余撰赋记叙其事，因成是作以壮之。

上古竞于道德，中古逐于智谋，近代决于武力，方今争于经济。经济之争，制胜在钱。钱者，国家之所赖而万民之所恃也。无翼而飞，不胫而走。得之则富强，失之则贫弱，丰足致仁义，高薪养清廉。宝于金而利于刀，源如泉而流如川。举凡为国持家有成者，莫不善经营而重聚钱。昔桓公九合诸侯，登熊耳，望江汉，一匡天下，所赖者管仲通货积财之计；刘邦以区区亭长之微，屡败之身，决胜垓下，威加四海，所赖者萧何转漕给食之力；范蠡退身轻卿相，居家致千金，富甲东南，名垂陶朱，所赖者经营交易，候时转物，逐什一之利。

故知善经营者得天下，多钱货者好为家。大风起于青萍之末，大树生于柔弱之芽。智不足以经营者常穷，勇不足以决断者无功。兴衰成败，尽在作为；贫富穷达，全凭取与。农不为则乏食，工不为则乏事，学不为则乏识，商不为则乏财。虽有佳肴，弗食而不知其旨；虽有巨利，弗取而不能致富。既敢为之，且善谋之，以本守之，以道致之，人弃我取，人取我与，投隙抵巇，趋利避害，与时权变，应事有方，焉往而不胜？守株待兔，空手套狼，徘徊歧路，坐昧良机，抑或取与失时，俯仰从众，侥幸投机，孤注妄掷，何求而能成？

西安，世界之名城也。拥八百里秦川之饶，秦砖汉瓦，地多珍宝；承十三朝帝都之韵，学海书山，人尽舜尧。钟楼，西安之核心也。车水马龙，云合雾聚，昼夜不息；晨钟暮鼓，凤歌鸾鸣，声播三秦。新南大街支行，古城之大行也。地处繁华，左钟楼而右南门，前骤马而后竹笆；银居行首，聚千户而系万家，连五洲而贯诸夏。此诚存储信贷之宝地、理财聚钱之平台也。

时惟戊子之年，奥运之岁，新南大街支行应运而生。并多行为一行，蓄万金集兆亿，有容资财故大；视客户为上帝，守诚信重然诺，优质声誉自高。立足古城，放眼世界，摄文化以固本；团结拼搏，高效卓越，立行训而求真。脉通三光，负阴抱阳，远离地震海啸；天赋独厚，春秋不变，何惧金融风暴？谚所谓"长袖善舞，多钱善贾"者，斯行之谓也。古语有云："造父疾趋，百步而废，自托乘舆，坐致千里。"储蓄信贷致富创大业者，登斯行之平台，托斯行之乘舆，可借力趁势，顺风驰马，坐致千里矣。赞曰：

> 钟楼南侧是工行，雄踞天都名远扬。
>
> 诚聚千家系万户，业连四海耀三光。
>
> 春秋储贷成双喜，日月腾飞创百强。
>
> 试看金融风暴后，明朝七彩更辉煌。

附记：此文撰于 2011 年秋。

农耕赋

农耕者，华夏之所本也，重之则国强，轻之则民殃。五谷者，万民之所赖也，得之则安生，失之则仆僵。土地者，祖宗之所遗也，宝之则富足，毁之则败亡。是故神农斫木为耜，黄帝服牛乘马，后稷教民稼穑，公刘彻田为粮。《书》曰"农用八政"，《诗》云"十月涤场"。《春秋》大义训农，《孟子》五亩树桑。齐桓度地致霸，秦嬴耕战始皇。牛车虽简，千年致远。石磨固陋，细粉留香。耒耨刺而百谷成，纺车旋而垂衣裳。此皆农耕文化之标记，虽已乖于时而废于用，贱于俗而流于野，然乃中华文明之见证，先民睿智之辉光。是故吾人搜于彼而集于斯，展于今而传于后，勿弃勿毁，如彼甘棠。

土地虽广，慎其用之。稼器虽旧，宜其藏之。斗转星移，春露秋霜。子子孙孙，永世不忘。中华根脉，源远流长。尧之日月，黄陵之县；舜之乾坤，垅台之乡。

附记：黄陵县垅台乡为保存农耕文明之记忆，集磨盘、碾子、碌碡、木犁、纺车、牛车诸具于一馆，谓之文化广场。馆中设浮雕一，拟刻辞以颂扬农耕文明及建场之深义，邀余代撰，因为是作，时在 2013 年 4 月 21 日。载于《陕西师大报》2013 年 5 月 15 日第 8 版。

崇文宝塔赋

塔者，或称浮屠，供奉舍利、佛像之地也，后或纳藏法器、经卷诸物。佛塔累级而高，象征佛祖尊崇，佛法广大；上圆下方，寓意天地之象，包举三界。泾阳崇文塔，始建于明，重修于清，南临泾河，北望五陵，雄视古今。大雁塔以古朴雄浑名，嵩岳寺塔以年代久远名，六和塔以镇压钱塘名，千寻塔以三塔一体名，崇文塔以高耸入云名，横空出世，独冠神州。语曰："救人一命，胜造七级浮屠。"七级者何也？大塔也。大塔者何也？可供大佛也。供大佛者何也？功德大也。崇文塔层列十三级，高近三百尺，李公世达之功德可谓大矣。泾河新城隶属西咸新区，地处中国大地原点，崇文塔矗立城中，登塔而小天下，等距而达四维，可谓原点之原点矣。泾河新城精心打造崇文塔文化区，保护名胜，弘扬文化，发展经济，改善民生，千家称颂，万众同乐，可谓功兴而踵事、德举而民惠矣。颂曰：

崇文塔上望雄州，千里秦川眼底收。

三辅城头紫气绕，五陵原下庙碑稠。

秦皇兵马余威在，汉武仙台胜迹留。

盛世新区添盛事，泾河滚滚向东流。

附记：此文应陕西省西咸新区泾河新城管理委员会之约撰，于2013年9月8日定稿，继而刻碑，又载于《陕西师大报》2013年10月31日第8版、《陕西诗词》2017年第4期。文中李公世达指李世达，明朝泾阳（今陕西泾阳县）人，历任户部主事、兵部、刑部尚书等，是修建崇文塔的主持者。

丹江赋

丹江者，汉江之支流也，或称洲河。源于秦岭，横贯商洛，达乎豫鄂，注入汉水。始治于夏禹，得名于丹朱[①]。享天下名水之誉，兼通航灌溉之利。蜿蜒为美景，停蓄成湖泽。静如处女，动如游龙。或平或怒，或缓或急。平缓则悠柔，利万物而不争；急怒则咆哮，摧千屋于瞬间。全长八百八十里，支派如须，携泉无数。夹岸青山巍巍，嘉木成林，田舍相连，飞鸟成群。商山借丹江而灵秀，丹江依商山而增辉，万壑竞奇，千峰耸翠。地藏百宝，人尽多才。古道盘旋，没入云端，铁路穿山，直指东南。登商山而情豪，临丹水而神运，是故英雄眷顾，高士隐居，文人吟诵，历久不衰。帝尧征伐[②]，以讨不庭，战此水而服南蛮；商鞅变法，功封商於[③]，居此水而威诸侯。张仪联楚破齐，出奇计[④]，借此水而留怀王[⑤]；强秦兵出咸阳，过牧护[⑥]，绝此水而吞吴楚；刘邦起兵沛县，入武关[⑦]，涉此水而诛暴秦；四皓穴处商山，食商芝[⑧]，饮此水而定帝位；光武夜出长安，避王莽，伏此水而致中兴[⑨]；闯王屯兵鼎龙，八进八出，据此水而亡大明[⑩]；红军五进商洛，先念突围，滨此水而创基地[⑪]。至如庾信、李白、乐天、韩愈、庭筠、杜牧、康节、霞客、雪垠、平凹古今诸贤[⑫]，莫不心仪商山，行吟丹水。故知商洛自古形胜地，兴亡成败系丹江。

丹江之春也，苇叶青青，杨柳依依，鸟鸣嘤嘤，上下于飞，刺梅绕树，落英缤纷。童子嬉戏，折柳插柏，以石击水，卷叶为笛，其声呜呜，是为报春，燕子不知人贫富，年年飞入旧主家。丹江之夏也，水清见底，鱼游上下，迟速不定，鳖藏深藻，静卧不动。树头蝉噪，稻田蛙声。而或山雨骤来，电闪雷鸣，万流交汇，江水暴涨，两岸不辨牛马，巨流汹涌，一泻千里，折木毁田，摧屋漂畜，观者失色，闻者惊心。丹江之秋也，天高云淡，清风习习，落叶纷纷，遍地如金。水浅而流缓，岸阔而石众，牧童饮牛，村姑漂衣，鸥鹭无猜，去而复来。江岸上空，大雁南归，列阵成一，变形为人，渐行渐远，消失云际，其鸣悠长，婉转千里。丹江之冬也，瑞雪时降，漫天飞舞，大如鹅毛，轻如飘絮。雪停日出，万籁俱寂，渡头隐没，一江皆白，山山披银装，树树梨花开。野兔出洞，饿犬漫游，寻物觅食，不知所归。鸟雀依树，群聚群飞，抖动积雪，落霰霏霏。童子不畏严寒，滚雪堆人，尽显其能；摔跤比武，一决胜负。大人喜年，朋酒斯飨[⑬]，一曲秦腔，百忧全忘。故知丹江天赋阴阳和，四季分明日月辉。

　　呜呼！丹江源接帝都，流通吴楚。航运则关陇直达荆襄，会馆船帮⑭，繁盛一时。沾溉则致富三省，万民安乐，千里稻香；养物则牛羊遍地，嘉果仙草，百谷可尝；育人则俊采星驰，小说戏剧，声播八方；旅游则四皓古冢，丹江漂流，仙娥风光⑮。然则天下之美在商洛，商洛之美不在他，在乎山水之间也。故知有水则利兴，无山则势亡。川竭而谷虚，丘夷而渊失⑯。是故善战者依山而求胜，善治者保水以致强。是故《诗》云："河水洋洋，北流活活。""南山有桑，北山有杨。"⑰颂曰：

　　　　　商洛自来名远扬，云烟八景系丹江。

　　　　　物华天宝帝王业，人杰地灵戏剧乡⑱。

　　　　　高士山中威望在，将军帐下运筹忙。

　　　　　书生最是忆秦汉，道里至今夸闯王。

【自注】

　　①丹朱：相传为尧的嫡长子，出生时全身通红，故名朱，又因封于丹渊（丹江），故又称"丹朱"。《尚书》遗篇（《太平御览》卷六十三）："尧子不肖，舜使居丹渊为诸侯，故号曰丹朱。"

　　②帝尧征伐：《四库全书·史部·陕西通志》卷八"丹水"："尧有丹水之战以服南蛮。（《吕氏春秋》）"

　　③功封商於：《史记·商君列传》："卫鞅既破魏还，秦封之於、商十五邑，号为商君。"裴骃集解："徐广曰：'弘农商县也。'"司马贞索隐："於、商，二县名，在弘农。"

　　④张仪：战国著名纵横家，秦惠王之相，于惠王十二年（前313）出使楚国，说服楚怀王解除楚、齐联盟，曾许诺赠送秦商於之地（今陕西省商

洛市至河南省内乡县一带）六百里给楚，后翻脸不认账，楚怀王怒而发兵攻秦，结果大败，被斩首八万，丧失丹阳、汉中之地。其后张仪又冒险出使楚国，说服楚怀王与秦和好。

⑤留怀王：秦昭王十年（前299），秦昭王约楚怀王在武关会面，楚怀王不听大夫昭雎劝阻而与会，结果被秦扣留，客死于秦。

⑥牧护：古关名，是商洛市的西大门，位于商州区牧护关镇，距商洛市区四十六公里。

⑦武关：古关名，在今陕西省丹凤县境内。前207年刘邦率起义军攻入武关，继而破秦兵于蓝田，前206年军至霸上，秦王子婴降，秦亡。

⑧四皓：秦时名士，即东园公唐秉、夏黄公崔广、绮里季吴实和甪里先生周术，隐居于商山，汉初应吕后之邀出山帮助太子刘盈确立帝位。商芝：即蕨，一种营养丰富的野生名菜，分布于商洛各地。四皓隐居商山时每以商芝充饥，皇甫谧《帝王世纪》："四皓，始皇时隐于商山，作歌曰：'莫莫高山，深谷逶迤。晔晔紫芝，可以疗饥。唐虞世远，吾将何归？'"

⑨光武夜出长安：王莽居摄三年（8），王莽篡汉称帝，刘秀起兵讨伐，双方军队曾战于商洛一带，商洛至今流传着许多王莽赶刘秀的故事，包括刘秀深夜出逃长安等。

⑩鼎龙：即鼎龙寨，或称闯王寨，位于商州城西十华里处的麻街岭东段山麓，李自成曾在此屯兵。八进八出：李自成曾多次出入商洛山，屯兵训练，有八进八出之说。

⑪红军五进商洛：商洛是革命老区，在第二次国内革命战争时期，先后有五支红军队伍进入商洛，即1932年10月徐向前、陈昌浩率领的红四方面军，1932年11月贺龙、关向应率领的红三军，1933年汪锋、刘志丹率领的红二十六军，1934年12月徐宝珊、吴焕先、程子华、徐海东率领的红二十五军，1936年12月徐海军、程子华、刘志丹率领的红十五军团和陈先瑞率领的红七十四师。在解放战争时期，李先念、郑位三、王震等于1946年7

月中原突围后率部进入商洛，建立了"豫鄂陕边区"。

⑫以上诸人，或为官商洛，或隐居商洛，或游历商洛，或途经商洛，或即商洛本土人。康节即北宋著名学者邵雍，霞客即明代旅行家徐霞客，雪垠即《李自成》的作者姚雪垠，平凹即著名作家贾平凹，系商洛市丹凤县人。

⑬朋酒：两樽酒。斯：助词。飨：乡人饮酒。《诗经·豳风·七月》："朋酒斯飨，曰杀羔羊，跻彼公堂。"

⑭会馆船帮：丹江自古是水上重要航道，清嘉庆时期，丹凤县建成船帮会馆，供帮员食宿、聚会和娱乐，其建筑雄伟壮观，号称平浪宫、明王宫、花庙，保留至今。

⑮四皓古冢：在今丹凤县商镇，又有衣冠冢在今商州区城西。丹江漂流：陕西重要旅游景点，在丹凤县境内，始于丹江漂流码头（船帮会馆所在），至月日滩，全长约八公里。仙娥：仙娥湖，商州八景之一，位于商州城西北五公里处，本名仙娥溪，20世纪70年代建二龙山水库时蓄水成湖，水域面积六千余亩，湖周山崖峻峭，风光旖旎。

⑯《庄子·胠箧》："夫川竭而谷虚，丘夷而渊实。"

⑰引诗见《诗经·卫风·硕人》及《诗经·小雅·南山有台》。

⑱商洛创作风气浓厚，不仅出了贾平凹、京夫这样的著名作家，且素有"戏剧之乡"的美誉，自20世纪50年代以来驰名全国的剧作迭出，诸如《屠夫状元》《一文钱》《夫妻观灯》《六斤县长》等。

附记：本文应商洛市委宣传部之约撰，获《商洛赋》一等奖，先后载于《陕西师大报》2013年12月15日第4版、《中华辞赋》2014年第8期、《陕西日报》2015年5月8日《秦岭副刊》，收入《商洛赋》（中华书局2015年版）。

双凤小学赋

校名双凤，镇属玉山。革命老区，巴人故园。星分觜参，连成都而达荆襄；地界南北，通重庆而望长安。巴山形势，江右风情；物华天宝，人杰地灵。镇与梁永、三星、果敢毗邻，名与登科、凌云、太和比肩。

历史悠久，始建于民国中期；校园美丽，占地达二十余亩。学生千余，个个好学，皆为农家子弟，巴人后裔；师资近百，人人善教，多是高校毕业，德艺双馨。八校一中心，村村相连；九年一贯制，步步高升。校训以"自强求变，凤舞九天"自励，特色以"求是尚学、奉公民主"知名。逸夫教学楼，师生宿舍楼，食堂饭厅，楼舍相望；卫星接收站，多媒体教室，实验设备，谱写辉煌。

诗书传承，固守根本。教育质量，誉驰巴蜀。德智文体，事事争先。教学科研，获奖无数。教师爱生如子，恪尽职守，长善救失，博文约礼，优良传统代代传；学生励志苦读，英才辈出，专家教授，社会贤达，传奇人生班班有。领导高瞻远瞩，勇于开拓，理念先进。教工讲信修睦，团结和谐，凝聚精神。全校上下，众志成城，风雨坚守为兴教，平凡不敢忘忧国。历史旧貌，屡换新颜。教改花开，香飘杏坛。试看双凤之明日，鹏程万里更无前。颂曰：

山似凤凰舞太空，校称双凤擅佳名。

德馨誉满巴中地，学富才承江右风。

心系乡村兴教育，志存高远创文明。

黉门代有英才出，雏凤清于老凤声。

附记：本文应马瑞映教授之邀为其母校双凤小学校庆立碑撰，2015 年 5 月 28 日初稿，8 月 1 日改定。双凤小学始建于 1951 年，原属私塾（1932 年），中华人民共和国成立后不断发展壮大，目前已成为一所现代化程度较高、师资力量较强的完小。

秋　赋

丙申之岁，七月暑天，长安酷热，燥气欲燃。至初五立秋之日，有风送爽，炎威稍减。翌日气温又升，艳阳似火，日甚一日，人皆思雨，蒲扇不来风，空调亦徒然。至二十三日，风云突变，大雨如注，一夜之间，万木疏落，凉风阵阵，暑气尽消，但见残枝遍地，败叶纷飞。余因念盛夏已去，严秋既来，日月代序，景随时迁，人为不及天运，神逸不逮物化。从此萧瑟天，西风落叶思绵绵，无怪乎宋玉有悲秋之遗文、欧阳公有秋声之惊叹。

原古高士仁人逢秋所以悲者，盖因秋风、秋雨、秋霜、秋气、秋鸣最动人之精魂也。秋风之来，悉悉索索，肃杀清冷，木触之而摇落，草拂之而枯黄，鸟闻之而悲鸣，人迎之而惆怅。秋雨之落，淅淅沥沥，动辄月余。百川灌河，泾流漂杵，山体滑坡，荒村或没，路断桥摧，千官救灾，游子羁旅，老母揪心。农夫失时而狼顾，商贩货积而忧惧。秋霜之降，栗冽惨淡，白如冬雪，严如刀剑。花木遭之而杀威，果蔬受之而增味。征夫葛屦湿，战士枕戈寒，江枫映月落，板桥留人迹。秋气之生，悄然而至，翕然而成，不声不响，无影无踪，侵物于不知，移人于无形，正红时节花凋谢，于无声处叶飘落。秋鸣之至，风雨潇潇，虎啸猿啼，寒蝉凄切，雁阵惊心，蟋蟀在户鸣唧唧，鸟雀绕树拣枝栖。声声鸣不平，朝暮叹寥寂，一年芳华随风去，多情失意易生悲。

　　夫风雨调和于春，猛烈于夏，凄凉于秋，严凛于冬，是天地之性、自然之情。草木萌生繁茂于春夏，成熟败落于秋冬，是阴阳之道、变化之理。秋雨虽凄凄，秋光亦醉人。忍看西风扫落叶，却是千家收获时。古人以秋配刑商，意取秋之肃杀与败伤；亦以秋配金西，意取秋之盛德与敛归。万物有生必有死，有死必有生，盛极必衰，否极泰来。虽无病伤，时至亦亡；花落实育，硕果累累。是故遇春固可喜，逢秋不需悲。无秋何为食，去秋奚为衣？悲秋秋不知，哀叹徒伤神，不若乘秋风之势，借秋雨之润，与秋霜同洁，共秋气同化，混秋鸣长啸而同韵。

　　附记：本文始撰于 2016 年 7 月下旬，8 月 3 日改定，载于《陕西师大报》2016 年 9 月 25 日第 8 版，《陕西诗词》2017 年第 1 期。

镇原赋

　　陇东重镇，历史名城。分野雍州，星次鹑首。王符故里，《潜夫论》之著地；胡氏宗邑，胡太后之母邦。北依萧关，南通长安，三省交会，丝路通衢，天赋形胜，兵家必争，失之则京畿危，守之则天下安。是故文王经之，武王略之，秦皇城之，汉武巡之，前秦西征而据之，红军北上而驻之。境内水绕山盘，气象万千。潜夫山、原峰山、鸡头山、老爷山，连绵起伏，峰连五指；茹河、蒲河、洪河、交口河，润物无声，波映三池。物华天宝，人杰地灵。石油、煤炭、天然气、石英砂，深藏密布，纵横千里；王符、李恂、胡充华、慕寿祺，古今诸贤，各领风骚。农耕大县，天赐百谷，享陇东粮仓之美誉；果蔬基地，中国杏乡，黄花苹果同负盛名。自古各族共处，繁衍生息，世代辑睦，亲如一家。胡氏郡望，源远流长，引无数时贤寻根拜祖；彭阳古城，连横三市，集古今精华再现繁荣。老区佳话堪忆，红军长征过境，援西大军屯驻，毛泽东夜宿三岔镇；文物古迹密布，战国长城犹在，秦皇诏版如新，北魏禅寺势雄浑。山山立庙，洞洞藏佛。潜夫山，庙馆巍峨，王符雕像耸入云霄；石空寺，群佛肃穆，高大威严不让龙门。重教之区，黉舍如林，学风雅正，英才辈出，今日山乡小学生，明日清华北大人。艺术之乡，百花齐放，户户剪纸，人人书家。更有刺绣和绘画，千年传统不需夸。

夫处尊则声高，居卑则气下，故知水土移人而风习移志。是地山川浑厚，先民自古作于斯而息于斯，旅于斯而庐于斯，耕读为本，崇文约礼，迹蹈尧舜，德尚儒墨，抱家国之情怀，养治平之精神，无怪乎将相迭出，俊彦星驰。王符为东汉鸿儒，治求务本，教昌德化，吐辞为经，垂法帝王。胡太后乃北魏名后，勇生皇子，忧国忘身，临朝称制，例先武曌。此二人者，县有其一，足名天下，而镇原得二，故知雍州山水出英杰，镇原习俗善化人，所谓"积土成山，风雨兴焉。积水成渊，蛟龙生焉"。毕竟文武敷教之区，始皇驻兵之地，礼存周制，乐续秦风。试看今日之镇原，万象革新花更艳。颂曰：

自古雍州出伟人，镇原山水育烝民。

潜夫立论千秋在，胡后临朝万国臣。

教化流风今胜昔，治平气象日翻新。

地多灵气天多瑞，丝路花开再度春。

附记：本文应甘肃镇原县旅游局之邀撰，用于景区刻碑。时在 2017 年 5 月。

银桥乳业赋

盛世长安，历史名城。帝乡临潼，人杰地灵。骊山之子，国之英华，勇创银桥乳业；心系桑梓，气吞河岳，敢为时代先锋。筚路蓝缕，以启山林，奋冲天之壮志；运交开放，击水弄潮，沐改革之东风。波涛出没，风雷激荡四十年；长空展翅，大鹏一跃入云霄。鼎兴三秦，伟业皇皇垂千秋；造福百姓，佳品行销万里遥。重点龙头企业，位居行业领军；国家检测中心，技术月异日新。喜上下之拼搏，众志成城可烁金；感盛世之机遇，春风化雨好耕耘。集团创始人荣膺全国道德模范，当选多届人大代表。虚怀若谷，思益慎而业益大；诚以待人，行愈谨而名愈高。

观夫银桥创业，感人事迹良多。肩负时代使命，更具非凡气魄。始崛于相桥村野，区区千金，五口铁锅，披荆斩棘，奋力开拓。视品质为生命，精益求精；以信誉求发展，推诚重诺。创建基地，千家牧场牛羊肥；攻略营销，万里风霜关山月。诚信渐得人心，优质迎来硕果，所谓大风起于青萍之末。继则跨省出国，放眼环宇，"一带一路"传佳话，由亚入欧创奇迹，所谓抟扶摇而上者九万里。其后丕业日隆，效益日增，气势如虹，声名鹊起。波谲云诡，商海搏击战风浪；运筹帷幄，锦帐胜算决千里。科技创新，拉动百业同致富；延揽人才，敬贤高筑黄金台。广交良朋，合作伙伴遍天下；誉驰四海，国家荣授成品牌。所谓无竞维烈，蔚为大国，兢兢业业，保有四方。昔日秦俑满人耳，今日银桥万户藏。卅年百变，每变逾上，无愧三秦之明珠，乳品之新王。

夫兵行诡道而商行诚道。诚者，存于心而行于义，伸其信而致其功。究银桥驰骋数十年而立于不败之地者，计多良策，而首在于诚。唯诚，故能视质量为生命，求真务实，轻利取义，层层把关，严若金汤，敬其始而慎其终。唯诚，故能奉持巨匠精神，经略世界，追求卓越，协同创新，立足科技重文化，广纳俊彦而尊崇。唯诚，故能不忘初心，兴企富民，扶危济困，回报社会，民族复兴献绵薄，树立企业好典型。神乎神乎，成于无形；微乎微乎，胜于无声。守诚则得江山，失信则亡天下，其理至简而愚者蒙，是故亿万巨业毁者众。银桥集团异于是，居安思危，戒贪以俭，内竭诚于属下，外取信于叟童，故能横跨欧亚，百战百胜。若夫奋志砥砺，继往开来，再铸辉煌，打造世界名牌，势在必得、功在不舍而大业必成。试看今日之乳业，银桥高歌四海行。赞曰：

赫赫银桥声誉佳，名驰世界耀中华。

牵携百业获千奖，带动八方富万家。

立命守诚求发展，创优务实忌浮夸。

大鹏展翅夺双百，再铸辉煌绘彩霞。

附记：此文应西安银桥乳业集团之邀撰，用于刻碑，于 2018 年 7 月 24 日定稿。

曾因酒醉鞭名马

——旧体诗与中国酒文化

诗者，志也，伸心志、抒忧乐也。酒者，就也，所以就人性之善恶也。夫诗与酒，虽材质不同，然皆能动人心魄，销魂忘情，不分轩轾。戊戌之岁，仲夏之月，初吉之日，有诗博士与酒博士二人，会于岐山凤凰之台，以论其销魂功效之高下，岐山老者主其事，观者万人。

是日雍水清清，鸟鸣嘤嘤，风和日丽，有凤来仪。

诗博士率先言曰：观夫世间万物，最宜抒发人之情怀者莫若诗。诗者，志之所之也，在心为志，发言为诗。情动于中而形于言，言之不足，故嗟叹之，嗟叹之不足，故歌咏之。其技虽似雕虫，而功效甚巨，可以正得失，动天地，感鬼神，和夫妇，明孝敬，厚人伦，美教化，移风易俗，诚如圣人所言"诗可以兴，可以观，可以群，可以怨。迩之事父，远之事君"，是故夏使遒人以木铎徇于路，周使瞽为诗，汉置乐府以采风，驰轺轩以观俗。是故古今风云人物，高士名流，多能以诗明志，醒世察俗，忧国忧民。如尧时有民击壤而咏，颂其自立之精神。夏时有兄弟五子歌于洛汭，怨太康之盘游。屈原行吟泽畔，哀楚国之败亡。项羽长啸垓下，叹英雄之末路。刘邦口占《大风》，抒开国之豪情。是后曹操、曹丕、曹植、陶潜、王维、李白、杜甫、乐天、韩愈、苏轼、陆游、文天祥诸人，皆风流倜傥，卓尔不群，莫不慷慨高歌，声播八荒，韵流千古。夫以酒之轻微，名在俗物，寻常如水，佛门戒禁，何可比肩于诗之高雅哉？故曰销魂莫若诗。

酒博士笑而对曰：先生之言差矣。夫四海之内，六合之间，最能触动人之情感者莫若酒。酒者，醴泉之纯、百谷之精也。肇自于神农轩辕，酿成于仪狄杜康，是后与天地并存，与日月同辉，聚宇宙之灵气，启人类之智慧。绿蚁生津，馨香酷烈，贤愚同好，春秋不废，神鬼同饮，河岳共享。君子以为礼，庶民以为乐。古有杜康新丰擅名，今有西凤茅台领衔。懦夫饮之而壮胆，愁者饮之而忘忧，高士饮之来诗兴，美人饮之增颜色。无酒不成席，豪饮可尽欢。交友需衔杯，婚庆酒为先。国宴豪华酒最香，百姓举醪庆丰年。战士生死酒一杯，商家洽谈先开宴。诗坛尊佛圣，饮中有八仙。酒席之上，尊卑不论，失态无畏，豪言壮语，情比兄弟。置佳肴而忘食，争敬酒而排队。通宵达旦，倾碗覆瓮唯求醉；扬袂起舞，博髀歌呼每忘归。昔日穆公最豪情，赐酒岐下野人，韩原一战，奠定霸业；刘邦甚无赖，乘醉斩蛇芒砀，鸿门逃生，竟成帝王。《诗经》有云："九月肃霜，十月涤场。朋酒斯飨，曰杀羔羊，跻彼公堂。称彼兕觥，万寿无疆！"此乃民间之乐也。曹操横槊而赋："对酒当歌，人生几何！譬如朝露，去日苦多。慨当以慷，忧思难忘。何以解忧？唯有杜康。"此乃王公之忧也。《兰亭集序》记曰："又有清流激湍，映带左右，引以为流觞曲水，列坐其次。虽无丝竹管弦之盛，一觞一咏，亦足以畅叙幽情。"此乃雅士之趣也。张旭酒后飞狂草，李白斗酒诗百篇，范仲淹把酒临风岳阳楼，欧阳修与民同乐醉翁亭，诸先哲莫不因酒而成其高名者。故知"古来圣贤皆寂寞，惟有饮者留其名"，非为过誉；"尘世欢娱开意少，醉乡风景独游多"，是为箴言。且钱可解严毅之色，而酒能开难发之口。杯酒释兵权，一饮泯恩仇。任凭好事千千万，不若尊前一杯酒。金钱之用，有时失效；权力之用，过期不能；美女破舌，色衰爱弛；好酒神功，威力无穷。是故谚云："求人不如求己，敬神不如敬酒。"是故酒楼巍巍，星罗棋布遍九州；琼液滔滔，恰似一江春水向东流。试问：以诗之虚妄，吟之有声，视之无形，或夸饰无度，或晦涩朦胧，或远离尘世，或因讥而触绳，且后代作者，不明风雅颂者寡，昧于赋比兴者众，无病而呻吟，自慰以为乐，其功效又岂能与酒相提并论哉？故曰销魂莫若酒。

诗博士对曰：异哉，先生之论也！援事引类，商古榷今，诚有新人耳目者。然愚以为尚存偏颇，唯见饮酒之利，而未闻嗜酒之弊，岂可尽服于人哉？君不见色胆包天，美酒乱性，轻者误事杀身，重者败军亡国。昔者夏桀以酒为池，酒池之大，可以行舟，臣仆醉而溺死者无数。商纣倾酒为池，悬肉为林，使男女裸逐其间，为长夜之饮。此二君者，皆视民如仇，身死国灭，为天下笑，是纵酒作乐之过也。春秋初，晋骊姬谋立己子为君，迫杀太子申生，逼重耳夷吾亡命他国，是借酒乱国之难也。鄢陵之战，楚师首战败绩，共王欲谋再战，主帅子反醉而不醒，故而再败，子反自杀以谢罪，是醉酒误战之祸也。齐襄乱伦无道，醉杀鲁桓，终失位而命丧户下；灌夫勇冠三军，官拜太仆，争杯酒而身死族灭。子般立而叔牙鸩，鲁酒薄而邯郸围，刘曜饮而前赵亡，贵妃醉而唐王危，是皆关乎酒也。故知酒能使昏君丧国，将军怠战，贪官放胆，盗贼亡命，奸夫无惧，驭者忘危，众人皆醉。试看自古多少王朝因酒宴而覆灭，多少人家因酒鬼而破败，多少青壮因酒杯而丧命。父母失子，少妻丧夫，幼子亡父，英雄本当效命疆场，而魂断酒乡，死非其所也。是故大禹颁《酒诰》

而疏仪狄，卓有远见也；叔宝忘大辱而嗜酒如故，全无心肝也。凡此种种，可知酒之危害甚大矣，成也美酒，败也美酒，圣人知其恶而戒之，岂如诗之多利哉？

酒博士对曰：饮酒之弊，诚如先生所论。虽然，先生之明，如目之视物耳，能见百步之外，而不能自见其睫也。先生独知饮酒之弊，而不知为诗之害，是意在回护，抑或有所忌乎？窃以为苛政猛于虎，而诗害猛于酒。昔者秦皇燔烧诗书，坑杀儒士，天下震动，遗害百世，非因诗而何？汉有杨恽者，司马迁之外孙也，清廉多功，仗义疏财，官至光禄勋，位列九卿，以言语见废，内怀不服，作诗排遣，竟获腰斩，是诗夺其命也。其诗曰："田彼南山，芜秽不治。种一顷豆，落而为萁。人生行乐耳，须富贵何时？"无非牢骚之语耳。北宋中期，苏轼蒙乌台诗案，身陷囹圄，一日数惊，梦绕魂飞，几丧黄泉，亲友株连，文稿焚毁者殆半，乃为诗之祸也，世人所共知。明初，朱元璋开文字狱之最，士人被杀者数万，最惨烈者莫过于高启，砍为八段。高启者谁也？明初诗文三大家、吴中四杰也，才高而气雄，以诗招嫌而祸发于《上梁文》。其《宫女图》云："女奴扶醉踏苍苔，明月西园侍宴回。小犬隔花空吠影，夜深宫禁有谁来？"实属闲散之作，而为暴君所忌。又有监察御史张尚礼者，亦因《宫怨》一首而被杀，其诗云："庭院沈沈昼漏清，闭门春草共愁生。梦中正得君王宠，却被黄鹂叫一声。"有清一代，文字狱之烈于前代有过之而无不及。康熙朝，山东人黄培命丧于"一自蕉符纷海上，更无日月照山东"数语。雍正朝，翰林院徐骏魂断于"清风不识字，何事乱翻书"诸句。徐骏者谁也？康熙朝刑部尚书徐乾学之子、鸿儒顾炎武之外甥也，虽父为重臣名士而不保。乾隆朝前后六十年，文字狱多达一百三十余期，臣民因诗而家破人亡妻离子散者，何可道哉？由此观之，兴也在诗，亡也在诗。因诗得祸，祸不旋踵，杀人灭族，甚于水火，其利又何能多于酒哉？

二人各执一端，相持不下，自晨至夕，终日忘倦。于是岐山老者前而止之曰：二子可以休矣。灯不挑不亮，鼓不敲不响，事不经不知，理不辩不明。《老子》云："天下皆知美之为美，斯恶已。皆知善之为善，斯不善已。故有无相生，难易相成，长短相形，高下相倾，音声相和，前后相随。"故知世间万事万物，皆由正反两面合为一者，所谓相互依存、相反相成也，如衣之表里，镜之正反。有其善必有其恶，有其阴必有其阳，有其短必有其长。水则载舟，水则覆舟，火可利人，火亦伤人。要在知其利而善用之，明其弊而能避之。智者趋其利而避其害，愚者好其利而忘其灾。今日之辩，二子据事执要，高响入云，顾盼自雄，而理皆不屈。借二子之口，诗酒之利与害愈明矣，非唯老夫眼界大开，获益良多，天下闻之者，亦当莫不称善矣。且诗与酒，本不分家，皆为激发消解人情百感之良方，何必强分其优劣高下哉？前贤不云乎："有酒念诗，无酒念佛。"诗借酒而来兴，酒借诗而扬名。自古饮者能诗，诗者能酒。能酒能诗，亦关乎时。君子得时如水，小人得时如火。仁者不平则鸣，智者不平则饮。有道之世长歌而短饮，扬其声而高其韵；无道之世短歌而长饮，餔其糟而歠其醨。其理昭然，无须再辩。与其待明月而徜徉，不如下山而举觞。暂把千愁成一醉，与尔同饮禧福祥。正所谓：

论诗醉酒鞭名马，梦醒高歌走海涯。

莫道长安月色好，岐山入夜亦繁华。

附记：本文为"'流觞曲水·诗意长安'禧福祥·6年西凤第三届长安诗词大会高端论坛"而撰。2019年6月7日（端午节）上午在西北大学南校区学生活动中心举行，由陕西省诗词学会、西北大学文学院联合主办，陕西省诗词学会会长孟建国主持。报告人分别为北京大学中文系钱志熙、北京师范大学文学院康震、西北大学文学院李浩、陕西师范大学文学院胡安顺、西北大学文学院刘炜评教授。除高端论坛外，第三届长安诗词大会还于6月6日举办了"中华诗词长安大讲堂""全国诗词大赛颁奖"暨朗诵等活动。此文后载于《陕西诗词》2020年第1期。

师大理发店铭

店不在大，艺高则名。客不在多，回头则兴。斯是陋室，唯诚德馨。字画满墙挂，文化趣味浓。谈笑有名师，往来半叟童。可以赏书法，换心情。享热情之服务，无多时而年轻。进屋笑相迎，出门笑春风。众赞曰："何陋之有？"

附记：本文应陕西师范大学理发师郭亮经理之邀撰，时在2019年6月18日。郭经理雅好书法，店内挂满了书法作品，俨然书展。《三秦都市报》曾予以报道，被誉为最具文化氛围的理发店。

二 传记

澳门回归黄帝陵立碑纪念碑文

澳门位于珠江口之西南，唯一茎系于陆，余尽浮于海。其地中曲而坳，南有两山对峙如门，故曰澳门。古或称作濠镜澳，盖以南环二湾规园如镜也。澳门又辖凼仔、路环二岛，总面积约三十三平方公里，常住人口四十二万许。澳门自古乃中国之领土，明嘉靖三十二年葡人以舟触风涛借地晾晒为由而入据之，一八四〇年鸦片战火甫熄，葡人效英人武力夺取香港之举而强占之，继而复取凼仔与路环。自是以降，斯土遂沦为葡国殖民地矣！一九七九年中葡建交，两国共认澳门为中国之领土，姑代管于葡耳。一九七八年中葡联合声明以告布天下，惟一九九九年十二月二十日澳门回归于中国。

沧海横流，斗转星移，问今是何年，此夕是何夕？葡人统治澳门之日即告结束，中国行使主权之时业已降临，四海华裔，同声咏唱，缥囊纪庆，有凤来仪，共庆主权之恢复，国土得回归。

神圣哉此时！赫赫兮斯功！我等炎黄子孙于是乎共议立碑勒石以告慰先祖轩辕黄帝：国耻已雪，国土既归，民族中兴，万方悦怡！山呼万岁，日月增辉，元亨利贞，巨龙腾飞。既已告之，且又求之。祈我先祖，永其佑之。中华民族，源远流长，古代文明，今又辉煌！颂曰：

久违濠镜是何由，斗转星移几度秋。

腐败无能空锁国，富强有计可消愁。

既归圣土千年颂，不废江河万古流。

黄帝陵前祭先祖，桥山古柏荫神州。

附记：1999 年 7 月，陕西省海外联谊会组织了澳门回归黄帝陵立碑纪念的碑文起草工作，笔者应邀撰成此文。文章受到组织者好评，被推荐到澳门候选。以"澳门各界人士"名义所撰的《澳门回归纪念碑碑文》采用了其中部分内容。文中"七律"曾在《诗词》1999 年第 22 期发表，全文曾在《陕西师大报》2000 年 1 月 10 日第 4 版发表。陕西省海外联谊会的回信如下：

胡安顺教授：

感谢您积极参与黄帝陵立澳门回归纪念碑活动，您为这项活动起草的纪念碑文受到大家好评，现寄去这次活动的正式碑文照片和澳门回归纪念碑照片。同时，为了表示我们的谢意，特寄去人民币 500 元，请查收。

夏安！

陕西省海外联谊会

2000 年 5 月 30 日

西围墙村立门楼记

西围墙村,隶属西安市未央区三桥镇,位于秦阿房宫前殿遗址之南,存秦汉之风,得地气之灵,有名村之望。据传,西围墙原与其东邻和平村北邻聚驾庄实为一村,清嘉庆某年夏,关中暴雨成灾,西围墙原址因地势低洼而积水成河,房舍倒塌,人畜俱困,村民被迫迁于村西南高地而居,且筑围墙一道以为防。墙由南而北,折向西,将新旧村划而为三,久而久之,衍为三村。围墙之东者,名曰和平村;围墙之北者,名曰聚驾庄;围墙之西者,即因墙名而名。村中现有居民一百八十户,七百余人,村长杨拴喜。改革开放以来,是村百业兴旺,面貌一新,家给人足,美衣甘食。昔日农家小舍已尽为百尺高楼所代,名虽曰村,实已全然城市化矣。村民有杨逢柱者,祖上以务农为业,世代清白守正。逢柱承继祖风,敦厚诚信,崇仁重义,乐于助人,勇于创业,致富不忘家乡父老,慨然捐资五十万元立此门楼,以壮大村威,促其发展,堪称义举,事可随楼登于村志而其名必载誉流于后世。伟哉,斯楼! 义哉,斯人! 是为记。

附记:此文系西安市西围墙村立碑的碑文,应杨逢柱先生之邀而撰。杨逢柱本系西围墙村村民,后发展成为西安一家房地产开发公司总经理,为报答家乡人民,捐资50万元为该村立一巨大门楼,并勒石以记其事,时在2001年7月。

春去秋来，硕果满枝

——忆喀什师院的老校园

喀什市，南疆之首府也。维吾尔族之风情，尽在于此。人云："不到喀什，等于未到新疆。"此言不虚。市内之清真寺，庄严肃穆，城东之香妃墓，高大宏伟，皆是城之名胜，游人所必至者。市中偏北有小河一条，纤细如带，由西而东，蜿蜒穿城而过，名曰土曼河。其水浅而常流，不舍昼夜。河边植柳，柳荫浓而多鸟，喈喈其鸣。河之北有大学一所，名曰喀什师范学院，遐迩闻名。余尝就读于斯，执教于斯，忧于斯亦乐于斯。至今二十余年矣，日月其逝，往事依稀，唯校园之景物尚存于脑际，清晰可见。

校园占地约二百亩，校门面南。入门而北，道直且宽。夹道尽白杨，枝叶繁茂，隐天蔽日。清风徐来，沙沙作响，若鼓掌迎客状。道之两侧有教学大楼各一，东西向。东为数理楼，西为文科楼。余所就读之中文系居文科楼二三层。三层为教室，二层为教研室。时校内尚无暖气，严冬来临，学生以煤砖生火取暖，教师亦然。煤砖难燃而易灭，灭时教室立冷，学生裹衣跺足以增热量，虽自习亦不愿离去，诚可谓寒窗苦读矣。时任课老师有石丽莹、李林生、李荫禄、于映香、卞玉福、严锐、阿吉·夏娃孜、艾山·祖龙诸先生，皆饱学善教，与学生相处甚洽。古人云："善唱者，使人继其声，善教者，使人继其志。"举凡中文系之毕业生其后多以语言、文学为业，各有建树，可证师院虽地处西陲，而其师资力量不弱，诸先生人人堪称善教矣。

文科楼南侧为果园。园之小，不足一亩。其中多植苹果，杂以梨树。春去秋来，硕果满枝，红绿相间，累累可爱，为校内一景。课余饭后，莘莘学子多愿至园中用其功。或面树诵读，或绕树苦吟，或依树静思。硕果成熟于树上，学人成熟于树下。园固简陋而趣多，树固平常而叶茂，花固瘦小而果大，人固年少而志高。左氏云："部娄无松柏。"未必也。

自文科楼西北行约三百步为汉生食堂，可纳二百人同时用餐。时粗粮多而细粮少，素菜多而肉食少。凭票供应，月定其数，日限其量，同桌分食。一日三餐，然常不能果腹。每逢女生掌勺分食，多自少取以济男生，各班如此，情义无价，至今不可忘怀者。所食之品种，多为馒头、发糕、馕、拉面、抓饭之类。拉面、抓饭味美，人皆喜食，惜不可常得。凡假日会餐，无论男生女生，皆喜气洋洋，奔走相告，若逢年过节状。苦在其中，乐亦在其中矣！唯其平日生活艰苦，故知一日会餐之乐；若平日无片时之饿，美酒倦于眼，膏粱腻于口，又岂知一餐饱食之乐乎？故曰乐生于忧，变生于穷而智生于困，穷困之至，然后志立。

二十余年过去，师院之旧貌早已为新颜所代，想校园建设、教学设备、招生规模、专业设置、教育理念，均非昔日可比，教职员工更多为一代新人。今逢其四十华诞大庆之喜，全校必焕然一新。校友云集，定当追忆往事，往事如烟，可得尽其详乎？然当时之景物，当时之生活，当时之学习，当时之情谊，当时之精神，岂可忘乎？唯当时之景方能唤起当时之情，故聊相为忆。后来新人，亦解其中味否？

附记：本文应邀为喀什师范学院四十年校庆而作，时在 2002 年 7 月，收入《喀什师范学院 40 年校庆文集》。

咸阳湖记

咸阳为强秦故都，历史名城。渭水源远流长，沾溉关中。乙酉年七月，咸阳市政府完成渭河咸阳区段综合治理，沿城南蓄渭水造湖一千八百六十亩，同时于渭河两岸兴建大型历史文化景观十余处。湖光增瑞，秀色袭人，宫阙相连，辉映全城。市民无不欣喜称道，万家陶然。竣工之日，立碑纪念，邀余撰记以叙其事，因成是作，忝补时缺。

咸阳乃百世名都，南依渭水，北控九嵕，山水俱阳①，雄居关中。渭水擅万物之美，穿峡出谷，汇纳泾洛，宛若游龙，直奔关东②。昔后稷教民稼穑，文王修德西岐③，子牙垂钓磻溪④，穆公泛舟救晋⑤，孝公弃雍迁都⑥，始皇一统天下，事每关乎渭水而业多举于咸阳。试看五陵春草，上林秋桐⑦，因渭水而增色；项羽叩关，刘邦入秦⑧，借咸阳而成名。古渡落日，送别多少征夫过客；渭城朝雨⑨，迎来无数壮士英雄。故知渭水悠悠，利兴百事，商旅必由通九州；咸阳巍巍，天赋形胜，自古繁华帝王家。

呜呼！风流俱往，岁月峥嵘，历史长河照辉煌。观今日名城重塑，更喜古都新貌胜汉唐。一湖碧波平地出，千亩秀色映雁行，兰池章台，甘泉阿房⑩，临街全然秦苑气象；荻叶芦花，紫荆海棠，夹岸尽是江南风光。云销雨霁，长虹卧波，咸阳桥下舟迷津；雾起风生，飞阁流丹，咸阳楼上歌飞扬。垂钓湖滨，水深而鱼肥；采莲荷塘，藕嫩而荷香。杨柳依依，群莺绕树乱飞；蒹葭苍苍，伊人隔水可望。登高极目，万绿丛中点点红；把酒赏月，长笛尽处是蛙声。君不见，千年渭水浊复清，似曾相识燕归来。君不见，咸阳古渡今又现，朝朝暮暮人如海。颂曰：

一望平湖解百愁，红墙绿柳胜瀛洲。

咸阳古渡人如织，秦苑新宫歌满楼。

十里花香四水曲⑪，千村果熟五陵秋。

沧桑欲问缘何事，禹绩随波天地流。

【自注】

①九嵕（zōng）：九嵕山，在咸阳市礼泉县境内，海拔1188米，周围分布着九道山梁（古称小山梁为嵕），故名。唐太宗之墓昭陵即建于此山。山水俱阳：咸阳位于渭水之北、九嵕山之南，山水俱阳，故称咸阳。

②泾洛：泾河、北洛河，均为渭河支流。泾河源于六盘山东麓，于陕西高陵县注入渭河。北洛河源于陕北白于山南麓，向南流经黄土高原，于华阴市附近注入渭河。关：指函谷关，位于河南灵宝市北十五公里处。

③后稷：周始祖，黄帝玄孙，尧舜时掌管农业，教民稼穑，今咸阳市武功县老城东门外漆水之滨有教稼台遗迹。西岐：周王朝发祥地，在今咸阳市以西的岐山县境内，渭水流经。商纣时，姬昌被封为西伯侯，建国于岐山之下，由于推行仁政，国力不断发展壮大。

④磻溪：水名，渭水支流，在今宝鸡市东南，有钓鱼台传说为姜子牙垂钓处。

⑤穆公泛舟救晋：春秋时期晋国发生饥荒，向秦国求购粮食，秦穆公答应了晋国的请求，通过渭河运粮给晋，自秦首都雍（在今凤翔县南）至晋首都绛（在今山西翼城东南），船队前后相继，浩浩荡荡，号称"泛舟之役"。

⑥秦孝公十二年（前350），孝公自雍徙都咸阳（今陕西咸阳市东北）。

⑦五陵：指五陵原，汉代五个皇帝陵园所在地，均位于渭水北岸今咸阳市附近。五陵指长陵（高帝）、安陵（惠帝）、阳陵（景帝）、茂陵（武帝）、平陵（昭帝）。上林：指上林苑，汉武帝在秦代旧苑址上扩建而成的宫苑，地跨长安、咸阳、周至、户县、蓝田五县，纵横三百里。

⑧项羽叩关：《史记·项羽本纪》："（项羽）行略定秦地。函谷关有兵守关，不得入。又闻沛公已破咸阳，项羽大怒，使当阳君等击关，项羽遂入，至于戏西。沛公军霸上，未得与项羽相见。"刘邦入秦：前207年，刘邦率起义军攻入武关，继而破秦兵于蓝田。前206年，刘邦军至霸上，秦王子婴降，秦亡。

⑨渭城：指咸阳。汉高祖元年（前202）在秦故都咸阳置新城县，七年（前196）并入长安县，武帝元鼎三年（前114）复置，更名渭城县，东汉时渭城县又并入长安县。唐时渭城属京兆府咸阳县辖区。

⑩兰池：或称兰池陂，秦水池名，秦始皇引水修建而成，池之北侧有宫殿一座，名"兰池宫"，故址在咸阳市东四十五华里杨家湾之南。章台：战国时秦宫中台名，在渭水南。甘泉：甘泉宫，秦汉离宫名，避暑胜地，故址在今陕西淳化县甘泉山。阿房：阿房宫，秦宫殿名，故址在今西安市西郊十五公里处。

⑪四水：指流经咸阳市的渭河、泾河、沣河和漆水河。

附记：此文为咸阳湖纪念碑碑文，2004年应咸阳市政府咸阳湖工程处之邀撰。原文先后刊于《陕西师大报》2005年9月30日第4版、《陕西诗词》2015年第1期、《中华辞赋》2015年第4期。

吕桐春先生绘画作品结集记

先父讳桐春，辽宁岫岩人，生于一九三二年，一九六〇年毕业于东北师范大学中文系，同年留校执教写作，师德风仪为师生共誉。教研之余，旁涉书法绘画，退休后专注绘画，所绘多为山水草木之属，刻意求精，高标孤诣。山水以取势著称，花木以传神见长，曾获全国老年书画银质奖。一生最喜画竹，所画竹或亭亭玉立，或依依成林，泼墨之处，寒稍千尺，巍然挺拔，尽见精神。竹为岁寒三友，高洁自守，宁折不弯，最具中国士人之节操，故古人多近之以为邻，画之以为友。前者如竹林七贤，后者如文与可辈。古语云"宁可食无肉，不可居无竹"，其意盖在于斯。先父喜画竹，缘其甚爱竹，甚爱竹，缘其德有以似竹者。《诗》曰："维其有之，是以似之。"先父其有焉。

先父于去岁十二月捐馆，魂归道山，生前所画常为亲友争相求去，身后所余无多。今寻取其中堪为代表者结为一集，凡三十七幅，精印成册，于中可见先父平生情志。无意流布示人，旨在家藏纪念及奉送亲友，以免日久散佚追悔无及耳。

开卷成思，丹青如新，见画如见先父。是为记。

附记：此文遵吕先生家人之嘱代撰，时在 2005 年 5 月。

长影世纪村记

长春国信集团投巨资兴建长影世纪村，旨在弘扬影视文化，即将竣工之日，嘱余作文以记之，因成是作，聊以补缺，且喜而贺之。

长春，中国近代史上之名城，擅川林之饶，拥文化之富。沿街多花木，杨柳依依，落英缤纷，有春城之誉。长春之胜在南湖，碧波千顷，沉鱼落雁，有西湖之美。南湖之胜在西岸，风光旖旎，高校林立，有塞纳河左岸之喻。岸之西北，影棚相次，白楼隐约，乐声时起，此乃长春电影制片厂也，号为中国影业之摇篮，有东方好莱坞之称。毛泽东、周恩来、邓小平、江泽民等党和国家领导人曾先后视察于此，《白毛女》《董存瑞》《上甘岭》《甲午风云》《兵临城下》《开国大典》《平原游击队》等传世巨片尽出乎此，金山、张瑞芳、于蓝、于洋、田华、陈强、郭振清、李默然、古月、孙飞虎诸大牌明星皆成名于此，可谓功业辉煌，群星璀璨。故知斯厂借湖光之秀，得日月之助，诚文化传承之殿堂，人才辈出之胜境。

此地今已建成长影世纪村，风貌焕然，尤非昔比。但见街舍俨然，重楼巍然，影事兴旺，气象非凡。顾名思义，长影者，以长影为品牌以影视文化为主题者也。世纪者，具有新世纪意义之谓也。村者，聚也，聚影视文化商务娱乐诸业于一体而成大观者也。中华民族自古尚德而重文，洙泗之聚，稷下之会，尽在播文而传道。子曰："郁郁乎文哉！吾从周。"文者，文化之谓也。影视文化集文学艺术于一身，乃当代文化娱乐之主流。世纪村承洙稷之遗风，继长影之高韵，兴文化之大业，可谓应运而生，与时俱进，踵事而增华。古语有云："齐一变，至于鲁；鲁一变，至于道。"行人入村，目之所视，耳之所闻，心之所思，口之所言，无不涉乎影视而及乎文化；古今中外，政治经济，诸子百家，莫不收之眼底而藏之胸中。游于斯而乐于斯，习于斯而教于斯，创业于斯而腾飞于斯，故知三人村必至于道。伟哉，斯举！壮哉，斯村！郁郁乎，泱泱乎，焕焕乎！

附记：此文应长春国信投资集团董事长王岩先生之邀撰，于 2005 年 8 月刻碑，碑高 3 米，长 7.2 米，立于长春电影制片厂旧址南侧。

雄志桥记

吾村民群策群力，众志成城，妇孺同心，老幼助阵，开山凿石，起土筑路，寒暑易节，于丙戌年初建成斯桥。事兴于一时而功垂于百世，桥通于大道而人奔于小康，其业伟哉！

吾村有教师名雄志者，桑梓情深，博学笃行，授业传道，诲人不倦，厚德载物，堪为师表。毕生献身于全乡教育事业，声望高塞北，桃李满天下。乡亲念其功德，以其名名斯桥，使名随桥而不灭，桥因雄志而增胜。是为记。

附记：某日，有客送来《雄志桥记》一篇，求吾修改，遂撰成此文，时在 2006 年春。

秦奋先生传

先生尊姓秦，名奋，字耕耘，清末追名县逐利乡骛远村人也。少负任性之气，长无乡曲之誉。五短身材，貌恭心非。性好诽毁，狐疑多忌。希世而行，比周而交。美恶同俗，随波起伏。成事不足，败事有余。言而无信，见利忘义。志大才疏，曲学多辩。好为人师，意在矜伐。近之而不恭，疏之而生怨。

损人以自高，炫己以自慰。常穿凿附会，辗转生意。攻细捐大，舍本求末。得筌忘鱼，顾兔失麇。钩深探赜，不能致远。皓首穷经，一事无成。镂心属文，专务空谈。词拙意寡，旨鄙理乖。终日矻矻，蝇营狗苟，以求盈尺之利。其学不足以破愚，教不足以解惑。论不足以为法，行不足以垂范。文不足以传世，武不足以御敌。忠不足以安邦，奸不足以乱党。智不足以饰非，勇不足以抗上。仁不足以立德，信不足以交友。权不足以谋私，威不足以肆志。进不足以济贫，退不足以事亲。喜不足以乐众，哀不足以感人。职不过教授，辩不出讲堂，财不列富榜，名不见经传。身未衣轻裘，口未尝珍馐，目未接美色，足未跨国门。无拳无勇，无爵无位。居环堵之室，桑户瓮牖。鹑衣百结，藿羹粝食。然有澄清玉宇、致君尧舜之志。每以立功立言期许，指天画地，心雄万夫，日梦伏轼搏衔，横历天下，怀黄金之印，揖让人主之前。人皆笑生狂，生亦不改其道。老境寂寞，槁项墨面，短褐褴食，横卧北牖。

　　附记：清末秦奋先生辛勤一生，耕耘不辍，教人多矣，且志存高远，惜名不扬，故特为立传，且稍作评论。虽仅数百言，聊胜于无。今之看官切勿对号入座，或自作多情，自寻烦恼。君之恶未必及其恶，君之善亦未必及其善。文始成于 2007 年 4 月，后屡有修改。

关中民俗艺术博物院记

　　人之寿夭在元气，国之兴衰在民俗。民俗者，万化之基而人伦之本也，政教得失，百姓忧乐，尽在于斯。是故周振木铎而采风，汉驰轺轩而观俗①。秦汉以降，有司郡守，仁人君子，莫不察风俗以施教化者。关中擅华夏十三朝古都之重，风承周秦，礼尚汉唐，故家遗俗②，遍布秦川。关中民俗艺术博物院，聚古今民俗于一体，主关中而兼海内，堪称保护民族文化之创举，展示神州风俗之胜地，震撼世界之奇观。

院之幽也，地处秦岭，界跨佛道③。泉水淙淙，诸峰送青，晨望高冠之瀑布④，暮闻太乙古钟鸣。院之大也，拥地八百亩，依势终南山，前神禾而后五台，左草堂而右翠华。神禾塬上，祥瑞允集；南五台下，佛光普照。草堂烟雾来天地，翠华风月变古今⑤。院之奇也，拆移渭北明清民居于其内。飞檐斗拱，不失毫厘；金龙玉凤⑥，神采飞动。庄园四十，屋舍千间，嘉木大道，俨然州城。院之博也，藏品千千万。风物历历，遍三秦而连九州；地宝煌煌，上殷周而下明清。汉代画像石⑦，帝王气象；北魏墓志铭，高士遗迹。百尊石门墩，争显富贵荣耀；八千拴马桩⑧，陈说日月沧桑。高大肃穆，神庙雄浑者，三皇后稷也。厅堂如殿，御赐金匾者，世家望族也。第题恭俭，雕墙画壁者，殷实大户也。戏楼张乐，台下平阔者，乡社梨园也。重耕尚读，积德行善，家家门联之雅训；圆天方地，镇宅祈福，尊尊马桩之寓意。他如秦砖汉瓦、钟鼎碑碣、墨宝丹青、农事物什之属，不胜枚举。

夫爱国孕于美俗，而崇洋出于忘祖。民俗存则民心聚，民心聚则国力强；民俗亡则传统亡，传统亡则民族亡。中华民俗正值兴替断续之秋，文物流失，旧器毁弃，时髦默化，世风潜移，百年民居毁于巨商，千载古墓掘于大盗。先哲有云：礼失而求诸野。所谓野者，民间习俗也。倘若民俗丧失，礼又何所求哉？

长安王勇超先生有感于是，矢志振民俗于濒危，挽古居于既倒。正其义不谋其利，举其事不计其名，借重贤达，克谐团队，运策决机，同舟共济，足迹遍三秦，行程十万里。一物之求，日夜兼程；一品之购，动辄千金。急急遑遑，如救人于水火；战战兢兢，似夺食于虎口。风雪无阻，难易不避，几经生死，险陷囹圄，资财散尽终不悔，为伊消得人憔悴。以斯心行斯意，何患业不成而志不立？院创名山，功垂千秋，仰可告慰于祖宗，俯可无愧于子孙。其诚可嘉，其事可贺，其名足与斯院同存。假使曩者守财而不为，如今斯院安在？以彼易此，得失之数，仁智之士不待退思而明辨矣。赞曰：

> 五台山下建奇功，民俗古今收苑中。
>
> 渭北移居迁胜地，终南聚宝起新宫。
>
> 敢将豪勇救时弊，不使儿孙哭道穷。
>
> 留得中华根脉在，千秋万代好观风。

【自注】

①周振木铎：据伏生《尚书大传》、班固《汉书》、应劭《风俗通义》等文献载，周代每年朝廷都会派遣官员到民间采集民歌民谣，借以了解民情民俗、政教得失，达到"王者不窥牖户而知天下"的目的。木铎是以木为舌的铃，铜质，官员巡行时手摇木铎以引人注意。辎轩：采风官员乘坐的一种轻便车。汉代仍然保留着采风制度，例如扬雄即曾受命采风和调查方言，著成《辎轩使者绝代语释别国方言》一书。

②故家：指世代仕宦的大家族。《孟子·公孙丑上》："纣之去武丁未久也，其故家遗俗，流风善政，犹有存者。"

③界跨佛道：关中民俗艺术博物院位于秦岭北麓，南与佛教圣地南五台山毗邻，西为佛教名胜草堂寺，东为道教名胜太乙宫。

④高冠之瀑布：即高冠瀑布，秦岭著名景区之一，位于关中民俗艺术博物院之西，因山内石帽峰似巨人头戴高冠而得名。

⑤翠华：翠华山，秦岭著名景区之一，在关中民俗艺术博物院之东，原名太乙山。

⑥金龙玉凤：指屋舍墙壁上的雕刻图案。

⑦汉代画像石：汉代地下墓室、祠堂和庙阙等建筑上雕刻着画像的石块。

⑧拴马桩：我国北方独有的民间雕刻条石，乡绅大户用于拴系骡马，主要见于陕西渭北高原，目前关中民俗艺术博物院藏量最富，共八千余根。拴马桩上圆下方，桩头圆雕，或表现人物，或表现动物，或表现人与兽的结合，具有浓厚的地方特色。

附记：本文应关中民俗艺术博物院王勇超院长之邀撰，2009 年秋以西安市人民政府名义刻碑立于博物院内，又先后刊于《陕西师大报》2010 年 4 月 15 日第 4 版、《中华辞赋》2014 年第 12 期。

墨池重修记

墨池者，文采风流之胜迹也。自宋以降，以墨池名书院书阁者，不可胜计；而以墨池精神期寄后来者，于蜀则自七中始。

成都之墨池，或称扬雄洗笔池。扬雄，字子云，西汉蜀郡成都人也。少而好学，才思敏捷。成帝时官给事黄门侍郎，王莽朝拜为大夫，校书天禄阁。撰《太玄》《法言》《方言》《训纂篇》

诸书，且有《甘泉赋》《长杨赋》《羽猎赋》《解嘲》等文传世。史载雄之宅位于少城西南，一名草玄堂，《陋室铭》所谓西蜀子云亭是也。相传雄每于堂边水池洗墨，久之，池水尽黑，遂有"墨池"之名。宋元明时，相继于是处修建学堂，皆名曰"墨池书院"。明所建书院后毁于战火。清道光年间，学政聂铣敏捐俸银万两，重修墨池书院，故址而外，又增购郑氏私宅三院及空地数亩以扩大规模。1905 年，书院改制为成都县立高等小学。1952 年，小学升格，且易名为成都第七中学。2011 年，七中初中部图书馆始成，命名曰"墨池书屋"，意在以墨池精神砥砺后学也。

嗟夫！雄自幼家贫，且口吃不能剧谈，然于文学、哲学、语言无所不通，为有汉一代硕学鸿儒，名贯古今。求其所以然者，好学湛思，清静少欲，不汲汲于富贵，不戚戚于贫贱也。自有大度，不修廉隅以徼名当世，此盖墨池之精神，人与池何以流传至今者。七中学子，幸得胜地之宜，若能日游池畔，思齐前贤，潜心为学，勉力向善，势必为建设国家之栋梁、继往开来之俊才，又何患乎一时之困窘、何忧乎学业之不成哉？

附记：学生李延刚同志（成都七中教师，原陕西师范大学文学院 2006 级基地班学生）发来其同事《墨池书屋记》一文，请求修改。此文即在作者原文基础上重写而成，时在 2011 年。延刚收到修改稿后回复诗一首，特附在此："书用方恨少，教后知不足。师恩难忘怀，夜起重读书。"其后得暇又有增删以成今貌。

西北妇女儿童医院碑记

妇女者，天之半也。儿童者，国之望也。妇女儿童之健康，关乎人民之幸福、国家之昌盛。西北妇女儿童医院，乃原陕西省妇幼保健医院之扩大者也。地处西安曲江池畔，得日月之辉，拥花木之秀。制系国企，体属股份。业精三秦，誉驰海外。唯病是视，非利是图。立足于奉行人道、关爱生命、救死扶伤；定位于全国一流、西北领先、三级甲等。院内高楼耸立，洞户连房，门诊、医技、住院，三位一体，科多而室大，器精而医良。

本院于二〇一〇年由省政府批准立项，于二〇一一年七月奠基，二〇一三年一月竣工，二〇一四年五月投入使用。其间获中央及省市财政鼎力支持，又得社会各界解囊相助。

医者，救人之仁术、济世之大道也。一疾之患，系于全身。一人生死，累及全家。危重生死，间不容发。是故医之临病，胜于临敌。古语有云："不为良相，则为良医。"秦地自古多良医，远古岐伯，春秋医缓，唐代孙思邈、张宝藏诸贤，皆德馨道高，名满天下。本院员工矢志弘扬中华医学，坚持中西结合，恪守医德医则，想患者之所想，急病人之所急，推己利人，慈爱为怀，科学施治，务实创新，悬壶济世，广种杏林。不负于政府各界之关怀，无愧于广大患者之重托。

仁者爱人。今立此碑，略记建院之由，以彰显政府执政爱民、造福子孙之伟业，赞颂各界慷慨襄助、关爱妇幼之功德，兼表全院敬业守职、奉行仁道之决心。

附记：本文应西北妇女儿童医院之约撰，于 2013 年 8 月 20 日定稿。

蜗蝂新传

蜗蝂之为虫也，非唯善负，好高，贪鄙无厌，且形丑，臭恶，毒甚。形似屎壳郎而硕大，有短尾长螯，盖属同科而变种。终年以粪便为食，以跟屁为事，以剽取他虫之获以为积。举踵而进，逡巡而退，肮脏龌龊，无颜无耻。其毒比蜈蚣，虿腹蜗肠，酷嗜报复，喜伤异类，人莫敢近。日游走于同类之间，同类者，蛇、蝎、蚰蜒、蜘蛛、蜈蚣、蟑螂、蟾蜍、蜥蜴、溷鼠之属也。遇强不强，或掉头疾逃，或摇尾乞怜，或攫食以奉之；遇弱不弱，常欺侮老幼，扼杀羸瘦，肆虐以害之。失势则沮丧，得志即猖狂，得失之间，最为彷徨。并无异能，唯善背负攀缘。每依大树，踩蚁肩而上，居高枝而乐，甚自得计，以为爬高之术莫予过也。某日，其一误以牛腿为大树，奋力攀缘至肛，闻屎臭而喜，心思又尝美味佳肴矣。得意忘形之际，不料牛屎喷出，惨遭冲埋，坠地而死。呜呼！此物本属阴秽丑类，遇湿而生，食粪而长，而不自省，不修内功，却以贪取攀爬为能事，岂不怪哉？心高而坠于高，性贪而死于贪，食粪而葬于粪，不亦宜乎？

附记：近读柳宗元《蜗蝂传》一文，以为于蜗蝂之性状未尽其详，今试补之，时在乙未年（2015）冬日。

吴堡辛家沟镇弓氏老宅重修记

弓氏之为氏，所从来远矣。相传黄帝有孙曰挥，始制弓矢，因功封于张，子孙或以弓为氏曰弓氏，或以张为氏曰张氏。又传春秋时鲁有公孙婴齐者，因功为大夫，婴齐字叔弓，其孙以祖父之字为氏，世代相延，共尊叔弓为始祖。弓氏一族代有贤人，如汉光禄大夫弓祉、孺子婴大司马弓林、三国博陵太守弓翊、前秦虎贲中郎将弓蚝等皆负盛名。

余高祖父讳彪者，弓氏一族在陕之后裔也。祖籍吴堡弓家圪崂，于清末率家人迁至辛家沟。历经曾祖讳安有，祖父讳生俊，父讳占山，叔父讳登高、占海、占洲，以及吾兄弟三人以及子孙辈，繁衍生息凡七代，人丁总计逾百人。

吴堡乃陕北之名县，石城高悬，雄视古今，东枕黄河，西界巨壑，扼秦晋之要冲，控南北之咽喉，向为兵家重地。辛家沟，乃吴堡之第一大镇，下辖二十八村，自古商贸繁荣，晋蒙商贩多会于此。清河沟穿镇而过，村民依山窑居，夹水相望。山高多嘉木，水曲有灵气。窑洞雾列，绿杨掩映。小桥流水，尽是淳朴人家；南北通衢，四季商贾云集。

高祖新迁斯地，选址建窑，置产创业，筚路蓝缕，艰辛备尝，功莫大焉。高祖以降，世代日出而作，日落而息，丰衣足食，其乐融融。曾祖父、祖父、父辈皆勤劳善良，勇于创业。曾祖母张氏、祖母白氏、母亲李氏诸先姚敬老慈幼，声闻乡里。

迩来数十年，家人多外出创业，抑或就职他乡，老宅空无人居，年久失修，石损壁裂，门窗俱毁，屋摇欲倾，庭院荒芜，令人徒生麦秀之思，黍离之叹。余不忍桑梓祖业就此而废，遂出资重修，经年而成，使风格如旧而新貌焕然，且以名人字画雕饰内外，熏习后代。是举不在居住，无意置产，尤忌炫耀，唯以留根绳祖为心，以继承传统为意。愿子孙寻根有所，常怀故土，不忘祖德，造福古镇。重修始于二零一七年五月二十九日，其间得乡邻同族鼎力襄助，今当落成之时，谨向乡亲同族父兄敬致谢忱。是为记。

吴堡新家沟弓氏第五代长子弓建国
2018 年 8 月 15 日

附记：此文应陕西师范大学原党委办公室主任、西北干部培训中心主任弓建国先生之邀代撰。

三　祭文碑文

（一）公祭文

甲申年清明节公祭轩辕黄帝文

惟公元二○○四年，岁在甲申，暮春之初，时值清明，中华儿女，海外侨胞，不远千里万里，殊途同归，会聚桥山，以至诚之心、盛大之仪、丰洁之供，敬祀我民族之魂轩辕黄帝。辞曰：

赫赫我祖，功业何伟！仰观日月之行，俯察江河之流，动顺风雨之变，法乾坤以正衣裳，造书契而创文明。救灾衅患，解民倒悬，诛伐无道，禁暴除乱，代天地立德，为民人立命，为万世开太平。

赫赫我祖！名高天下而不恃，仁建土德而不矜。见可而进，识时而退，厚德载物，上善若水。唐尧虞舜，接续高风。秦皇汉武，激扬国威。绵延至今，全面振兴，决策无失，上下同心。

改革开放，成就令举世瞩目；科教兴国，现实使梦想成真。"神五"飞天，国强而士勇；反腐倡廉，任重而道远。不忘忧患，居安思危。传承弘扬，民族精神。海峡两岸，共斥"台独"，金瓯岂容久缺？炎黄子孙，同系轩辕，巨龙必再腾飞！

颂曰：

（一）

桥山峣峣，沮水滔滔。

追思我祖，功丰德高。

宾服诸侯，惠及耄耋。

教化天下，万姓来朝。

（二）

桥山巍巍，沮水清清。

怀思我祖，智慧天成。

服冕垂衣，播谷树桑。

始作书契，创建文明。

（三）

赫赫我祖，普天仰之。

明德惟馨，永其襄之。

清明佳节，神其降之。

黍稷美酒，时来享之。

附记：此文应陕西省公祭黄帝陵工作委员会办公室之邀为2004年清明节公祭黄帝陵而撰，曾载于《陕西师大报》2004年4月15日第4版。

梨园弟子祭祖文

甲申之岁，适值中华梨园创建一千二百九十周年。孟秋之初，骊山增瑞，有凤来仪，华夏梨园弟子同聚华清梨园故地，共致时果美酒佳肴之馔，以敬祀祖师玄宗皇帝。辞曰：

明明祖师，千古一帝。业启开元，功致封建盛世之最；文注《孝经》，言成四海万民之法；艺创梨园，曲定九州百代之音。遥想当年梨园之盛，机构四而教坊六，乐章百而弟子千，祖师亲任教习，贵妃躬自示范，王维李白供其词，龟年阿蛮扬其声。一时间，善才云集，群星璀璨。春日柳长，歌按昭君思归之乐，音中"经首"；秋夜月明，舞奏霓裳羽衣之曲，节合"桑林"。虽韶虞武象、蓬莱仙乐不能过也。后经安史之乱，梨园洗劫，弟子流落，然梨园精神未灭，乐章未坠，宋元杂剧、明清传奇即其翻新之声，与古希腊悲剧、印度梵剧鼎足而立，遂成民族之瑰宝，文明之象征。明清以降，秦腔古韵导源于前，晋剧、川剧、汉剧、昆剧、豫剧、京剧、评剧、越剧、湖南花鼓、安徽黄梅诸剧三百余种继声其后，孳衍流变，踵事增华，尤为大观，致使梨园之声响彻神州，梨园弟子走遍天下。一剧开演，万人空巷；一曲未终，千夫落泪。影响所至，山野樵叟多能哼唱；教化所及，市井浪子相率回头。今逢小康之世，缥囊纪庆，玉烛调辰，我等弟子更当秉承祖业，锐意革新，振兴梨园，以襄助中华巨龙腾飞之伟业。斯任实重，斯道弥远，振铎扬旌，勇往直前。颂曰：

明皇创制越千年，风化神州代代传。

遥想当时教习苦，至今犹忆杨玉环。

附记：我国北方戏剧界尊唐玄宗为中华戏剧之祖，2004 年 8 月 24 日，适逢唐玄宗开元二年创立梨园一千二百九十周年，华夏文艺明星、戏剧界专家聚首陕西临潼华清池梨园故地，同庆"首届华清池国际梨园艺术节"，共祭祖师玄宗皇帝。艺术节由陕西华清池旅游有限责任公司与中央电视台《艺苑风景线》联合主办。主办方嘱余代撰祭文，因为是作，时在 7 月 30 日，原文曾载于《陕西师大报》2004 年 10 月 30 日第 7 版。

庚寅年重阳节海峡两岸同胞在陕西
恭祭轩辕黄帝文

惟公元二〇一〇年，岁次庚寅，金秋重阳之日，陕西、台湾两地代表，会聚桥山，以两岸炎黄子孙虔诚敬肃之心、鲜花时果之仪，同祭我华夏始祖民族之魂轩辕黄帝，辞曰：

皇皇我祖，厥功伟哉！继天立极，为民立命。建造宫室，树艺五谷，披山通道，救灾弭患，创制垂衣，开启文明。兴师振兵，以征不享。致胜于阪泉之郊，收功于涿鹿之野。百姓宁而九州一，万国朝而远人来。

赫赫我祖，厥德盛哉！道法自然，义参天地。虽有弧矢之利，尤重玉帛；纵有威武之师，不加无罪。奉天抚民，文教覃敷。四邻辑睦，万方被泽。春风送暖，日月争辉。律吕协和，玉烛调辰。盛治弘勋，土德长存。

明明我祖！厥名大哉！千古一帝，声播八荒。开物成务，上善若水。功造中华而不居，威重天下而不恃。进为天下，退为天下，乃知圣贤代起，先后一揆。是后尧舜揖让，禹汤接踵。周秦汉唐，绵延至今。得道多助，国势弥张。改革开放，烝民富足。巨龙腾飞，举世倾目。

陕西台湾，万里同根。振兴中华，两岸一心。节逢重阳，共祭先人。文化交流，携手共进。岂无龃龉，毕竟天亲。外御其侮，兄弟情真。弘扬传统，革故鼎新。共建和谐，利国利民。仰无愧于祖宗，俯无愧于子孙。

郁郁乎，陕西！焕焕乎，台湾！悠久哉，神州！伟大哉，中华！羹墙日见，馨香斯荐，敬唯鉴歆，永锡鸿禧。

轩辕颂词

其　一

大哉轩辕，王道荡荡。开物成务，史列首章。

息战安民，制礼兴邦。一统九州，声播八荒。

其　二

桥山峨峨，沮水悠悠。遥思我祖，治国善谋。

任人唯贤，力举风后。尧舜相继，流誉千秋。

其 三

岁岁烝尝，不忘祖训。振兴中华，历史重任。

功崇惟志，业广惟勤。务本求真，开拓创新。

其 四

桥山沮水，龙之故乡。炎黄子孙，源远流长。

两岸同胞，春秋筹商。同祭始祖，共铸辉煌！

附记：此文应陕西省黄帝陵整修保护工作办公室、黄帝陵基金会之邀撰，2010年9月10日定稿，其中颂词为祭礼中儿童歌舞时的唱词。原文又载于《陕西师大报》2010年10月30日第4版。

辛卯年重阳节海峡两岸同胞在陕西
恭祭轩辕黄帝文

粤惟辛卯之年菊花之月重阳之日，海峡两岸儿女谨怀虔诚之心，以鲜花果蔬清酌庶馐之仪敬献桥陵，告祭我先祖轩辕黄帝：

巍巍乎！天地玄黄，宇宙洪荒，百川横流，神州莽莽。年谷不登，都鄙荐饥，战乱频仍，禽兽猖狂。惟我始祖，敷治水害，驱退猛兽，弭兵息战，除暴安良。作书制礼，教化人伦，道辟百家，一统治强。

荡荡乎！唯天为大，唯祖则之，功造中华，德服四方。贫能富之，富能教之，乱能治之，弱能强之。文治武烈，高山景行，天下共与，旷代圣王。

海峡两岸，系本同根，陕西台湾，岁祭炎黄。盛典桥山，春秋不辍，弘扬懿德，源远流长。尊俎既陈，祀仪告成，神其降止，飨此馨香！

附记：此文应陕西省黄帝陵整修保护工作办公室、黄帝陵基金会之邀撰，时在 2011 年 9 月 14 日。

乙未年清明节公祭轩辕黄帝文

惟公元二〇一五年，岁在乙未，清明佳节，炎黄子孙以至诚之心，敬献香花果蔬清酒之仪于桥山，祭告我始祖轩辕黄帝曰：

我祖皇皇，圣谟洋洋。无教逸欲，勤俭兴邦。开物成务，继天立极。行备九德，千古一帝。知人其哲，安民其惠。奠基华夏，功昭玉宇。首创大同，天下为公。选贤举能，世代称颂。偃武修文，百姓宁而九州一；治乱扶危，万国朝而远人来。

今逢盛世，务在改革。锐志复兴，弘扬祖德。简政放权，依法治国。风清气正，人民康乐。宏观调控，稳中求进。兴利除弊，开拓创新。八项规定，峭如高城；纠正四风，严若秋霜。生于忧患，死于安乐；居高思危，持满防溢。民族团结，江山永固；分裂破坏，绝不姑息。惩治腐败，除恶务尽；蝮蛇螫手，壮士断腕。不忘历史，纪念二战；维护主权，和平发展。港澳自治，齐奔小康；九二共识，同祀炎黄。

桥山青青，沮水汤汤。礼炮隆隆，击鼓其镗。万众肃立，旌旗飘扬。黍稷丰洁，伏惟尚飨！

附记：本文应陕西省委宣传部之邀为 2015 年清明节公祭黄帝陵而撰，于 2015 年 3 月 28 日定稿。

（二）诔

诔王守民先生并序

先生尊姓王，讳守民，辽宁开原人士。早年就读于东北师大，业从名师杨公冀教授，专攻中国古代文学，登堂入室，既见崖涘。五四年卒业赴秦，执教于陕西师大中文系。讲经论道，语惊四座；赞理系务，政绩卓然。旋擢升副主任，七八年再迁为主任。八七年以副教授之职称卸任，俄而退休。自是键户谢客，身影渐消。偶见其默然独步于校园，凝神寡语而意漠，心中似有不畅者。近日忽闻其溘然长逝，知者莫不惊叹失色，共颂其为人之正，哀其过世之早，得名之难，意多有不平者。

先生貌魁伟，性好静，平居恭而安，处事公而平，为人有节概。危坐端视，正道直行是其状；光明磊落，清廉自守是其德；温良恭俭让，与人为善是其行。韩子有云："不平则鸣。"其素所积蓄也，穷不易操，通不肆志，居利思义，在约思纯，颇存君子之风。先生在世之日，必或有所不平，然未鸣，唯默然而已；卧病数月，生命屡危，从未张扬，故人多不知；临终遗言：不发讣告，不设灵堂，不作遗体告别，意在独任凄清，悄然而去。

悲夫！先生一生不求名，名亦弗及；不逐利，利亦未至；不愿累及于人，人亦莫知其甘苦。子曰："文质彬彬，然后君子。"先生有《〈诗经〉二雅选评》传于世，又主编《白话〈古文观止〉》一部，设体有方，删汰合宜，钩深致远，吞珠吐玉，是乃有其文矣；先生生不愿累及于同志，死不愿烦扰于亲友，为官卅载，清风两袖，冰心一壶，是乃有其质矣。以堂堂君子之名，浩然之气，楷模之躯，奈何生而默然，足不出户，死而凄凄，悄然而去？古语不云乎，死生亦大矣。吾忍见先生之默然，不忍见先生之悄然，故为是作以诔之。先生生而不能得其名，死而不愿留其名，然先生之名可以千古矣！诔曰：

> 成灰蜡炬意先寒，此去先生何悄然？
>
> 自古贤才多傲物，虚名如雾雾如烟。

附注：王守民先生，辽宁开原市人，东北师范大学中文系研究生毕业，先后任陕西师范大学中文系副主任、主任之职，于 1997 年辞世。文中之诗曾载于《陕西师大报》1997 年 10 月 25 日第 4 版。

书家贾温性先生诔

二〇一六年八月四日，温性先生猝然辞世，噩耗传来，校园内外，凡闻之者，无不震惊。一则先生年仅六十三岁，尚在盛年；二则先生书法卓然超群，久负盛名；三则先生待人温良恭俭让，素有盛誉。治丧期间，登门吊唁致哀者接踵相继，花圈无数；前往殡仪馆送别者车辆塞途，挽联盈庭。

先生号岱岳，骊山愚公，陕西临潼人士，自幼习书，毕业于陕西师范大学数学系，先后任人事处处长、成人教育学院院长、远程教育学院书记等职。于公恪尽职守，居平谦和宽厚。凡与共事交集者，无不称道，盛赞其有仁人君子之风。常于三余之日、奉公之暇讲论书法，主攻行草，旁涉篆隶。习曹伯庸先生之书体，形神兼备，传袭箕裘，法中求变，增润致丽。又博取古今百家之长，精研永字八法。侧勒努趯，提按中式；策掠啄磔，迟速合度。悬针垂露，自别毫厘；奔雷坠石，岂无分寸？一画之间，毕见起伏虚实之势；一点之中，曲尽顿挫俯仰之妙。或重若崩云，或轻若蝉翼。运笔如秋水之出深谷，流转多变。布局若众星之列河汉，错落有致。神采古雅，风骨烂漫，纵横飘逸，圆润自然。唯其善书，且德孚众望，故被推任陕西省教育书法研究会副会长兼秘书长、陕西省慈善书画研究会副会长兼秘书长、陕西盛世西部书画院副院长、陕西师范大学书画研究会会长等职。于是乎日操劳各会书展捐赠之运作，夜振翰以酬八方雅嘱索字之慨诺，更兼为老年大学免费授课以传书道，束身笃行，殚精竭虑，节庆婚丧，难免谒请。终日往来奔波，以求万事完美，唯忘乎生命脆弱，存亡只在旦夕之间，一朝捐馆，废百事于半途，遗千恨于毫芒，岂不哀哉！

先生之书作，学校每作为礼品酬赠嘉宾，校外省外常争相悬挂收藏，市价或在千元万元之上，虽然，逢人索字，无论亲朋好友，贩夫走卒，凡开口者，先生莫不慨然应诺，分文不取，亲疏无别，贵贱不论。语曰："佳兴忽来，诗能下酒；豪情以往，剑可赠人。"先生虽不善酒，亦不能剑，豪情诗意不让前贤，佳作悬高阁，墨宝藏万家。美誉驰关中，尺牍流海外。

　　余与先生业不同系，职非同院，然敬其为人，好其书法，曾多次索字，均获厚赠。一日得其草书《滕王阁序》印件，风格迥别于前，心甚异之，因试请为书余《咸阳湖记》一文，又获慨允。拙文七百余字，计非一时可就，不意数日告成，余欣喜之余，深感其持心之诚，命笔之速。全文区为六尺六幅，洋洋大观，满纸鸿飞兽骇之姿，鸾舞蛇惊之态，与书《滕王阁序》异时而同工。先生错爱拙文，兴之所至，连书三份，尺寸大小有所不同，其一赠余，其一自藏，其一拟用于异日书展。余则非唯珍藏是书，并将印入《菊香斋诗文集》，为拙作造势增色。先生曾与余讨论书法，月旦人物，因知其于曹体而外，兼爱枝山，欲稳中求变，自创新体。余又登门亲观先生为书，折纸用墨，皆有法度，藏头护尾，意在笔先。无论行草小篆，瞬间即成，不费一纸。不计生熟长短，一挥而就，未遗一字。从心所欲，翰逸神飞，任意挥洒，不失规矩。恢恢乎，如庖丁解牛；闲闲乎，若老吏断狱。

　　先生就医期间，余携友前往看视，觉先生精神言谈与平日无异，唯举止稍有不便，以为不久即能康复，又可相聚以论书道。先生亦甚乐观，寻思出院继续其中断之业，甚而计划完成余《丹江赋》一文之书写，孰料事有大谬不然者，当日之会，竟成永别。古人云："事有不可知者，有不可奈何者。"岂虚语哉？

　　书家或以实力名，或以官高名，或以名人名，或以恶怪名，或以炒作名，或不期名而名，或当时无名而后世名，或在位名而退居不名，或鼓噪一时而徒有虚名，或刻意求名而不得其名，或实无其名而自以为名，或人亡字息了无声名。温性先生属于以实力名者，功夫所在，作品置之海内任何书展，亦毫不逊色。倘若天假其年，十载廿载之后，必能大放异彩，创体领风于当今，收名定价于后世。惜乎！天不憖遗，高才不寿，使我师大书会痛失一友，三秦书坛遽亡一才，中华书界又少一家。

附记：本文撰于 2016 年 8 月中，先后载于《陕西师大报》2016 年 9 月 5 日第 8 版，《陕西诗词》2016 年第 4 期。

（三）行状

郭子直先生行状

郭子直先生是陕西师范大学中文系著名教授，陕西岐山县人，生于 1912 年。先生幼承家学，于 1934 年考入北京大学，至 1939 年毕业。自 1939 年秋至 1955 年夏先后在凤翔师范学校、岐山中学等校任教。1955 年调入陕西师范大学中文系，1966 年被错误送回原籍中学，直至 1978 年落实政策返回，1987 年光荣退休。1999 年元月 7 日因病辞世，享年 87 岁。

在长达 60 年的教育生涯中，郭子直先生宵衣旰食，辛勤耕耘，为教育事业做出了突出贡献。先生早年怀着教育兴国的进步思想考入北京大学教育系，其间适逢七七事变，日军大举侵华，先生以国家兴亡、匹夫有责的思想为鞭策，奋起投身于抗日救亡运动，参加北京大学师生的抗日游行，暑期参加慰问抗日将士宣传队，南下向南京政府请愿，等等，表现了一个热血青年崇高的爱国激情。

1949 年后，先生一心从事党的教育事业，无论在师范、中学、大学还是在下放期间，他都能以高度的责任感、使命感严格要求自己，数十年如一日，授业解惑，笔耕不辍，恬淡自守，默默奉献，终此一生，别无他求，表现了一个革命教师高尚的道德风范。

在教学上，先生先后给本科生、函授生、研究生、古籍整理研究班及词典组的青年教师开设过现代汉语、工具书使用法、文字学及文字改革、古文字概论、古汉语声韵学等课程，同时编写了《古汉语声韵学》《古汉语声韵学表解》《汉语古文字学讲稿》等教材，足见先生学识之广，用力之勤。

在科研上，他一生朝乾夕惕，无论春秋。自1959年即参加了陕西省的方言调查，长途跋涉，往来于岐山、眉县及扶风等县之间。先生先后编著了《汉字的形体演变》《六书初探》《集韵校补》《集韵音节总表》《韵书里的方言词》《中国历代韵书述评》《岐山方言志》《文史工具书入门》《书法初阶》九部著作，参加了《常用文言虚词词典》《古汉语虚词用法词典》《陕西方言概要》等书的撰写，同时发表了多篇论文。所著皆援古证今，据今考古，旁征博引，钩深致远，屡为学术界所称颂。尤其值得一提的是，先生《战国秦宗邑瓦书铭文新释》一文，以大量史籍和出土竹简为佐证，对陕西户县出土、陕西师大图书馆收藏的一件陶器铭文进行了深入考释，纠正了前人错误的论断，并考出四字，为研究战国时期秦国史做出了重要贡献。该文后被收入中华书局出版的《古文字研究》专辑。

自1983年起，先生开始指导学校第一届古文字学硕士研究生。1986年，又招收第二届古文字学硕士研究生。两届研究生毕业后均考取北京大学、四川大学、山东大学、复旦大学等校的古文字学博士生，足见先生指导之得法。

先生不仅在学术上造诣精深，同时又是著名的书法家，其甲金古拙浑厚，似朴而雅；其篆籀舒缓自然，气象雍容；其楷书沉静刚健，英姿天成；其草书笔走龙蛇，山河生风。

纵观先生一生，师出名门，友于通人，业精甲金，博兼经史，是成就卓著的语言学家和书法家。先生治学言必有据，无证不信，崇尚实学，不务空言，博综群籍以为业，格物致知以为乐，忘乎其贫；先生为人宽厚平易，明于大义，淡于名利，温良恭俭让，德高而不傲物，学富而不骄人，颇存古风。先生身居师大，心系教育，爱校如家，曾将自己家藏珍贵书刊 793 种共 3900 余册捐赠给学校，其慷慨之义举，无私之美德，利人之高风为师生所敬仰，为世人所传颂。

郭子直先生辞世的噩耗刚一传出，师大内外，学界上下，凡闻之者，无论亲朋好友，师生同事，莫不为之赴哀，敛容急趋前来吊唁者不绝于途。古人云"高山仰止，景行行止""桃李不言，下自成蹊"，其先生之谓乎！

附记：此文原题为《郭子直先生生平简介》，遵陕西师范大学中文系领导之嘱撰于 1999 年元月 14 日，由校领导宣读于先生遗体告别仪式，曾载于《陕西师大报》1999 年 1 月 25 日第 3 版，本书收入时有所修改。

曹伯庸先生行状

曹伯庸先生系陕西省礼泉县城关镇汤房村人，中国民主同盟会会员，1930 年 5 月生，2011 年 4 月 20 日 9 时因病辞世，享年

82 岁。先生于 1937 年 9 月—1942 年 5 月就读于礼泉县城关第一完小，1942 年 9 月—1946 年 6 月就读于礼泉县县立昭陵初中，1946 年 9 月—1949 年 5 月就读于陕西省省立兴国中学高中部，1949 年 9 月—1951 年 7 月就读于西北大学中文系。1951 年 9 月—1957 年 9 月在西安市师范学校任教，1957 年 10 月—1986 年 12 月在西安市四十三中任教，1987 年 1 月调入陕西师范大学中文系任教，既而晋升副教授，1991 年 2 月光荣退休。

先生是著名的书法家，兼任中国书法家协会会员、陕西省书法家协会顾问、陕西省文史馆馆员、西安市新城区书法家协会副会长等职。

先生在中学任教期间承担语文课的教学工作，任备课组组长，曾受聘参与西安市教育局教研室的教研工作，与他人合作编写了《高中语文复习资料》《阅读文选》《中学语文练习》三部教学参考。教学之余，兼事书法、篆刻、书画鉴定以及版本目录学的研究工作。其间先后被推举为西安市新城区第九届、第十届人大代表，西安市第九届人大代表。在陕西师范大学任教期间，分别给本科生、研究生、硕士学位课程班学生开设"书法概论""版本学"等课程，曾多次给本科生作书法讲座。其论著主要有《小臣墙牛骨刻辞试释——兼谈甲骨文的书法美》《盠簋铭文试读——兼谈金文的书法美》《简谈一幅草书习作》《简谈"颜字"的临习》《唐九成宫碑文今译》等。

先生自幼临帖九成宫，书法以凝正、工稳、严谨、遒劲见长。起笔凌厉，落笔千钧，斩钉截铁，力透纸背，守法度而求变化，取百家而成一体，蔚然开一代书风，高誉满三秦，蜚声海内外。作品曾多次参加国内外重要展出并获大奖，三秦许多游览胜地都能看到先生的作品，学校更是常将先生的作品作为馈赠嘉宾或涉外活动的重要礼品。

先生人如其字，方正、豪爽、旷达、淡泊、仁和，静以修身，俭以养德，敦厚周慎，口无择言，急人所急，乐于成人之美。凡是向先生求字者，来者不拒，煦煦然有道君子，宽厚长者。人品书品均堪称典范，足以启迪后学，流芳百世。

附记：此文原题为《曹伯庸先生生平简介》，遵文学院领导之嘱撰于2011年4月21日，由校领导宣读于先生遗体告别仪式，本书收入时有所修改。

（四）墓碑文私祭文

孙文广夫妇墓碑文

严父讳文广，陕西凤翔人，生于公元一九一九年农历四月十八日，于二〇〇三年正月十六日辞世，享年八十五岁。慈母讳瑞莲，生于公元一九二四年，日月失记，于一九八一年正月十六日辞世，享年五十八岁。父虽生逢衰世而正值民族觉醒之日，幼承庭训，读书修身，以待时用。弱冠习商，创业雍城，后归田里。生平长于书记算术，略通医道，为人忠厚豁达，多有义行。身不过一介农夫，而慨然存忧国之志，一九四九年后倾家资以助新政府，获"处世有古人风范"之美誉。母为凤翔田家庄洛氏爱女，天性仁慧节俭，身为长媳，夙兴夜寐，操持家务，孝敬高堂，体抚叔姑，垂范妯娌，济困过客，功著于孙氏而声闻于四邻，为家人乡里所共称道。

呜呼！父与母虽生非同年，殁非同岁，而驾鹤仙去于同月同日，岂非异乎？古人云：不能同年同月同日生，但愿同年同月同日死。寿考决于天，世间如斯愿者诚有几人？盖唯同德相应、同气相求、百世相守、神灵永保子孙者能如是欤？

附记：2005 年某日，孙澜同志发来其为父母所撰墓碑文以求修改，因加润色以成此作。

吕桐春先生墓碑文

慈父吕公讳桐春，辽宁岫岩人，生于一九三二年农历正月十八日，一九六五年考入东北师范大学习文，以品学兼优留校，执教写作，兼擅书画，桃李遍天下。于二〇〇四年十二月八日辞世，享年七十三岁。

父天性仁和平易，状貌魁伟，有美丈夫之仪。终生以淡泊为志，宽厚为怀，言不谤物，行不逾矩，诚信固本，清白守正，出则讲让陌路，入则钟爱子侄，积善一世而不欲片时累人，饮誉生前，垂范身后。

呜呼！平易易，非凡难，于平易中见非凡尤难，唯仁人君子能及乎是。吾父心慕前贤，出乎平易而止乎礼义，亦可从君子之后矣。铭曰：

大人慈爱兮，我辈如沐春风。

大人恩重兮，我辈如憩秋桐。

大人永去兮，我辈失怙何从？

子吕×××、×××

女吕×××

公元二〇〇五年秋日敬立

附记：本文应邀代撰于 2005 年夏日。

刘万禄夫妇墓碑文

祖父讳万禄，字盼，生于光绪二十九年，卒于戊申春，享年六十有五。其先世自山西洪洞迁至关中扶风，落户北乡章村，是县今属宝鸡市。高祖讳玉章，得子二，祖父居长。

祖母张氏，讳秀琴，北乡良买村人，生于民国二年，育有三男二女。

祖父先世为佃，清贫度日，守正养德，家资唯茅屋数间，至祖父时，虽穷年佣工而未免饥寒。民国十八年，关中大旱，哀鸿遍野，祖父逃难至陇州，辗转数载而归，置薄田数亩，勉力耕作，不忘教子，家业得以渐兴。

祖父为人状貌魁伟，目巨多神，秉性豁达，宽厚仁和，孝敬父母，友于兄弟，乐善好施，有长者之懿范，故威重于全族而名播于乡里。

祖父于戏酷爱秦腔，每逢法门老街公演秦腔，必携孙科等前往观之，风雨无阻，坐立不论。且好习武，长于舞刀弄棒，舞至酣畅处，电掣风生，日月变色，观者莫不心惊目随，拍手叫绝。

建国十年，天降大旱，人为跃进，举国乏食，万户萧疏，人神共惧。公自度不能幸免，为全家计，屡负衣物家什深入山区易粮，道阻且远，往来反复，渐积劳成疾，寻以肺气肿终，葬于庄南公坟。累茵之悲，思之凄然！空怀一身功夫，晚景凄凉，殁于贫病！

呜呼！祖父大命不获寿考，孤坟暴于荒野，家谱亡于动乱，是天也？时也？命也？今逢盛世，家道兴隆，衣食无忧，春祀秋祭，族人每生思源之感，皆欲重修祖墓，昭宣祖德。一呼百应，善款既集，碑石既置，命公孙新科撰文以记其事。祖父子孙多贤，新科本不肖，唯因其执教于大学且忝列教授博导之后而荣膺此任。

水之大也，流千派而其源则一；木之茂也，枝万殊而其根实同。铭曰：

公明于事，重于德，孝于亲，义利乡党，光裕后人。以其昭昭，克昌厥后。

附记：2009 年 1 月 17 日刘新科教授发来纪念其祖父之墓碑文，嘱余修改，因成此作，时在 19 日。

冯侃良夫妇墓碑文

严父讳侃良，于一九四九年一月加入中国共产党，先后供职于原陕西省渭南市行政公署、陕西省监察厅、潼关县医院、潼关县文教局等单位，历任临潼县医院党支部书记、院长，潼关县文教局局长，潼关县计委副主任，潼关县科委副主任，华阴市纪委副书记以及市直机关党委书记等职。严父对党忠诚不渝，明辨是非。为人襟怀坦荡，正直不阿。为官勤政恤民，清廉肃谨，坚持原则，求真务实。于华阴发展贡献良多，丰功著于生前而令名垂于身后。

慈母讳云霞，天性仁慧、明理而坚强。曾任妇女干部，屡受表彰，懿范垂于乡里。尊老怜幼，扶危济困，美誉满于芳邻。孝敬祖父母，养老送终，精心过于亲女。父长年职事在外，母全力佐助，独持家务，拉扯吾兄弟四人长大成立，历经艰辛，从不为困境所屈。父卧病床褥，了无知觉，母悉心看护照料，数年如一日，恩义薄云天。晚岁屡为病痛所困，一夕溘然长逝，震惊全族。母于吾家族功莫大焉，临终竟未及遗只言片语以教吾，令子孙抱恨衔戚，痛断肝肠！

呜呼！往而不复者，年也；不可得再见者，亲也。父母之恩，天高地厚。父母艰难时，吾辈尚未成立，欲报而不能报；吾辈成立之日，父母弃我而去，能报而不得报。彼苍者天，此恨悠悠，何其有极！因立碑以寄屺岵之思，追怀父母无量之功德。

伏惟尚飨！

子　某某某　某某某

女　某某某　某某某　　　敬立

时惟公元二〇〇九年十月十六日

附记：此文遵冯旭东先生之嘱代撰，时在 2009 年 10 月。

张西亨夫妇墓碑文

先父讳西亨，又名冲，陕西省彬县永乐镇人，兄妹八人，排行第二，享年七十一岁。先父幼承家风，为人宽厚勤勉，淡泊名利。少时就读于彬县中学，于一九四九年冬入西南军政大学干训班学习，已而毅然回乡，以耕读为本，间或外出修筑宝成铁路，北山种树，挑炭运粮，勉力持家奉公，艰辛备尝，终其一生。

慈母讳灵芳，甘肃省正宁县周家乡下冯村人，享年八十岁。外祖父姓冯讳自明，毕业于兰州中学，早年曾任冯玉祥部队文书，继而退伍，任正宁县宫河镇镇长，卸任后以教书务农为业。慈母出身书香门第，幼承家教，淑贤聪慧，于烹饪剪裁绘画绣花诸事无所不能，事亲孝，遇事让，待人诚，持家有道，教子有方，翁姑称贤，妯娌交誉。呜呼！慈母一生辛苦，默默奉献，无怨无悔，垂范闾里，似平凡，实伟大，于吾家吾辈，可谓功高比山恩深似海矣！

号泣祭奠，共立斯碑，永以为怀。

子　张惠民　×××　　×××

女　×××　×××　　×××

公元二〇一一年×月敬立

附记：此文遵《陕西师范大学学报》（自然科学版）主编张惠民编审之嘱据其原作改写而成，时在 2011 年 6 月。

曲静书老师墓碑文

慈母曲氏，讳静书，辽宁岫岩人，生于一九三一年十二月十一日，殁于二〇一二年一月十五日。先后供职于鞍山立山区政府与东北师范大学。慈母为人善良，天性仁爱，秉志坚强，持家功高。侍父敬父，冷暖在心。养我教我，一生护我。呜呼！父去而我唯恃母，今母既殁，我其谁怙？

附记：曲静书老师为吕桐春先生夫人。2012 年 1 月因病溘然辞世，子女立碑纪念，嘱余代撰斯文。时在 2012 年 6 月 8 日。

先父母合葬伯兄陪葬共祭文

先父，讳桐春，辽宁岫岩人，生于一九三二年农历正月十八日，于二〇〇四年十月二十七日辞世，享年七十三岁。慈母，讳静书，与父同籍，生于一九三一年农历腊月十一日，于二〇一二年正月十五日辞世，享年八十二岁。伯兄小平，生于一九五三年农历二月二十三日，于二〇一二年五月二十二日辞世，享年五十八岁。

先父自幼好文学，于一九五六年考入东北师大中文系，一九六〇年毕业，同年留校执教写作，直至退休，敬业如祭，爱生如子，教绩卓然，师德皦然。晚岁酷爱绘画，寄情山水，专意草木，尤喜画竹，泼墨之处，枝叶如生。先父天性仁和，一生淡泊，清白守正，进退应矩。关爱子女，竭诚待人，有高誉一身，无睚眦之怨。生前百事无愧于心，身后懿范永垂子孙。悲夫！先父之去也何匆匆，无累于我，使我长抱反哺奉养之恨。

先母先后供职于鞍山立山区政府与东北师范大学。为人心慈惠，性刚强，处事干练，持家功高。侍父敬父，胜于待己，冷暖无时不存于心。养我教我，一生护我，临终念念不忘于我。呜呼！父去而我唯恃母，慈母既殁，我其谁怙？

伯兄幼承家教，品行方正，好学深思，质朴而不妄言，多能而不求逞。无奈遭遇坎坷，天不假年，时当壮岁，染疾而去，事业未竟，子嗣失怙。哀哉！命也？伯兄之多难也。

今逢盛世，时在吉日，家人共议合葬父母于一穴，且迁伯兄遗骨与父母同葬一地，使得其所。如此，则父母又得相聚，父子又得重逢矣。生为一家人，死为一家魂，相伴相持，远离寂寞，共享春秋之祭，可聊慰在天之灵而少补不肖子孙缺憾矣。

今敬备果蔬清酒香纸白花之属，恭请诸父兄亲朋惠临以成葬礼，并祭我先父母伯兄在天之灵，告辞曰：

父母生而相敬兮，殁而相安。

伯兄终陪父母兮，又有何憾？

年年春秋享祭兮，香火不绝。

子孙代代追怀兮，流长源远。

伏惟尚飨，永远安息。

由衷感谢诸位父兄亲朋关注其事，且不辞车马劳顿莅察与参葬仪之成。

儿女、弟妹二〇一二年七月十二日哭拜

附记：此文遵嘱为东北师范大学文学院吕桐春夫妇及其长子举行更葬之仪而撰，时在 2012 年 7 月 7 日。

王氏家族合葬墓碑文

祖考王公讳某某，澄城县王庄镇东凤落村人，生于一八九五年三月二十三日，卒于一九六一年腊月二十一日，享年六十七岁。祖妣叶氏，名讳失记，澄城县义井村人，生于一八九八年三月二十四日，卒于一九三二年三月二十四日，享年三十五岁。祖妣曹氏，合阳县西马店村人，祖考续弦也，名讳失记，生于一八九八年五月初十，卒于一九七一年正月二十七日，享年七十四岁。

先考王公讳某某，生于一九二零年三月十三日，卒于一九八三年十一月初六，享年六十四岁。先妣呼氏讳某某，合阳县郊城村人，生于一九二四年十月二十八日，卒于二〇一〇年八月二十九日，享年八十七岁。

祖考幼年失怙，无叔伯之助，孤苦伶仃，艰辛备尝，性刚强而多谋，勇于开拓。先后经营商铺、砖厂、油房诸业，家道因以渐兴，无奈中道殒殁，悲夫！时也？命也？祖妣叶氏，祖考之结发也。先考、伯姑皆所出，秀外慧中。入则相夫持家，出则荷锄稼穑，凡民有丧，匍匐救之。不幸盛年早逝，哀哉！疾也？数也？祖妣曹氏天性温厚仁爱，孝敬姑舅，朝夕不怠，抚爱子孙，

— 220 —

无论亲疏，辑睦妯娌，风领全族。虽历经磨难，而寿逾古稀，亦得其所矣。

先考自幼依父度日，风霜磨砺，长而贤能，村人爱之。曾荣任生产队长，敬业守职，公而忘私。种田护林，垂范乡里。修渠引水，造福后代。日月悠悠，风雨无阻，终因心力交瘁，积劳成疾，天不假年，实可哀叹。先妣幼年亡母，蒙其祖妣、姑母及诸兄抚养成人，十五于归，生我育我兄妹七人。洒扫烹煮，缝补浆洗，一生辛劳。全家之饥寒，系一柔弱之身。子不尽衣，母无完裙。女不尽餐，母不尝食。危难疾苦，无怨无悔，育得子孙皆成人，高寿美德四乡闻。

祖考祖妣叶氏原合葬于东凤落村西畔，二〇〇七年七月迁于惠泽园。祖妣曹氏独葬他处。先考先妣原亦合葬于东凤落村。今将祖妣曹氏及先考先妣一并迁入惠泽园，春秋合祭，香火接续，永怀不忘。

列祖列宗，英灵在堂。佑我子孙，世代兴旺。千秋万岁，源远流长。

子　王某某、王某某、王某某

女　王某某、王某某

孙　王某某、王某某、王某某

公元二〇一三年农历八月吉日敬立

附记：本文遵陕西师范大学政治经济学院金延教授之嘱代其友人撰，时在 2013 年 8 月。

王凤岐夫妇墓碑文

先父王公讳凤岐，陕西蓝田县人，生于一九二一年，于一九六八年病逝，享年四十八岁。先父自幼家境贫寒，几度辍学。一九三九年从军抗战，矢志报国，服役于军政部后方医院，一九四三年随医院移居蔡家坡①。一九四九年后继续从医，积极进取，一九五六年入党。先父为人慷慨执义，崖岸高峻②。惜生逢乱世厄年，屡蒙难衔冤，身心俱摧，赍志而殁③。先母余氏讳桂叶，蓝田县城南关余家巷人，生于一九三〇年，于二〇一二年一月六日病逝，享年八十三岁。先母出身中医世家，天性仁惠而坚强，行止有家风。育我三子二女，含辛茹苦而不知倦。为父申冤，奔波投诉而无所惧。父病则四处求医，倾身看护，焦心劳思；父殁则独擎全家，夙兴夜寐④，艰辛备尝。拉扯我兄妹长大成人，虽至困而不放弃我五人学业。晚年清心寡欲，劬劳不辍⑤。看护孙辈，不遗余力。呜呼！南山崔巍，何如父义。江海弘深，何如母惠！

子　王宝荣　　王宝富　　王宝林

媳　刘新凤　　　　　　戚淑华

女　王宝立　　王宝平

率孙子　王若潭　孙女　王若平

公元二〇一四年秋日勒石敬立

【注释】

①蔡家坡：地名，位于陕西省宝鸡市东，今为宝鸡市副中心。

②崖岸：比喻为人持重，原则性强，不苟和。

③赍（jī）志：怀抱着志愿。赍，抱着，怀着。

④夙兴夜寐：语出《诗经·卫风·氓》："夙兴夜寐，靡有朝矣。"

⑤劬（qú）劳：辛劳。

附记：此文遵陕西师范大学文学院王荣教授之嘱撰，时在 2014 年秋日，后被荆贵生先生收入其主编之《古代汉语》一书（武汉大学出版社 2020 年第 5 次修订版），注文系根据该书之要求而增补。

李文升夫妇墓碑文

先父李公讳文升，陕西渭南市大荔县许庄镇西小坡村人，生于一九二一年农历二月二十九日，于一九九三年农历十一月初二谢世，享年七十三岁。先母王氏讳秋贤，大荔县许庄镇上吕村人，生于一九二七年农历五月十一日，于二〇一二年农历四月十六日谢世，享年八十六岁。

先父终生以农耕为业，专力田亩，于农事无所不能。长期管理村镇果园，年年增收，屡受表彰。曾任村干部多年，执事中正，公而忘私。先父为人直而信，温而厚，乐于助人。二十世纪六十年代，因修建三门峡水库之需，朝邑县移民至本村者三十余户以待安置，先父率先接纳一户，腾房与居，亲如一家。又认义女一人，疼爱有加，视同己出。先父一生，虽无文治武功之烈①，然谦恪自守，行安节合，誉满乡里。先母天质勤俭贤惠，孝敬公婆，教养子女，雍睦邻里②。与父相守一生，敬爱一生。先父病卧，侍奉汤药，夙夜匪解③。先父去日，忧劳持家，矻矻穷年④。

呜呼！父慈母恩，山高海深。生我育我，教我成人。今立是碑，示我后昆。传承家风，子子孙孙。

　　子　李金来　媳　徐越英　孙　李旭龙　媳　田阳阳

　　　　　　　　　　　　　　　李晓龙

　　李根昌　媳　梁爱爱

女　李银芳

　　李连芳

公元二〇一五年农历四月敬立

【注释】

①烈：功业，业绩。

②雍睦：和睦。雍，和谐。

③夙夜匪解：语出《诗经·大雅·蒸民》："夙夜匪解，以事一人。"解，"懈"的古字。

④矻矻（kū）：勤劳不懈貌。穷年：毕生。

附记：此文应陕西师范大学校医院李金来医生之嘱撰，时在2015年春，后被荆贵生先生收入其主编之《古代汉语》一书（武汉大学出版社2020年第5次修订版），注文系根据该书要求而增补。

四 论说

（一）史评——《左传》人物、事件简评①

论鲁隐公

隐公摄政之初，似欲有所作为，为蔑之盟，求好于邾；为宿之盟，媾和于宋；会戎于潜，修惠公之好。然未及数年，即怠于国事而生观鱼游乐之心，胸无大志，于此可见。胸既无大志，自难有取桓代之之想。元年冬，惠公改葬，隐公为桓在故让而不敢为丧主，可证其始能恪守摄政之道；十一年冬，羽父请杀桓公，隐公明言将归政告老，足证其终无代桓之心。隐公之失，在于生性懦弱，处事不智。四年秋，宋使来乞师而隐公弗许，羽父"固

---

① 说明："《左传》人物、事件简评"共 22 篇，原附于拙编《左传纪事精选》（三秦出版社 1993 年版）一书各单元之末，本书收入时于个别字词稍有改动。

请而行"，骄悍不羁，目无君上，隐公不能令其止；请杀桓以求太宰，狼子野心，已动杀机，隐公未能察其奸。此等悖逆凶残之贼，图存谋弑之事必为无疑，隐公则安然无虞！谚语有云：害人之心不可有，防人之心不可无。隐公固无害人之心，居摄思让，难能可贵，然无防人之心，此弑君之刃所由及也。

论鲁桓公

桓公即位三年，成婚于齐，据此推之，弑隐之年，桓公不过十五六岁而已，可知并非桓公已至当国之年而隐公迟不归政。桓公实无宋襄让兄之仁而怀伺机夺位之心，故羽父稍进谗言未及详察即许其谋。桓公取之不仁，其终亦不善。自投取辱，无先见之明，临祸不胜其愤，昧于韬晦之忍，客死异国，为天下笑，较之隐之弑，其悲又下矣！

论郑庄公

春秋之初，郑并非大国，然庄公竟能伐卫、陈，取宋地，败北戎，入许救齐，卓然称雄诸侯，跃然纵横一时。究其成因，主要有五：平王东迁，周室衰微，齐僖无能而晋遭内患，秦、楚诸强尚未崛起，一时形成称雄之机，此其一；郑武公助王室东迁有功，平王任为卿士，庄公袭父之职，执政周室，居高临下，挟天子以令诸侯，此其二；郑桓公东迁其民，曾与商人立"尔无我叛，我无强贾，毋或匄夺。尔有利市宝贿，我勿与知"之盟（昭十六年），加之郑居天下之中，得交通之利，故商业发达，经济繁荣，国力强盛，此其三；郑外交灵活，修旧盟于齐（隐三年），结好于鲁（隐六年，郑乘鲁、宋交恶之机结好于鲁），媾和于宋、陈（隐七年），因能得诸侯之援，此其四；庄公平定叔段之乱，消除内患，政权得以巩固，故能向外发展，此其五。庄公其人，实为治世之雄才。克段一幕，后发制人，稳操胜券，足见其深于谋略，明于治乱，非一般臣下所能及。大隧会母，思悔过而知进退，此又非怙恶愚顽之君所能比。无怪乎郑国之强，唯在庄公之世，其后则每况愈下。

　　前人论及庄公，多言其伪险忍毒，蓄意养成弟恶而杀之，此论实失之偏颇。姜氏因庄公寤生之惊而存厌弃之心，甚而教唆、策应叔段谋乱夺权，此乃母负子而子何负于母？叔段恃母之宠，视君位为己物，谋弑兄篡立达二十二年之久而庄公容忍未发，此乃弟负兄而兄何负于弟？叔段起兵袭郑，置社稷安危于不顾，庄公平息叛乱，既为自身，又为社稷，此乃臣负君而君何负于臣？倘若叔段有亲亲之心，安臣下之位，守忠顺之道，庄公又何能养成其恶？叔段既已操刀而起，庄公之命悬于其手，以兵禁暴，如箭在弦，不得不发，是属形势所迫，又何足厚非？再者庄公于事实仅逐段出国而已，并未杀弟，此远胜于齐桓公之待公子纠。倘若从腐论而舍克段之举，庄公必成其刀下之鬼如卫桓，强国称雄之业又何所成哉？姜氏实乃祸乱之元凶，论者不究姜氏之恶而厚责庄公，实属不明大义颠倒是非之说，何足为训？

论卫州吁之乱

卫庄公既立桓公为嗣，则骄纵州吁实为祸之阶。然观州吁行弑已在桓公十六年，黄帝曰"日中必熭，操刀必割"，桓公操刀十六年不能割而反为人割，亦见其无术矣。《公羊》曰："子以母贵，母以子贵。"州吁身为庶子而不知贱，恃宠好兵而不知戒，弑君篡立而不知守，民怨四起而不知弭，被赚临死而不知悟，此等阻兵安忍、悍蠢无谋之徒，势必落得众叛亲离，身首异处，何足论之！夫石碏，堪称一代忠臣。君有过而敢谏，国临难而善谋，子犯法而能诛。一已为轻，社稷是重，大义灭亲，彪炳千秋！

论王室衰微

盛衰兴亡，在于气势。西周之末，政治昏暗，国人皆怨，申侯与犬戎攻杀幽王。王室财宝，尽为戎取；文武天下，几至灭亡。平王立，为避戎寇而东迁洛邑，形若亡国之君，势同小国诸侯，朝聘无时，礼乐不举，号令不行，则周之元气已为申侯所伤，大势已为民心所夺，此东周王室衰微之本源也。前人论及此，或以为"周自平王东迁，尚有太华、外方之间方六百里之地，其时西有虢据桃林之险，通西京之道，南有申吕扼天下之臂，屏东南之固，而南阳肩背泽潞，富甲天下，辕辕伊阙，披山带河，地方虽小，亦足王也"①，此唯言地利而未察气势之偏见也。王室东迁，仗赖晋、郑之力（隐六年）；然而郑恃功专王之权，交质欺王之弱，大败王师，射王中肩，首夺王室之气，晋"拔本塞原，专弃谋主"（昭九年），次灭王室之势。气夺势灭，衰亡必至，虽有太华外方之饶、桃林之险，申吕之固，亦无济于大厦之既倒也。是故晋自文公以降，假勤王而成其霸，取王土以成其大，"暴蔑宗周""宣示其侈"，楚则威逼周疆，问鼎轻重，欺王之弱。王室自惠、襄而后，内乱迭起，旷日持久，自暴自弃。平子颓之乱，惠王割虎牢以东之地以赐郑，割酒泉邑以赐虢；平子带之乱，襄王割阳樊、温、原及攒茅之田以赐晋。勤王之师，已成吞"周"之鱼。王室土有尽而乱无已，是故地日蹙而势日衰，此乃王室自取其败亡也。

论齐桓公霸业

桓公之时，戎狄病燕、伐邢、灭卫而南下，强楚侵郑、围许而北上。南北交攻，中原诸国几为戎夷所并，《公羊》所谓"南夷与北狄交，中国不绝若线"。桓公得管仲之佐，率诸侯之师，救燕存许，迁邢封卫，北败戎狄，南控强楚，九合诸侯，一匡天下，遂使左衽之区变为衣裳之会，华夏文明未毁于夷狄。孔子赞曰："管仲相桓公，霸诸侯，一匡天下，民到于今受其赐。微管

---

① 见（清）顾栋高《春秋大事表》。

仲，吾其披发左衽矣。"

霸者之资，在于威德，无威则无以伐强救弱，无德则远人不服，诸侯不附；霸者之风，在于礼信，无礼则列国不听其令，无信则失天下之援。桓公威能率八国之师，登熊耳，望江汉，不战而屈强楚之兵；德能使"邢迁如归，卫国忘亡"；礼能施于弱燕之君，信能尽归侵鲁之地。故首开霸业，宾服四夷，功冠当时而泽及后世。相者之资，在于善谋，谋得则邦兴，谋失则国衰；相者之风，在于敢谏，谏切则君安，谏失则君危。管仲谋能使齐仓廪实，衣食足，通货积财，国富兵强，谏能使桓公重威德，守礼信，避害趋利，转败为胜，故致桓公于五霸之首而己名亦显扬天下。

桓公与管仲，一明一智。明者善用人而不计小过，智者善谋事而不顾细谨。明智相得，其业遂成。倘若桓公怀私仇而舍管仲之佐，则无以成其霸；管仲若羞小节而失桓公之遇，亦无以成其名矣。桓公之晚年，暮气沉而骄气生，善善不能行，恶恶不能去，虽有管仲之智亦难彻其耄眊之固。管仲死，桓公尤失其计，近用小人，好内多宠，致使诸侯叛离，内乱迭起，国力日衰。故桓公一人死而齐之霸业亦随之终。桓公生为一世之雄，横行天下，威加四海，死竟久不得葬，尸虫出于户，其状可哀而其咎实由自取也。

论晋灭虞、虢

晋自昭侯封叔父成师于曲沃，形成分裂局面，至曲沃武公灭翼，始得统一。献公（武公子）即位，尽杀群公子，清除内患，欲启土弱邻，吞灭诸侯，长车所向，正当虞、虢。虢公不识时务，好战自矜，弃民听神。忘其国小势弱，收留晋所亡公子，且为之再伐晋，此乃遗晋口实、招寇速祸，自取其败亡也。虢公之失，在于骄且狂，恃其武功，恣意用兵，不知所惧。虞与虢，"辅车相依，唇亡齿寒"，唯其同盟共守，方能御大国之侵逼。虞公不明此理，贪于马、璧眼之前微利，怠于国家长久之安危，拒谏背邻，引狼入室，终亡其国，此喜玩好、忘大忧、弃忠言之患也。虞公之失，在于贪且愚，贪贿无艺，利令智昏，不可理喻。晋荀息请以良马美玉假道于虞以伐虢，是知虞公贪愚可欺而晋出师必胜也。其言宫之奇懦而不能强谏，宫之奇果未能强谏而以其族行，其言虞公将不听谏，虞公果未能听谏而再借其道，所料无不合契若神，故能以马、璧之微，通必胜之道，取二国如反掌之易。倘若荀息所料或有一失，则二国不取，二宝不归，晋君必怨，其身必危矣。孙子曰"知彼知己者，百战不殆"，荀息可谓既知彼又知己矣。

论宋襄公争霸

齐桓既卒，宋襄公不思国小力绌，而修行仁义，奋起争霸。败齐师，立孝公，执滕公，杀鄫子，为盟曹南，称雄鹿上，可谓炽烈一时。然曾几何时，即受辱于盂而败伤于泓，霸业未成，身先毙命，此所谓举鼎绝膑，以死求逞，岂不哀哉？齐桓之霸，重威崇德，修礼守义，兴八国之师而不轻加无罪，存三亡国而不自恃其功，故诸侯亲附，四夷宾服。宋襄一战侥幸胜齐，以为天下莫强焉，遂不思用德，谓霸业力征可就。一会而虐二国之君，杀人主如屠牛羊。五年之中五用其兵，视凶器为手中玩物，构怨诸侯，涂炭生灵。故以曹国之小，尚且不服，而况荆楚之强，卧榻之侧，岂容他人鼾睡乎？盂之会，被执受辱，威风扫地，颜面尽失，襄公宜知其陋而思退，然尚不觉悟，反引兵伐郑以求一逞，此乃争霸心切，不知进退之过也。泓之战，大敌当前，生死存亡，虽愚人亦知据地利以求胜，然襄公屡弃忠言，"不鼓不成列"，致使良机尽失，一败涂地，此乃慕仁义礼让之虚名而不谙兵为死地之祸也，谚曰："长袖善舞，多钱善贾。"以宋国之褊小，使齐桓为之未必能霸，以宋襄之才疏，使理一大邑未必能治。襄公为其所不能为而不由其道，盲人瞎马，夜半临池，故知其虽"尽心力而为之，后必有灾"。

论晋骊姬之乱

晋昭侯封成师于曲沃，号为桓叔。桓叔好德，民皆附之，晋自此分裂中衰。桓叔传子庄伯，庄伯传子武公，武公攻灭晋侯缗而统一全国，内乱至此始告结束。前车之鉴，近在咫尺，然献公视而不见，欲废太子使居曲沃，其危殆犹纵毛于炉炭之上，投卵于千钧之下。幸因申生自缢而免大灾，否则以申生之贤，虽奚齐得立，民心所向必在曲沃，分裂之势又将重演，何能强盛称霸于诸侯哉？献公在位前期，削公族，强公室，作二军，城绛、拓疆，颇有中兴气象；后期则老迈昏聩，迷于声色，雄心日减，内惑于骊姬，外欺于二五，杀子误国，至死不悟，所谓玩人丧德，玩物丧志，岂不可叹？骊姬掩袖工谗，狐媚偏能惑主，巧施毒计，"燕啄皇孙"，然机关算尽，反误了奚齐性命，岂不可悲？申生仁德有余而迂阔亦有余，遭骊姬之害而不知辩，乃曰"君非姬氏，居不安，食不饱。我辞，姬必有罪，君老矣，吾又不乐"，此其孝则孝矣，而是非之观安在？仁则仁矣，于国家社稷何益？古语有云："勇不虚死，节不苟立。"申生但知勇不逃死，而未明处死犹难，自缢新城，空有匹夫轻生之小勇，实忘忧国安民之大责，岂不可惜？

论晋文公霸业

功业之成，在于得时。晋献公有子九人，贤者唯太子申生、公子重耳与夷吾三人而已。设无骊姬之乱，申生不死，则重耳不得为君。若天未假之年，使先夷吾而死，则重耳亦不得为君，何论霸业？惠公在位十四年而王室无事，重耳春入于晋而乱夏起于王室，一踵国门即获勤王之利，教民三年又逢败楚之机。归国不出五年，定襄王，启南阳，去谷戍，释宋围，一战而霸，功继于齐桓之后而威及于春秋之末。故知名分先定者未必非祸，姗姗来迟者有时是福。孟子曰："虽有智慧，不如乘势；虽有镃基，不如待时。"晋文公可谓得时者矣！

功业之成，在于得人。重耳出亡十九年，内有里克、丕郑、狐突、头须之辈心系意属、舍死散财以求纳，外有赵衰、狐毛、狐偃、介推之流，执辔奉匦、规划方略以图入，途有齐女姜氏割情杀妾、宣示大义以成志。重耳既人，介子推不言禄而隐身，赵衰、狐偃不居功而让贤，司空季子不恃劳而从命。夫伟业无不兴于同心而毁于离德，大功莫不成于礼让而败于纷争。观重耳之所从，或投死效忠，以义灭身，或行不辍足，归不争功。无论居者行者，莫不同心纳君，协力致霸。孟子曰："以天下与人易，为天下得人难。"晋文公可谓得人矣！

功业之成，在于得谋。重耳之霸业，系于避乱之奔、基于勤王之举而定于城濮之战。三者如有一失，则归国之途或为惠、怀所阻、勤王之利或为秦穆所得而城濮之胜或为楚成所取。重耳之亡也，始由蒲奔狄，狄为母舅之邦，故奔狄；居狄十二年，经卫而之齐，齐为当时之霸，故之齐；居齐五年，经曹、宋、郑而之楚，齐桓卒而楚成强，故去齐之楚；居楚数月而之秦，秦为晋强邻，且召重耳，故去楚之秦。重耳之人也，始用狐偃之谋，辞秦穆而独纳王，先收尊周取威之效；后听先轸之计，使齐、秦助晋而曹、卫背楚，终获败楚定霸之功。考重耳之返国，虽迂回万里，而避害趋利，取道无误，其势必至于国；察重耳之求霸，先勤王而得诸侯，后败楚而去其敌，其势必至于霸。故知存亡之因，胜败之果，不在于天，全在人谋，赵衰、狐偃、先轸之流，人皆善谋而重耳长于决断，最善用谋。管子曰："明一者皇，察道者帝，通德者王，谋得兵胜者霸。"晋文公可谓得谋矣！

论秦穆公霸业

秦穆公，名任好，德公之子，成公之弟，在位三十九年。穆公在位初期，正值齐桓霸业渐衰、晋文霸业未兴之时。穆公修明政治，招贤进能，得百里奚于宛，迎蹇叔于宋，来丕豹、公孙支于晋，规划方略，以图东进称霸诸侯。鲁僖公九年，纳晋公子夷吾以求利，十三年，输粟于晋以示仁，十五年，三败晋师虏惠公以示威。十七年，齐桓公卒，自此至重耳入国，前后八年秦之国势最为强胜。二十四年，穆公纳晋公子重耳为君，是为文公。二十五年，穆公率师抵河，欲纳襄王求诸侯，惜失之交臂，致使晋文独得勤王之利。二十八年，晋、楚战于城濮，楚师败绩，晋文先成霸业。三十二年，穆公欲乘晋文之卒使孟明袭郑东进，然劳师袭远，未得其志，殽山遭伏，全军覆没。其后穆公复用孟明增修国政，卒报覆军之仇，且听由余之谋，益国十二，开地千里，遂霸西戎。

或问："秦穆公威德较之齐桓、晋文何如？"答曰："秦穆定难称雄，威同齐桓；宽厚仁爱，德过晋文。齐桓九合诸侯，迁邢封卫，北伐山戎，南遏强楚，声威所加，四海震惧。秦穆雄风浩荡，所向披靡，西并戎狄，东服强晋，再置大国之君若举手之易。设无秦穆之力，重耳终其身不免一流亡公子，或客死他乡，或为惠、怀所杀，入国称君尚且无望，焉能勤王启土，一战而霸？齐桓所建者，秦穆有所未建；秦穆所能者，齐桓亦有所不能。其威之强弱，可作高下之论乎？晋文入国之后，怀斩祛之怨而让寺人，罪守藏之逃而仇匹夫，恼观裸之辱而责曹君，此乃以报复为能事，足见其器量之小；城濮之战，以诈伪胜楚，温之会，假出狩以召王，此乃以诡道求霸，谲而不正，足见其德行之低。穆公不罪食马之野人反赐之酒，不念晋惠背德之恶反输粟以赈其民，不治孟明覆军之罪复信之任之，其宽厚之心，仁爱之德可谓于时无二，以晋文之不正，何能及焉？"

或问："秦穆之霸与齐桓、晋文之霸有以异乎？"答曰："有异。霸者，诸侯之盟主也。典型之霸，上有天子之命，下有诸侯之奉，视宜而举盟，依时而受贡。齐桓公九合诸侯，天子赐胙加级，使无下拜；晋文公一战胜楚，天子命为侯伯，使绥四国。是故齐桓、晋文均为典型之霸。秦穆既无盟会之举，又无天子之命，更无诸侯之贡，故非诸侯之盟主，仅称雄于西戎而已。此乃秦穆与齐桓、晋文霸业之异也。前人有论：'秦穆公奋然有为，再置晋君，城濮一战，文公遂霸。君子曰：晋之霸也，秦穆其有焉。定晋之乱，成文之功，左右霸主，中国再振，齐桓所不能为者，穆能为之，虽谓之霸，亦未尝不可也。'① 此所谓秦穆之霸者，实则秦穆之强也，虽有成文之功，然毕竟未为盟主。《左传》云'秦穆之不为盟主也'（文六年），《史记》亦云'秦缪公广地益国，东服强晋，西霸戎夷，然不为诸侯盟主'（《秦本纪》），均是其证。故谓穆公强则是，谓之霸西戎亦是，谓之霸中国则名不副实矣。"

或问："秦穆威能立霸主而服强晋，德能赈饥国而赦野人，然终其世而不能霸中国，其因有可以说者乎？"答曰："有。勤王为求霸之捷径，而穆公无勤王之功；中原为争霸之要地，而秦地处偏远且为强晋所阻；殽函为制胜之天险，而其时属晋而非秦。此数者，乃穆公所以不能霸中国而朝诸侯也。倘若穆公缓归晋河东之地，使强兵据守；不半途废其勤王之举，以取威诸侯；然后东进其师，救危恤患，因利乘便，其势必能使强国请盟、弱国入朝矣。"

---

① 见（清）马骕《左传事纬·秦穆公霸西戎》。

论楚庄王霸业

晋灵公昏庸无道，心志不在霸诸侯，楚穆王遂欲北上争锋，伐郑、陈而服蔡、宋。庄王承父之志，首灭庸国（文十六年），攘除外患，然后挥师北上，伐陆浑（宣三年），灭舒、蓼（宣八年），入陈、郑，败强晋，服鲁克宋，霸业遂成。至共王时，竟能盟国十四，使晋人畏而避之（成二年），可谓一时之盛矣。

若谓晋文之霸，定于城濮，则楚庄之霸，在于邲役。邲之役，晋师将帅不和，军律废弛，进退失据，主帅荀林父寡断少谋，不能制军，副帅先縠骄悍不羁，恣意妄行，魏锜、赵旃之徒则心怀私怨，欲败晋师，此乃先败而后求战也。孔明云："有制之兵，无能之将，不可以败；无制之兵，有能之将，不可以胜。"① 若晋师者，可谓无能之将御无制之兵，故知其战则必败。楚师卒乘辑睦，君臣同心，乘克郑之胜，得唐侯之助，用薄人之术，举荆尸之阵而加于必败之师，此乃先胜而后求战也。《孙子》曰"知可以战与不可以战者胜""上下同欲者胜""将能而君不御者胜"，此数者楚师尽合之，故知其战则必胜。

庄王之治国也，举不失德，赏不失劳，商农工贾不败其业。庄王之用兵也，观衅而动，见可而进，兼弱攻昧不失其时。庄王之于陈，因其乱而攻灭之，得善言而复封之，闻过则改，从善如流。庄王之于郑，叛则伐之，服则舍之，怒贰哀卑，威德并用。

---

① 见《诸葛亮集·兵要》。

庄王之于晋，败其师而不矜功，分其霸而无骄色，以止戈为武，视安民为荣。其为人也，雄豪而仁惠，有似秦穆；明哲而善断，有过齐桓。宜哉，庄王之霸也！

论晋、楚争霸

邲之战，晋师败而楚庄霸，郑、宋相继叛晋附楚，晋之霸势由此而衰，所附者唯鲁、卫、曹、邾而已。至成公元年春，齐结好于楚，继而伐鲁败卫，无所顾忌，视晋若无。为重振霸业，晋景公于成公二年命郤克率车八百乘以救鲁、卫，大败齐师于鞌，迫齐结城下之盟而归鲁汶阳之田。秋九月，楚共王令子重侵鲁、卫而救齐，迫鲁加入楚盟。自成公四年冬至九年秋，晋、楚反复伐、救郑，争夺之势往来如锯。成公十年夏，晋景卒而厉公立。十二年春，宋华元促成晋、楚和解；夏，两国盟于宋。然未逾三年，楚即背盟北伐郑、卫。成公十六年夏，晋厉、楚共亲率师战于鄢陵，楚师败绩。至此，秦、狄、齐、楚四强皆服而晋霸复兴。

宣公十二年夏，楚败晋于邲。十三年春，齐因莒恃晋不事齐之故而伐之，其时晋景未出师救莒，盖因力不足也。宣公十七年春，晋郤克征会于齐而蒙一笑之辱，归而请伐齐，景公弗许，请以其私属，又弗许，盖因师出无名也。成公二年春，齐伐鲁败卫，鲁、卫如晋乞师，景公许郤克以八百乘伐齐。昔不许而今许者，因战关乎霸，力足以胜，且救危制暴，师出有名也。景公不忘邲败之鉴，慎于用兵而不失战机，故能稳操鞌战胜券，恤患服强，重振霸业。晋厉承父之业，首败狄于交刚（成十二年），继败秦于麻隧（成十三年），终败楚于鄢陵，虽乏德可陈，而武功赫赫，故能复兴霸业。楚共王即位翌年（成二年），逢晋伐齐，遂命子重率师相救，因合楚、鲁、蔡、许、秦、宋、陈、卫、郑、齐、曹、邾、薛、鄫十四国盟于蜀，声威之大，使晋人畏而不敢相向，此乃庄王霸业之余威，共王争霸之盛举也。是后共王虽屡兴师北上争霸，然终未居晋上风，鄢陵一战，兵败目伤，威风扫地，霸业遂与之无缘矣。

论晋、楚弭兵

夫兵者，财用之蠹、人民之残、社稷之贼也。自齐桓而后，霸业之争，多在晋、楚。两国各率其从往来征伐，旷日持久，致使生灵涂炭，天下阽危。宋向戌为弭兵之计奔走呼号，终使晋、楚九国盟于宋西门之外，化干戈为玉帛，此非为晋、楚之幸，亦天下之幸也。宋之盟，楚驾晋之上，晋人蒙耻退让，此乃形势使然，非赵武甘心示弱也。邲战一败，晋元气大伤，是后虽屡振霸业，有鞌战、鄢陵之完胜，悼公之中兴，然威势已非昔比。平公之世，沉溺酒色，怠于国事，致使戎马不驾，卿无军行，公乘无人，卒列无长，国势日衰，大权落于六卿，故不得已而分霸权以求成于楚也。虢之会，晋人尽许楚之请，楚则假鲁渎盟而欲戮其使，骄横之甚，旁若无人。晋人身为盟主而不能以威保其从，乞请于楚方免鲁使之难，其势之衰于中又见矣。

论晋失诸侯

文公一战而霸，襄公继父之业，败秦师于殽，传至灵公，厚敛雕墙，志于安乐，不在诸侯。成、景、厉、悼四君，与楚争强，负少胜多，霸业复兴。及平公之世，霸势转衰。平公十二年，诸侯盟于宋，晋、楚之从交相见，霸权始为楚分。平公二十年，楚使如晋求诸侯，平公许之，霸势自此而去。是后诸侯相继叛离，至定公十三年冬，晋尽失诸侯而霸业遂终。夫威德者，霸业之所由兴与所以守也。成、景、厉、悼四君唯知以力征争霸，不务德抚，故虽多有战胜之功而诸侯时有叛者。及至平公，宫室滋侈、武备废弛，政在家门，民无所依，此其国运已至季世末年，霸业实不可为。平公犹恃国险、多马与齐楚多难，恣行无忌，合诸侯以成母家，崇虒祁以求奢华，致使诸侯皆生叛离之心。定公之世，辞蔡侯，卑郑国，执宋使，辱卫侯，失信弃德，自毁霸业，令同盟之国大失所望，相率而叛。故知晋之失诸侯也，非楚之能夺也，是自弃所与也；非战阵之过也，是丧德之必然也。

论陈氏倾齐

陈宣公诛其太子御寇，公子完惧祸而奔齐。至其五世孙桓子无宇，败强族栾、高而始大于齐；至其六世孙僖子陈乞，败二相高、国而废、立齐君；至其七世孙成子陈恒，杀相弑君而专权于齐；至其十世孙太公和，取齐君而代之，遂使姜氏之齐易姓为陈。陈完初为羁旅之臣，位不过工正，其后世之德行多无可称道者，然人人皆能排除异己，剪灭强敌，雄居不败之地。究其制胜之道、盗国之术，不过以大斗贷、小斗收而已。其理至明，其法至简，其功至大，而世莫行之者。陈氏子孙独得其运用之妙，故不出六世，民爱之如父母，归之如流水；不出十世，齐之民心尽归于陈，遂取姜姓天下若反掌之易。得民心者得天下，其陈氏之谓乎？晏婴深明此理，故曰："吾弗知齐其为陈氏矣。"以晏婴之贤，唯可哀叹国君之昏庸，齐世之衰微，而无力逆转民心之向背，然则孔子闻陈恒之弑君也，而请鲁伐齐，居然曰"陈恒弑其君，民之不与者半。以鲁之众，加齐之半，可克也"，其行不亦悖乎？其言不亦迂乎？

论鲁三桓弱公室

鲁公室之衰弱，在于三桓之权重，三桓之权重，在于鲁君之昏庸也。古语有云：一兔走衢，万人逐之，一人获之，贪者悉止，分定故也。倘若庄公早定其嗣，以绝贪者非分之念，则庆父未必贼般弑闵，致鲁难于不已。倘若庆父贪心不生，鲁难不起，则季友必不能建立闵、僖之大功，无立闵、僖之大功，又何能封地大于家而权势倾于国哉？故知始酿鲁国之难者，庄公也；首弱公室之势者，亦庄公也。季友有大功于国，恬然受汶阳、费邑之赏，后世子孙承其威而增其业，权势莫比。及东门襄仲杀嫡立庶，鲁国之政尽归季氏，三家瓜分公室，朋比为奸，民已不知其君矣。公室衰弱至此，

为国君者，当思守国、修政、爱民以图强，而昭公屑屑焉习仪以
亟，且凌虐小国，利人之难，不亦昏乎？其伐季氏也，听妄言而弃
忠谏，率然用兵，以图侥幸取胜，不亦鲁乎？及为三桓所逐也，内
不容于臣下，外不容于齐、晋，恓惶八年，终死异国，不亦悲乎？
哀公患三桓之侈，欲以越伐鲁而去之，此乃求逞志而不由其途也，
弃民而走，谁其与之？形若亡臣，谁其兴师？

论韩赵魏三家

　　卿者，天子、诸侯之重臣也。晋之卿族其始有九，即先氏、赵
氏、郤氏、中行氏（荀氏）、范氏（士氏）、栾氏、韩氏、知氏、
魏氏。先氏之先为先轸，鲁僖二十八年，先轸始将中军（兼执政），
此为先氏之兴；赵氏之先为赵衰，鲁文六年，赵衰之子赵盾始执晋
政，此为赵氏之兴；郤氏之先为郤芮，鲁宣八年，郤芮之子郤缺始
执晋政，此为郤氏之兴；中行氏之先为荀林父，鲁宣十二年，林父
始将中军，此为中行氏之兴；范氏之先为士蒍，鲁宣十六年，士蒍
之孙士会始将中军，此为范氏之兴；栾氏之先为栾宾，鲁成四年，
栾宾玄孙栾书始将中军，此为栾氏之兴；韩氏之先为韩万，鲁成十
八年，韩万曾孙韩厥始执晋政，此为韩氏之兴；知氏之先为荀首，
鲁襄九年，荀首之子知罃始执晋政，此为知氏之兴；魏氏之先为毕
万，鲁昭二十八年，毕万曾孙魏舒始执晋政，此为魏氏之兴。鲁宣
十三年，晋杀先縠而先氏亡；鲁成十七年，晋杀三郤而郤氏亡；鲁
襄二十三年，晋杀栾盈而栾氏亡。至平公晚年，公室始卑，政在家
门，强盛于晋者，唯赵、范、中行、知、韩、魏六家而已，此所谓

晋之六大卿族也。鲁哀五年，范吉射、荀寅奔齐而范、中行氏亡，六卿减而为四；其后赵氏联魏、韩而灭知伯，四卿减而为三，遂成三家分晋之势。三家之中，赵氏最强，其次韩氏，再其次魏氏。赵氏一族，前后执晋政者有赵盾、赵武、赵鞅三人，历时五十一年。韩氏一族，前后执晋政者有韩厥、韩起二人，历时三十五年。魏氏一族，执晋政者唯魏舒一人，为时六年。

　　先、郤、中行、范、栾、知六氏，其祖上或有斩首之功，或有治国之才，或有爱民之德，故得为卿；然子孙多不肖，或骄悍无忌，或贪取无厌，或多怨寡助，故祸及身而亡其氏，虽祖上功高而不能保。赵、魏、韩三家子孙则异乎是。赵盾忠于国事，不忘恭敬，颇存赵衰之风；赵武重礼轻币，仁惠所加，有似冬日之日；赵鞅屈伸有道，攻守得时，附赵邑而怀晋人；无恤遇辱能忍，得意不喜，志高远而谋深沉；韩起之为政也，行不失仪，居不失礼，敬其始而慎其终；魏舒之任人也，外举不失德，内举不失亲，举合义而命合忠。明乎三家子孙之所为，然后知其何以能保其身而延其宗，克强敌而三分晋矣。

论晏婴

　　人臣或以臣为君而设，受其命而立其朝，食其禄而忠其事。其于君之私欲也，视于无形，听于无声，甚者君为己死或为己亡，而从其后死之亡之，此其于君忠则忠矣，然是以宦寺宫妾之心行为臣之道也，于社稷何益？故齐庄公之遇弑也，晏子不死。

非畏死也，是不得其所也。其有言曰："臣君者，岂为其口实？社稷是养。故君为社稷死则死之，为社稷亡则亡之。若为己死而为己亡，非其私暱，谁敢任之？"① 若晏子者，可谓明为臣之道矣！人臣或于君之过也，畏犯逆鳞，每怀战惧，相与缄默，俯仰度日，甚或以过为是，虚美求宠。晏子于君之过也，或谏或讽，无所避忌，随事而发，不遗尺寸。其有言曰："君所谓可而有否焉，臣献其否以成其可。君所谓否而有可焉，臣献其可以去其否。是以政平而不干，民无争心。"② 若晏子者，可谓君之诤臣矣！人臣或至于相位也，崇门丰室，轩车宝马，贪取滋甚，遇货不避，居山林之饶不为多，擅川泽之利不为足。晏子之为相也，居陋室，乘敝车，策驽马，食不重肉，妾不衣帛。其有言曰："臣得暖衣饱食，敝车驽马，以奉其身，于臣足矣。"③ 若晏子者，可谓古之廉相矣！

　　晏子之生也，进思尽忠，以为社稷，退思补过，以为其民，一人居相位而天下受其泽；及其死也，君失其鉴而民失所依。无怪乎景公闻晏子之卒也，乘车素服，自以为迟，四下而趋，行哭而往。无怪乎太史公叹曰："假令晏子而在，余虽为之执鞭，所忻慕焉。"④

论子产

　　为政之要，在能宽严相济。失于宽则民慢，失于严则政暴。

---

① 《左传·襄公二十五年》。
② 《左传·昭公二十年》。
③ 《说苑·臣术》。
④ 《史记·管晏列传》。

宽严之用，决于审势。郑国小而偪，族大宠多，其势非严不足以为治，唯严必至于暴乱。子产之相郑也，使都鄙有章，上下有服，田有封洫，庐井有伍。大人之忠信者从而与之，泰侈者因而毙之。其法峭而有益于民，故民莫敢犯而心悦其政；其刑严而有所反之，故罪者无怨而乐为其用。昔人云：不审势，即宽严皆误；能攻心，则反侧自消。子产可谓善审势而能攻心矣！故从政三年而郑大治，民颂其德。及其卒也，丁壮号哭，老人儿啼，孔子闻而出涕曰："古之遗爱也！"

论楚灵王

初，灵王之为公子也，欲自取区区者为楚王。及康王卒，其子郏敖立，灵王扼其喉而夺其位，果为楚王。灵王既立，欲合诸侯为盟主，使使如晋求诸侯，晋侯许之，遂合诸侯于申地，果为盟主。灵王既为盟主，又欲县鄙邻国肆其封，于昭四年灭赖，昭八年灭陈，昭十一年灭蔡，果肆其封。灵王所求皆得，飘飘然，以为天下事莫不可求而得，遂欲东图吴、越，北取九鼎，不意祸起萧墙，兵溃訾梁，身死名败，所得皆失。故知志不可满而欲不可纵。灵王杀臣弑君，结怨于内，灭陈亡蔡，树敌于外。内外并作，祸患立至，虽愚人亦明其势之危。然灵王不知思危度势，守国以为保，安民以为本，而远离国都，伐徐是务，其心不亦贪乎？其智不亦下乎？故知乾溪之难，势所必然。可叹灵王得志一时，横行一时，及其败也，众叛亲离，无所得食，彷徨山林，匍匐夏畔，自缢毙命，遗笑天下，其败不亦宜乎？其情不亦悲乎？

论吴败楚

以楚之强，齐桓率八国之师而不能屈之以力，晋文虽有城濮之胜而不能入其都。然阖庐一挥其师，五战入郢，势如破竹，舍昭王之宫，淫其妻妾，鞭平王之尸，辱其宗庙，乌烟障天，狼藉遍地，昭王奔命之不及，何暇反顾？群臣忧惧失措，不知计将安出。然而吴师可谓兵强而善战乎？曰：非也。吴师将帅不睦，各怀其私而多行不义，不可谓强；及秦师东出救楚，吴师屡战屡败，狼奔鼠窜，实非善战。然则吴师何能五战入郢，其因另有可说者乎？曰：吴师五战入郢，非吴师之能攻，实则楚师不能守也。楚杀忠臣伍奢而子胥怨之，燕郤氏之族而伯嚭怨之，封吴二公子而阖庐怨之，拘蔡、唐之君而邻国怨之。四怨并作，吴师至矣。有唐、蔡之师翼于侧，子胥率师冲于前而伯嚭谋划殿于后，其势无异于楚人自伐其国。楚则民苦其政怨于内，主帅贪功争于上而士卒求败怒于下，其势已非昔时可比。以求败之旅御复仇之师，欲兵不败、国无危，不亦难乎？故知败楚者楚也，非吴也。

论越灭吴

夫椒一战，吴师入越，越王勾践以甲楯五千退保会稽而使文种行成于吴。当时之势，越之兴废存亡尽在于吴。若夫差挥钩灭越，则越之宗庙社稷指日可为丘墟沼池矣，然夫差拒子胥之谏退而许和，其后反为勾践所败，身死国灭，遗笑天下，岂不哀哉？世常恨夫差不听子胥之谏而许越和，恨则固可恨矣，若以吴亡国之因尽归许和之举，则大谬不然矣。假令夫差勤政恤民，上下同心，封疆固守，越虽十年生聚，十年教训，又何能奈何于吴哉？然而夫差异乎是。自夫椒而后，外欺于勾践，内惑于宰嚭，左拥西施，右抱郑旦，淫心日骄，贪欲日增，忘国之守而思争霸于诸侯，侵陈惧楚，伐鲁败齐，欣欣然以为天下莫己若者，遂北上黄池，与晋较其高下。不虞勾践一出兵而败吴于其郊，再出兵而败吴于笠泽，三出兵而吴为所灭矣。勾践于哀十三年伐吴，至二十二年灭吴，历时十年之久，其间吴人必有去其轻骄之心以御敌者，然而两相交兵，吴不能侥幸偶获一胜；越亦尝许吴和，而吴不能生聚教训，再振其入郢败越之威。于此可见其国敝矣，财竭矣，民疲矣，兵钝矣，虽无越人之入，亦必倾覆败亡无疑矣。故知好战多胜，危亡必至。好战则民疲，多胜则主骄，以骄甚之主使疲极之民，此吴所以灭而夫差所以亡也。

（二）杂论感言

击　水

有客仰卧于行舟之中不觉舟行而舟实行矣，有女日坐于明镜之前不觉容变而容实变矣。行之速，变之疾，不期至而至，不期老而老。以是论之，求知者不患业不精，宜患废其学而辍其行；谋事者不患功不成，宜患意不专而心不恒。泰山崩于前而色不变，麋鹿兴于左而目不瞬，乘马三年不知牝牡，九过家门而不入，是谓大恒。大恒之功若何？有传记曰：一生拜师学功，师告生曰："每日晨至河滨，以掌击水，如此三年始来见我。"生如师言往河滨行之，期期，觉无异能，茫茫然归。至家，妻为具食。生颓然倚案而坐，怅然叹曰："师误我矣，三年已过而了无所得！"言讫，愤然以掌击案，不觉砰然一声，地动屋摇，壁泥尽落。妻惊视之，案成齑粉矣。三年之击，不过小恒而已，乃收齑案之功，以此论之，大恒之功差可知矣。

某生入学一年有余而自觉无所进，恍恍乎，茫茫然，忧于心而横于虑，求吾赠言以解困，吾故为是说以劝之。子曰："知之者不如好之者，好之者不如乐之者。"生诚好学，且又乐此不疲，其技宜将日进，大功之收岂能远乎？某某生，勉之哉！

附记：本文原名《论衡》，其中击水一节素材取自幼时所听故事，先后载于《劳动周报》1997 年 1 月 17 日第 4 版、《陕西师大报》2004 年 6 月 15 日第 8 版。

蝎子逃生

某氏下岗家居，无以谋生。一日忽生一念，欲养蝎为业。遂购得蝎种五十，置诸墙角旧鱼缸养之。日供其食，夜侍其饮，静观其态，时计其数，战战兢兢，如履薄冰，唯患疾病冻饿害其功。一日晨起，某氏例行先食蝎而后自食，不料缸中空无一蝎。某氏惊且异之，茫然四顾，未见蝎之踪迹。抬头仰视，却见墙壁、衣柜、门框之边缘有余蝎少许，夹尾急逃，须臾尽逸，是乃逃蝎之落后者也。某氏叫苦不迭，且大惑不解，以为缸深数尺，壁滑如脂，蝎身长不盈寸，何能出焉？某氏告知其友，友亦甚异而莫明其妙。为探其究竟，某氏复购得蝎种五十，置鱼缸中养之如前，与友相约日夜轮守以观其变。一连十有余日，平安无事。一日午夜二更时分，某氏困倦垂头欲睡之际，忽觉缸中有异响，悉悉窣窣，声细而促。某氏急呼友共观之，但见群蝎尽聚于缸之一侧，依缸壁搭蝎梯如叠罗汉状。每叠一蝎，蝎梯距缸沿愈近。及至靠近时，居梯顶端者以尾倒挂于缸沿，伸螯向下与梯端相接，遂成通缸沿之全梯。余蝎缘梯而上，越缸而逃，前后相连，接踵相继，须臾毕出。是后搭梯之蝎自下而上，依次离位援余梯而出。梯随蝎出而渐短，少顷梯尽缸空。二人观罢，深叹蝎之智，更服其团队精神。夫以百蝎之长螯，不足以抗一鸡之短喙，然凭五十蝎之小智，协作共济，则可脱险全生而免为人之汤剂矣！

附记：本文素材取自陕西师范大学文学院 2002 级汉语本科一班学生古代汉语课作业，载于《陕西师大报》2004 年 6 月 15 日第 8 版。

制　怒

一生名冲冠，身患暴怒之疾，动辄恶语伤人，人皆不与为友。生甚感孤立，苦恼异常，然暴怒之时不能自已，每思制怒之法而未得。一日，生父持铁钉一箱以与生，告之曰："吾儿且听父之言，此钉虽属寻常之物，然为制怒良药，吾近日购得用钉之方。其法至简：每逢暴怒之后取铁钉一枚钉于后院之南墙。一怒一钉，随怒随钉。长期坚持，必生奇效。慎之慎之，切记莫忘！"生未尽信其法之妙，聊遵父嘱而试之。首日用钉三十枚，次日用钉二十九枚，其数遂暴怒之递减而减。未及一月，生果然血脉畅通，心平气和，遇事不怒，钉未及尽施而无所用之矣。生喜而告其父。父诫之曰："汝之暴怒为天生痼疾，虽见治暂愈，然日后势必复发。待发之日，汝须及时于南墙拔汝曩日所钉之钉，一怒拔一钉，随怒随拔。此方专治暴怒复发之疾。慎之慎之，切记莫忘！"未几，疾果复发，且甚于前者。生遂如父言拔钉，未敢轻心。逾月，其钉尽出，生血脉复转如常，心平气和，遇事不怒。生喜而再告其父，且求释其惑。父携生至于南墙之下，手指钉洞曰："吾儿知之否？铁钉虽拔，而遗洞凿然尚存，墙体将永不得复平如旧矣！汝暴怒之时以恶语伤人，已而虽追悔致歉乞人宽恕，人虽暂相宥，然伤痕其实难消，犹去钉之洞，历久难平。钉之穿墙与拔，本无关乎心性，然行此法，可助人经其事而明其理，发其思而启其智，默化之妙胜于劝，移物之功因乎情，所谓大教不言，大辩无声，大道无形。汝知恶语伤人甚于穿墙之利钉，则汝之疾必根治而不复发矣！"生闻言大悟，是后敬人以礼，待人以诚，出门如宾，承事如祭，暴怒之疾终未复发，且得贤名于乡里，先时恶之避之者，皆争与之游。

附记：本文素材取自陕西师范大学文学院 2002 级汉语本科一班学生古代汉语课作业。

自知论

古有齐景公者，与诸大夫酒后戏，射而脱靶，群臣唱善，若出一口，景公舍弓作色太息，怨诸臣以谄谀讨好，以假言欺君，是可谓有自知之明矣。

近有袁氏世凯者，身居总统高位而意有不足，欲为皇帝，国民迎合者甚众，筹安六君子为其谋，政界、军界、商界、学界、工界、农界乃至乞丐、妓女界上表劝进者车马塞途，国民代表大会亦以一千九百九十三票赞同、零票反对通过，其子则日呈所谓好消息以坚其意。袁氏飘飘然，晕晕乎，以为四海归心无疑矣，于是乎龙袍加身，南面称孤，祀天祭地，封官晋爵，群臣山呼万岁。不意蔡生一怒而多省应之，继而举国叛之，天下汹汹，人神共愤，声讨之声四起。袁氏力征不能胜，退让不能止，困于忧惧之间，暴病而亡，为天下笑。外迷于假象，内蔽于孽子，生不能做好人，死不得使魂安，是可谓无自知之明矣。

故知身居高位者不可不自知自省自警自戒也。何哉？以天下谄媚逢迎之徒多而狷介忠诚之士寡，易受蒙蔽而误判形势也。射而脱靶，虽愚人知其技劣而齐臣唱善；指鹿为马，虽五尺之童能辨而秦臣不别；帝制共和，虽聋瞽明其利害而六君走险，是诱于利而畏于势也。且是非曲直真伪多在疑似毫厘之间，岂皆如太行魁父、血红雪白之昭昭易辨哉？故知自知难，位高权重者自知尤难。何哉？耳蔽于谀辞，目乱于美色，心迷于势利，终日不闻不讳之音、逆耳之言，百感膨胀，神志颠倒，安得自知自省乎？古今中外，称帝者多如秋毫，而誉为圣人者寡，是知称帝易而成圣难也。尧让天下而舍子丹朱，舜禅帝位而舍子商均，华盛顿坚辞总统如弃敝屣，此三人者，皆自知人生不与宇宙同久也，故功成身退，得保首领而流芳千古。王莽窃国改制而致身首异处，拿破仑称霸欧洲而遭遇滑铁卢，袁世凯称帝百日而身死名灭，此三人者，皆不知力有不可任者而事有不可为者也，故逆向妄动，身填沟壑而遗臭万年。故知圣智愚妄贤与不肖，其别非在天壤之间，而在自知与自蔽之际耳。是故老子曰："知人者智，自知者明。胜人者有力，自胜者强。"是故《书》曰："人心惟危，道心惟微；惟精惟一，允执厥中。"

2008 年 8 月 4 日于菊香斋

鲁少儒

昔者庄子曰："鲁少儒。"哀公不服，曰："举鲁国而儒服，何谓少乎？"庄子曰："周闻之，儒者冠圜冠者知天时，履句屦者知地形，缓佩玦者事至而断。君子有其道者，未必为其服也；为其服者，未必知其道也。公固以为不然，何不号于国中曰：'无此道而为此服者，其罪死！'于是哀公号之，五日而鲁国无敢儒服者。独有一丈夫儒服而立乎公门。公即召而问以国事，千转万变而不穷。"由是观之，世之沽名钓誉者众，而真才实学者寡，二者质异而形同，真假难辨，非以极端之法验之而莫能知其别。

汉武帝元狩年间，匈奴来请和亲，群臣议可否。博士狄山曰："和亲便。"帝问其便，山曰："兵者凶器，未易数动。高帝欲伐匈奴，大困平城，乃遂结和亲。孝惠、高后时，天下安乐。及孝文帝欲事匈奴，北边萧然苦兵矣。孝景时，吴楚七国反，景帝往来两宫间，寒心者数月。吴楚已破，竟景帝不言兵，天下富实。今自陛下举兵击匈奴，中国以空虚，边民大困贫。由此观之，不如和亲。"帝询于张汤，汤曰："此愚儒，无知。"狄山曰："臣固愚忠，若御史大夫汤乃诈忠。若汤之治淮南、江都，以深文痛诋诸侯，别疏骨肉，使蕃臣不自安。臣固知汤之为诈忠。"于是帝作色曰："吾使生居一郡，能无使虏入盗乎？"山对曰："不能。"帝曰："居一县？"山曰："不能。"帝复曰："居一障间？"山自度辩穷必下狱问罪，故曰："能。"于是帝遣山赴鄣防守。至月余，匈奴竟斩山头而去。自是以后，群臣震慑。于此可知，才之高下，计之得失，功之成败，以兵戎生死验之，立见其效，有如以金就火，以毛就炙，是非昭然，间不容发。

狄山之死其小者也，赵括之败军则大矣。秦昭王四十七年，秦急攻赵，赵军长平，廉颇坚壁以待秦军，秦数挑战而赵兵不出。赵王怒廉颇不敢战，遂使赵括代廉颇将以击秦。括至，出兵击秦军。秦军佯败而走，赵军逐胜追击，而秦以奇兵二万五千人绝赵军后，分赵军为二，且断其粮道。赵卒不得食者四十六日，自相杀食，欲退不能，括为秦军射杀，余卒四十万人降秦，继而尽为白起坑杀，呼声震天。赵括者，名将之后也。自幼熟读兵书，以天下莫能当。尝与父奢言兵事，奢不能难。故知设无长平之败，覆军杀将，残民危国，天下谁又知括之无能也？《孙子》云："兵者，国之大事，死生之地，存亡之道。"岂可以纸上谈兵之技，决胜于千里之外哉？

自古虚浮之风盛，沉静之气弱，吹牛无罪，拍马有赏，牛皮蔽日，病马盈野，是故假儒多而真儒少，狄山狂而张汤俭，赵括进而廉颇退。若此，不以危事试之，重典临之，斧钺待之，则小人与君子同行，罢驽与骐骥颉颃。以生死为验，绳墨为断，汤镬伺候，则圣人不得以大言为戏，王子不敢怀触律逃刑之幸。今有礼部尚书一缺待补，群吏侍郎以下莫不翘首以望，汲汲以求，忘其才德堪任与否。设若明其标的曰："任内治下业从科教文者，至少荣获诸奖一枚以证其效，无获以死抵罪，轻者衅鼓，重者弃市。"则鲁儒狄山赵括之辈必知难而退矣。得位者，亦必日怀登高履危之惧，夜抱无计达标之愁，又岂敢徇私贪贿，肆志妄行，抑或信口雌黄，而自以为得计哉？故曰高标立于前者先治，追责严于后者后治。明于此道者大治，失于此道者不治。民以吏为师，国以民为先。吏治森严，国泰民安；朝纲涣散，人鬼不辨。千官畏刑，庸君垂拱；万民汹汹，尧舜失统。大凡圣王之世，宽于言道而肃于治道，顺于民心而威于吏心。是故韩子曰："十仞之城，楼季弗能踰者，峭也；千仞之山，跛牂易牧者，夷也。故明王峭其法而严其刑也。布帛寻常，庸人不释；铄金百溢，盗跖不掇。"

2009 年 7 月 26 日于菊香斋

百闻不如一见，百说不如一试

——寄语 2011 级中文基地班同学

癸巳冬十一月十七日，晴空万里，文学院二〇一一级中文基地班同学西行考察乾陵与法门寺，由辅导员带队，余与韩宝育等四位教师应邀同行，晨往暮归。所见者依次为永泰公主墓、博物馆、梁山主峰、东西二峰、司马道、翼马、鸵鸟、翁仲、无字碑、述圣纪碑、石狮、六十一藩臣石像、法门寺山门、佛光门、石雕群象、般若门、菩提门、圆融门、十八罗汉、佛光大道、菩萨塑像、合十舍利塔、真身宝塔、地宫、佛指舍利及珍宝阁等。乾陵与法门寺余此前虽多次游览，然而此行不虚，不仅有新感悟，且目睹诸多新事物，如乾陵博物馆所陈武则天撰写并书丹之《升仙太子之碑》，书法婉约流畅，遒劲柔丽，堪称佳作。则天贵有天下，口衔日月，手握乾坤，然于书法纵横有度，严守绳墨，不失规范而英气四射，令人赞叹，给人启迪。又如法门寺新建之佛光门、石象、罗汉、菩萨、佛光大道、合十舍利塔诸建筑，皆气势恢宏，硕大无比，非仰视不能穷其高，非环顾不能知其广，大有佛法无边包举三界之气势，令人生畏，发人思考。于是余有叹焉：假使余谢绝学生之邀请，学生必有不能与师同游盛景之憾，余亦必有未满足学生愿望之歉，且不能亲见以上诸物，仅能以所闻猜度耳。所闻之于亲见，诚不可同日而语。

近见诸生所撰参观乾陵法门寺之游记诗作，写景状物，抒情议论，皆言之凿凿，辞富而理通，一扫空谈之风，令人耳目一新。倘若诸生舍此行未亲睹二景区诸物，仅凭书本网络之介绍，岂能有如此收获哉？此所谓闻与见之异也。

生或问于余曰："闻与见之异，先生可得详申其说乎？"余答曰："可哉！弟子有未读《左传》《国策》者问于众师曰：'《左传》之文采若何？'师皆答曰'甚善。'再问曰：'《国策》之文采若何？'皆再答曰'甚善。'夫《左传》之与《国策》，文虽同善而其实相距远矣，岂舍披阅仅凭师说而能尽知其甚善之别哉？海人有生而未尝百果者问于果农曰：'杏之味若何？'皆答曰'酸而甘。'再问曰：'梅之味若何？'皆再答曰：'酸而甘。'复问曰：'葡萄之味若何？'皆复答曰：'酸而甘。'夫杏之味不同于梅，梅之味不同于葡萄，岂未尝食仅凭闻说而能详察其酸甘之异哉？昔有赵括者，自少时熟读兵法，以为天下莫能当，尝与父奢言兵事而奢不能难，然一旦与秦将白起接战，军败身死，为天下笑，致使四十万赵卒殒命沟壑，赵国朝野悬于危恐。夫兵者，死地也。岂未尝与战仅凭纸上谈兵而能决胜于疆场哉？故知百闻不如一见，百说不如一试。是故欲知东海之大，莫若乘舟以渡之；坐论西岳之险，莫若攀缘而临之。是故《礼》曰：'虽有嘉肴，弗食不知其旨也；虽有至道，弗学不知其善也。'

"夫见有详略之分，试有深浅之别，各兼优劣，不可不察。详深者穷其枝叶，大小无遗；略浅者走马观花，浮光掠影。穷其枝叶固然最能得意，然事事如此，时岂足用？走马观花虽不能尽知花之细微，然毕竟亲临其境矣，既见花之形色矣，此与毫无所见者相较何如？若以就食喻之，略浅者如食之不精，抑或食不果腹，虽然，其与食未及齿者相较何如？学问调研之道与游览、就食之道同，比如浏览《诗经》一过与从未涉阅甚或不知《诗经》为何物者相较何如？虽愚者不辨自明。五柳先生云：'好读书，不求甚解。'书山学海，非好读不足以致其博，非甚解不足以求其精，然生命有涯，欲两全其美，鱼熊得兼，难矣。故知书不必卷卷精读，而不可不浏览之，事不必件件洞究，而不可不体察之。正如遨游天下，虽不必逢山必穷其高，遇水必探其深，而人皆欲亲观之，遍览之，岂能唯观舆图画作于华屋、徒听描绘介绍于厅堂乎？

"勉之哉！诸生年富尚学，既得百闻一见之道，循好读甚解之理，博观约取，慎思笃行，日月不辍，夙夜匪懈，必能登堂入室，至于大方。"

2013 年 12 月 12 日于菊香斋

二〇一三年度"明德奖"获奖感言

时惟六月，序属仲夏，会于京华，相约师大，高校十八，千人聚首，举行"明德奖"之鸿仪也。师生同欢，盛况空前。钟瀚德先生之雅望，亲临增光。典礼获成于高堂，徽音远播于四方。

"明德"者，博学厚德之谓也。"明德奖"者，襄助中华教育之壮举也。余窃自念，从教有年，忝列同行，学未富五车，才不及中人，教未达于诲人不倦，论不足以振聋发聩，今获殊荣，大喜过望。《礼》云："大学之道，在明明德。"余为人师，虽近衰年，更当以滥竽自戒，以明德自勉，不敢侮食自矜，得意忘言。

赞曰：

群贤少长聚京华，盛况空前乐万家。

明德表旌成激励，春风化雨满天霞。

附记："明德奖"系香港知名慈善家钟瀚德先生通过中国国际文化交流中心和中国国际文化交流基金会先后在北京师范大学、东北师范大学、陕西师范大学、西南大学、华中师范大学、华东师范大学、湖南师范大学、贵州师范大学、内蒙古师范大学、江西师范大学、广西师范大学、海南师范大学、云南师范大学、西藏大学、西北师范大学、宁夏大学、青海师范大学和新疆师范大学等十八所大学设立，分"明德奖学金"和"明德教师奖"两个子项。奖学金每生两千元，各校获奖人数不等；教师奖每人五万元，金质奖章一枚，各校获奖人数一般三人。2013 年度"明德奖"于 2014 年 6 月 18 日在北京师范大学举行，余有幸获得此奖并作为代表赴京参加颁奖盛典。按大会议程规定，参会教师代表各有一分钟获奖感言，因为是作，时在 5 月 22 日。

宝钢教育奖获奖感言

宝钢奖者，宝钢教育基金会之大奖也。由宝钢集团有限公司独家出资设立，中央政府支持指导，始创于公元一九九〇年，奖励全国部分高校优秀师生，声名远播。二〇一七年，余有幸获此殊荣，十一月十一日，颁奖大典于上海宝钢集团礼堂隆重举行，红灯高照，锦旗溢彩，千人汇聚，八方致贺，领导讲话，师生感言，庄严华盛，穆穆皇皇，余忝列优秀教师之后，倍感荣光。

夫教育者，强国兴邦之大业也。教兴则国强，教失则邦败，于家亦然。我中华民族，自古尊师重教，自夏设校，后世相延，殷曰序而周曰庠，国有学而家有塾。谨庠序之教，申孝悌之义，国运绵长，礼乐不替，颁白者不负戴于道路。近代列强之兴起，亦无不始于教者。方今之强邻，又何国不领先于教育哉？宝钢赫赫，驰誉中外，非唯振兴工业之重镇，亦为襄助教育之楷模。高瞻远瞩，引领百业而功垂千秋；慷慨解囊，旌表一人而影响万众。倘若举国同心重教，百业慨然助学，师皆贤良，生尽优秀，教者不困，学者无忧，崇真务实，去除浮华，则教育必兴，民族必强，中华复兴之伟业指日可待矣。

余竭驽执教高校已逾卅年，搦管操觚，伏案晨夕，检书烧烛，穷年矻矻，虽无著绩，亦不忘职责。及至衰年，幸获大奖，喜不自胜，视为鞭策，愿借风使船，奋蹄振鬣，砥砺前行，为国家教育继献绵薄，续写春秋。感曰：

宝钢大奖计超前，激励精神代代传。

强国根基在教育，金秋硕果出良田。

2018 年 10 月 2 日于陕西师范大学菊香斋

下　编

诗文简论

律诗格律概论

律诗，是初唐沈佺期、宋之问等人在永明体基础上创制的一种新诗体①，由于在格律方面有很多讲究，故称"格律诗"，简称"律诗"。又由于这种诗体是唐代新兴的诗体，对汉魏六朝的古诗而言属于现代诗，故又称作"近体诗"或"今体诗"。律诗的内容很多，这里主要讨论与格律相关的问题，包括与古体诗的区别、平仄、对仗、押韵等方面。

一　律诗与古诗的区别

所谓古诗，本指汉魏六朝时期的诗歌，包括汉魏六朝时期的乐府民歌及文人的诗作等。唐人以及唐以后的诗人除了写律诗，也模仿汉魏六朝人创作了大量的古体诗，这种作品称作"古体诗"，简称"古诗"，或称"古风"。律诗与古诗的差别主要表现

①　永明体：又名"新体诗"，是南朝齐武帝永明时期出现的新诗体，由沈约、王融、谢朓等人所创制。这种诗体的主要特点是强调声律。《南齐书·陆厥传》："永明末，盛为文章。吴兴沈约、陈郡谢朓、琅邪王融以气类相推毂。汝南周颙善识声韵。约等文皆用宫商，以平上去入为四声。以此制韵，不可增减，世呼为'永明体'。"永明体对近体诗的形成产生了重要影响。

在以下几个方面。

　　1. 律诗有固定的字数、句数（详见下文）。古诗不限字数，句数，有四言、五言、七言和杂言等，例如：

对酒当歌，人生几何？

譬如朝露，去日苦多。

慨当以慷，忧思难忘。

何以解忧，唯有杜康。

……

——曹操《短歌行》

青青河畔草，郁郁园中柳。

盈盈楼上女，皎皎当窗牖。

娥娥红粉妆，纤纤出素手。

昔为倡家女，今为荡子妇。

荡子行不归，空床难独守。

——《古诗十九首·青青河畔草》

结庐在人境，而无车马喧。

问君何能尔，心远地自偏。

采菊东篱下，悠然见南山。

……

——陶渊明《饮酒二十首·其六》

北风卷地百草折，胡天八月即飞雪。

忽如一夜春风来，千树万树梨花开。

……

——岑参《白雪歌送武判官归京》

噫吁嚱，危呼高哉！

蜀道之难，难于上青天。

蚕丛及鱼凫，开国何茫然。

尔来四万八千岁，不与秦塞通人烟。

……

————李白《蜀道难》

车辚辚，马萧萧，行人弓箭各在腰。

耶娘妻子走相送，尘埃不见咸阳桥。

牵衣顿足拦道哭，哭声直上干云霄。

……

————杜甫《兵车行》

前不见古人，后不见来者。

念天地之悠悠，独怆然而涕下。

————陈子昂《登幽州台歌》

张生手持石鼓文，劝我试作石鼓歌。

少陵无人谪仙死，才薄将奈石鼓何？

周纲陵迟四海沸，宣王愤起挥天戈。

大开明堂受朝贺，诸侯剑佩鸣相磨。

蒐于岐阳骋雄俊，万里禽兽皆遮罗。

镌功勒成告万世，凿石作鼓隳嵯峨。

……

————韩愈《石鼓歌》

2. 律诗押韵要求很严，必须一韵到底，不许中途换韵，且只押平声韵。古诗押韵要求较宽，可押平声韵也可押仄声韵，可以隔句押韵，也可句句押韵；可以一韵到底，也可中途换韵或临韵相押。例如：

秋风萧瑟天气凉，（阳/阳①）草木摇落露为霜。（阳/阳）

群燕辞归雁难翔，（阳/阳）念君客游思断肠。（阳/阳）

慊慊思归恋故乡，（阳/阳）君何淹留寄他方？（阳/阳）

贱妾茕茕守空房，（阳/阳）忧来思君不敢忘。（阳/阳）②

不觉泪下沾衣裳，（阳/阳）援琴鸣弦发清商，（阳阳）

短歌微吟不能长。（阳/阳）

明月皎皎照我床，（阳/阳）星汉西流夜未央。（阳/阳）

牵牛织女遥相望，（阳/阳）尔独何辜限河梁？（阳/阳）

……

——曹丕《燕歌行》

青青河边草，（幽/皓）绵绵思远道。（幽/皓）

远道不可思，（之/之）宿昔梦见之。（之/之）

梦见在我旁，（阳/阳）忽觉在他乡。（阳/阳）

他乡各异县，（元/霰）辗转不相见。（元/霰）

枯桑知天风，（东/东）海水知天寒。（元/寒）

入门各自媚，（脂/寘）谁肯相为言？（元/元）

客从远方来，（之/灰）遗我双鲤鱼。（鱼/鱼）

呼儿烹鲤鱼，（鱼/鱼）中有尺素书。（鱼/鱼）

长跪读素书，（鱼/鱼）书中竟何如。（鱼/鱼）

---

① 对于汉魏六朝诗，依次标出其韵脚字所属上古韵部和"平水韵"的韵目，中间以/号隔开，下同。

② "忘"及下文"望"字古代各有平去两读。

上有加餐食，（职/职）下有长相忆。（职/职）

——蔡邕《饮马长城窟行》

浔阳江头夜送客，（陌①）枫叶荻花秋瑟瑟。（质）

主人下马客在船，（先）举酒欲饮无管弦。（先）

醉不成欢惨将别，（屑）别时茫茫江浸月。（月）

忽闻水上琵琶声，主人忘归客不发。（月）

寻声暗问弹者谁，（支）琵琶声停欲语迟。（支）

移船相近邀相见，（霰）添酒回灯重开宴。（霰）

……

——白居易《琵琶行》

3. 律诗对平仄有一套严格的规定（详见下文），古诗对平仄的要求则很宽松。永明体之前人们尚无平仄的概念，自然谈不上对平仄的自觉运用，诗中平仄的分布很随意自由。例如：

迢迢牵牛星，皎皎河汉女。

— — — — —　｜｜—｜｜②

纤纤擢素手，札札弄机杼。

— —｜｜｜　｜｜｜—｜

终日不成章，泣涕零如雨。

—｜｜— —　｜｜— —｜

河汉清且浅，相去复几许。

---

① 唐人写的古体诗，韵脚字之后所标为"平水韵"的韵目。

② "—"代表平声，"｜"代表仄声，下同。

—｜—｜｜　—｜｜｜｜

盈盈一水间，脉脉不得语。

—｜｜｜—　｜｜｜｜｜

——《古诗十九首·迢迢牵牛星》

永明体对平仄的运用有了不少规定，提出所谓"四声八病说"①，不过齐梁以后的古诗对平仄的要求仍然很宽松。唐人写的古风是模仿古诗的，其平仄要求自然也比较自由，不像律诗那么严格。例如：

闻有｜东方｜骑，遥见｜上头｜人。（失对）

—｜　——　｜　—｜　｜—

待君｜送客｜返，桂钗｜当自｜陈。（失对；失黏）

｜—　｜｜　｜　｜—　—｜　—

——王融《少年子》

---

① 四声：指古代的平上去入四个声调，据《南史·陆厥传》是周颙、沈约等人首先发现的。八病：人为规定的八种作诗时应避免的声律现象。南齐永明年间沈约等人首倡"声病说"，至唐始出现八病的名目，宋人作了进一步的发挥。八病的名称是"平头、上尾、蜂腰、鹤膝、大韵、小韵、旁纽、正纽"。"平头"指五言诗一联出、对句的第一、二字为同声（同平、仄。如"芳时淑气清，提壶台上倾"）。"上尾"指五言诗一联出、对句的末字为同声（如"西北有高楼，上与浮云齐"，"楼""齐"二字不押韵。假如押韵则非病，齐梁时代五言诗首句多不押韵）。"蜂腰"指五言诗一句的第二、四字同为仄声，所谓两头粗、中间细，似蜂腰（如"冬节南食稻"）。"鹤膝"指五言诗一句的第二、四字同为平声，所谓两头细、中间粗，似鹤膝（如"绿池始沾裳"）。"大韵"指五言诗一联中前九字中有与第十字（韵脚字）属于同一韵部者（如"紫翮拂花树，黄鹂闲绿枝"）。"小韵"指五言诗一联中前九字相互之间有属于同一韵部者（如"塞帘出户望，霜花朝澪日"）。"旁纽"或称"大纽"，指五言诗一句中存在双声字（如"鱼游见风月"）。"正纽"或称"小纽"，指五言诗一句或一联中存在同音字（字不同而音同，或声调不同而声韵全同，如"轻霞落暮锦，流火散秋金"）。古人认为这八种现象都会影响诗句的诵读效果，故应避免。其中"蜂腰""鹤膝"又有不同的解释，这里取其中一说。"八病说"旨在强调诗歌声韵的协调和变化，避免雷同和呆板，对律诗的形成起了重要作用。

— 268 —

二月丨犹北丨风，（失调）天阴丨雪冥丨冥。（失调）

丨丨　—丨　—　　　　　——　丨—　—

寥落丨一室丨中，（失调）怅然惭百龄。（失黏）

—丨　丨丨　—　　　　　丨——　丨—

苦愁丨正如丨此，（失调）门柳丨复青丨青。

丨—　丨—　丨　　　　　—丨　丨—　—

——高适《苦雪四首·其一》

4. 律诗的对仗对句数、位置都有严格的规定（详见下文）；古诗的对仗则十分随意，如上例《古诗十九首·迢迢牵牛星》，第一、二句对仗，第三、四句对仗，其余各句都未对仗。

二　律诗

（一）律诗的分类

律诗包括律诗、绝句、排律三大类。律诗包括七律和五律，绝句包括七绝和五绝。绝句由律诗截取而成，故名。排律又称长律，是律诗的延长。排律一般是五言的，七言的唐代很少，只有杜甫、白居易、元稹等少数人写过几篇。

律诗的句数、字数都有严格限定。具体情况如下：

五律——八句，每句五字，共四十字。

五绝——四句，每句五字，共二十字。

——　269　——

七律——八句，每句七字，共五十六字。

七绝——四句，每句七字，共二十八字。

排律——句数超过八句，每句字数为五字或七字，平仄要求不变。

（二）律诗的结构

五律、七律各由四联构成，其中第一、二句称作首联，第三、四句称作颔联，第五、六句称作颈联，第七、八句称作尾联。每联首句称作出句，第二句称作对句。绝句是截取律诗的一半，可以拦腰截，也可截取首联和尾联，或颔联和颈联。

（三）律诗的用韵

律诗的用韵特点有以下几种情况。

1. 律诗用韵合于"平水韵"

隋人陆法言《切韵》是隋唐时通用的韵书，分韵一百九十三部，唐人王仁昫《刊谬补缺切韵》增加到一百九十五部。因分韵太细，所以唐时就规定某些读音相近的韵部可以同用①。到了宋代，由官方组织对《切韵》重修，重修后的《切韵》改称《广韵》，分韵为二百〇六部，比《切韵》更细，但同时也明确规定某些相近的韵可以同用。所谓"同用"，是指可以在同一首诗中押韵。例如：

① （唐）封演《封氏闻见记·声韵》："隋朝陆法言与颜、魏（颜之推、魏彦渊）诸公定南北音，撰为《切韵》，凡一万二千一百五十八字，以为文楷式。而先仙删山之类，分为别韵。属文之士共苦其苛细。国初，许敬宗等详议，以其韵窄，凑合而用之，法言所谓'欲广文路，自可清浊皆通'者也。"

一东 _{独用}　二冬 _{钟同用}　三钟　四江 _{独用}

五支 _{脂之同用}　六脂　七之

金人平水书籍王文郁著《平水韵略》一书①，以《广韵》中独用同用的规定为基础，将二百〇六韵合并成了一百〇六韵。南宋江北平水人刘渊撰《壬子新刊礼部韵略》一书根据同样的原则将《广韵》韵部合并为一百〇七韵。此后出现的各种诗韵，分韵都是一百〇六部，简称"平水韵"。平水韵的具体分部是：上平声十五部，下平声十五部，上声二十九部，去声三十部，入声十七部。其韵目分别如下：

上平声十五部

一东　二冬（钟）　三江　四支（脂之）

五微　六鱼　七虞（模）　八齐

九佳（皆）　十灰（咍）　十一真（谆臻）　十二文（欣）

十三元（魂痕）　十四寒（桓）　十五删（山）

下平声十五部

一先（仙）　二萧（宵）　三肴　四豪

五歌（戈）　六麻　七阳（唐）　八庚（耕清）

九青　十蒸（登）　十一尤（侯幽）　十二侵

十三覃（谈）　十四盐（添严）　十五咸（衔凡）

上声二十九部

一董　二肿　三讲　四纸（旨止）

---

① 平水：古平阳府城（今山西省临汾市）的别称，以城西南有平水支流得名。书籍：掌管书籍的官员。

五尾　六语　七麌（姥）　　八荠

九蟹（骇）　十贿（海）　十一轸（准）　十二吻（隐）

十三阮（混很）　十四旱（缓）　十五潸（产）　十六铣（狝）

十七筱（小）　十八巧　十九皓　二十哿（果）

廿一马　廿二养（荡）　廿三梗（耿静）　廿四迥（拯等）

廿五有（厚黝）　廿六寝　廿七感（敢）　廿八琰（忝俨）

廿九豏（槛范）

去声三十部

一送　二宋（用）　　三绛　四寘（至志）

五未　六御　七遇（暮）　　八霁（祭）

九泰　十卦（怪夬）　十一队（代废）　十二震（稕）

十三问（焮）　十四愿（恩恨）　十五翰（换）　十六谏（裥）

十七霰（线）　十八啸（笑）　十九效　二十号

廿一箇（过）　廿二祃　廿三漾（宕）　廿四敬（诤劲）

廿五径（证嶝）　廿六宥（候幼）　廿七沁　廿八勘（阚）

廿九艳（㮇酽）　三十陷（鉴梵）

入声十七部

一屋　二沃（烛）　三觉　四质（术栉）

五物（迄）　六月（没）　七曷（末）　八黠（鎋）

九屑（薛）　十药（铎）　十一陌（麦昔）　十二锡

十三职（德）　十四缉　十五合（盍）　十六叶（帖）

十七洽（狎业乏）

"平水韵"虽出现在南宋，但其分部符合唐人用韵的实际，

例如：

流落征南将，曾驱十万师。（支/脂①）

罢归无旧业，老去恋明时。（支/之）

独立三边静，轻生一剑知。（支/支）

茫茫江汉上，日暮欲何之。（支/之）

——刘长卿《送李中丞归汉阳别业》

昨夜星辰昨夜风，（东） 画楼西畔桂堂东。（东/东）

身无彩凤双飞翼，心有灵犀一点通。（东/东）

隔座送钩春酒暖，分曹射覆蜡灯红。（东/东）

嗟余听鼓应官去，走马兰台类转蓬。（东/东）

——李商隐《无题·昨夜星辰昨夜风》

向晚意不适，驱车登古原。（元/元）

夕阳无限好，只是近黄昏。（元/魂）

——李商隐《登乐游原》

寂寂花时闭院门，（元/魂）美人相并立琼轩。（元/元）

含情欲说宫中事，鹦鹉前头不敢言。（元/元）

——朱庆馀《宫词》

关于"平水韵"的具体内容可参见清人周兆基《佩文诗韵释要》、汤文璐《诗韵合璧》等韵书。

2. 律诗押韵的位置以及押韵的一致性

律诗押韵的位置规定在第二、四、六、八句的末字（韵脚字）。第一句末字可押韵亦可不押，没有特别限制，从习惯上看，五言第一句多数不押韵，七言第一句多数押韵。另外，凡同一首

---

① /号之前为"平水韵"韵目，/号之后为《广韵》韵目，下同。

诗，所有押韵必须一韵到底，中途不许换韵。以下几首诗从句数、字数、对仗看很像律诗，但由于中途换韵了，故属于古风。

清泉映疏松，不知几千古。（麌①）

寒月摇清波，流光入窗户。（麌）

对此空长吟，思君意何深。（侵）

无因见安道，兴尽愁人心。（侵）

——李白《望月有怀》

滕王高阁临江渚，（语）佩玉鸣鸾罢歌舞。（麌）

画栋朝飞南浦云，珠帘暮卷西山雨。（麌）

闲云潭影日悠悠，（尤）物换星移几度秋。（尤）

阁中帝子今何在？槛外长江空自流。（尤）

——王勃《滕王阁》

山寺鸣钟昼已昏，（元）渔梁渡头争渡喧。（元）

人随沙岸向江村，（元）余亦乘舟归鹿门。（元）

鹿门月照开烟树，忽到庞公栖隐处。（御）

岩扉松径长寂寥，惟有幽人自来去。（御）

——孟浩然《夜归鹿门歌》

3. 律诗只押平声韵

律诗只押平声韵，如果用的是仄声韵，就属于古风，例如：

岱宗夫如何？齐鲁青未了。（筱）

---

① 所标为"平水韵"韵目，下同。

造化钟神秀，阴阳割昏晓。（筱）

荡胸生层云，决眦入归鸟。（筱）

会当凌绝顶，一览众山小。（筱）

——杜甫《望岳》

今朝郡斋冷，忽念山中客。（陌）

涧底束荆薪，归来煮白石。（陌）

欲持一瓢酒，远慰风雨夕。（陌）

落叶满空山，何处寻行迹。（陌）

——韦应物《寄全椒山中道士》

团圆莫作波中月，（月）洁白莫为枝上雪。（屑）

月随波动碎潾潾，雪似梅花不堪折。（屑）

李娘十六青丝发，画带双花为君结。（屑）

门前有路轻离别，惟恐归来旧香灭。（屑）

——温庭筠《相和歌辞·三洲歌》

（四）古风式的律诗①

所谓古风式的律诗，就是全诗具备律诗的基本特征，包括字数、句数、对仗、押韵和平仄的总体运用，但杂有古诗的一些特点，如出现了三平调、对仗不严格或平仄失调等现象。尽管这类诗与近体诗的特点不尽相同，但由于总体上很接近，故仍归入律诗一类。例如：

---

① 这种提法参见王力《汉语诗律学》，中华书局1979年新2版，第449页。又见王力《诗词格律》，中华书局1977年版，第35页。

昔人已乘黄鹤去，此地空余黄鹤楼。

丨—丨——丨丨　丨丨———丨—

黄鹤一去不复返，白云千载空悠悠。

—丨丨丨丨丨　丨——丨———

晴川历历汉阳树，芳草萋萋鹦鹉洲。

——丨丨丨—丨　—丨———丨

日暮乡关何处是？烟波江上使人愁。

丨丨———丨丨　———丨丨—

——崔颢《黄鹤楼》

这首诗后两联是严格的律诗格式。但首联"昔人"与"已乘"，"黄鹤"与"一去"平仄失调，颔联出现了三平调"空悠悠"。

凤凰台上凤凰游，凤去台空江自流。

丨——丨——　丨丨———丨—

吴宫花草埋幽径，晋代衣冠成古丘。

——丨—丨丨—　丨丨———丨—

三山半落青天外，二水中分白鹭洲。

——丨丨——丨　丨丨———丨—

总为浮云能蔽日，长安不见使人愁。

丨丨———丨丨　——丨丨丨—

——李白《登金陵凤凰台》

这首诗是仿崔颢《黄鹤楼》一诗的结构特点而作，大都符合律诗的规定，唯颔联与首联、颈联与颔联没有做到平仄相粘。

古风式的律诗一般认为是律诗尚未定型时期的产物，后来也有一些刻意模仿的作品，但为数不多。例如：

霜黄碧梧白鹤栖，城上击柝复乌啼。
———｜—｜｜—　—｜｜｜——

客子入门月皎皎，谁家捣练风凄凄。
｜｜｜—｜｜｜　——｜｜———

南渡桂水阙舟楫，北归秦川多鼓鼙。
—｜｜｜｜—｜　｜—————｜—

年过半百不称意，明日看云还杖藜。
——｜｜｜—｜　—｜｜｜—｜—

——杜甫《暮归》

这首诗总体也符合律诗的特点，但问题较多，如首联"霜黄"与"碧梧"、"城上"与"击柝"平仄失调，颔联出现三平调"风凄凄"，颈联与颔联失粘，且"南渡"与"桂水"、"北归"与"秦川"平仄失调，属于刻意求拗的作品。清人沈德潜、今人王力均将这首诗归入律诗①。

（五）律诗的平仄

平仄是决定近体诗性质的基本要素。因此，要通晓近体诗的规则，首先必须掌握平仄的运用技巧。

---

① 见沈德潜《唐诗别裁集》（中华书局 1975 年版），第 194 页，王力《汉语诗律学》（上海教育出版社 1979 年版），第 458 页。

1. 平仄的划分

中古有平上去入四个调类，这四个调类的具体调值是什么，现在已无从得知，晚明释真空《玉钥匙歌诀》描写说："平声平道莫低昂，上声高呼猛烈强，去声分明哀远道，入声短促急收藏。"据此可以想象中古平声的调值是平直的，而上去入三声的调值则是不平的。古人为了加强诗句的节奏感，将四声分为两类，其中平声为一类，上去入为一类。平声音色比较平直，故把它称作"平"；上去入的音色有一个共同点，即不平，与平声相反，故将此三声统称为"仄"，"仄"就是不平的意思。之所以把四个调类分成平仄两类，目的是让它们在诗句中交替，避免单调平直，强化节奏感，达到回环往复、抑扬顿挫的音响效果。

2. 律诗的节奏

节奏是音乐中交替出现的有规律的强弱快慢现象。在律诗中，诗家就是通过平仄交替来加强律句的节奏感的。所谓平仄交替，是指以节拍（或称音步）为单位进行的交替，而非以单字为单位进行交替，如平平—仄仄，或仄仄—平平。律句除句末一字单独构成节拍外，其余字均由两个字构成一个节拍，每个节拍即为一个交替单位。五律共有三个节拍，即二二一，例如"白日—依山—尽"。七律共有四个节拍，即二二二一，例如"沉舟—侧畔—千帆—过"。组成节拍的两个字可以同是平声或仄声，也可以是平仄不同的两个字。当节拍由平仄不同的两个字组成时，节拍的性质取决于后一字的声调，如"仄平"算平声拍，"平仄"算仄声拍，因为后一字在节奏点上，起着定音的作用。也正是由于这个原因，律诗对节拍第二字的平仄要求严格，不能随意变动，对第一字的要求则比较宽松，常常可平可仄。

3. 律诗的意义单位和节奏单位

律诗的意义单位多数和节奏单位保持一致，例如：

白日—依山—尽，黄河—入海—流。

三顾—频烦—天下—计，两朝—开济—老臣—心。

不一致的情况也不少，或者意义单位跨越两个节奏单位，或者节奏单位跨越两个意义单位，例如：

野火—烧—不尽，春风—吹—又生。（意义单位）
野火—烧不—尽，春风—吹又—生。（节奏单位）
二十四桥—明月—夜。（意义单位）
二十—四桥—明月—夜。（节奏单位）
相见时—难—别—亦难。（意义单位）
相见—时难—别亦—难。（节奏单位）

尽管律句的意义单位有多种，但其节奏形式只有一个，在意义单位与节奏单位吻合的情况下，应该尽量按照节奏单位去诵读。如果意义单位与节奏单位产生矛盾，诵读一般应让意义单位服从节奏单位。

有些著作或教材认为近体诗的句式往往以三字结尾，最后三字保持相对的独立性，同时认为这三字的节奏可以细分为二一或一二，分成一二的用例如：

天意—怜—幽草，人间—重—晚晴。

局促—常悲—类—楚囚，迁流—还叹—学—齐优。

需要注意的是，这种划分有时会破坏律诗平仄的交替原则，例如"迁流还叹学齐优"中"还叹""学齐"本来是平仄交替，变成"还叹""学"（"学"为入声字）则成仄仄了。又如：

儿女—共—沾巾。

平仄—仄—平平

4. 律诗平仄的基本格式

律诗平仄的基本格式有四种，其中五律的四种基本格式是：

甲式：仄仄｜平平｜仄（仄起仄收式）

乙式：平平｜仄仄｜平（平起平收式）

丙式：平平｜平仄｜仄（平起仄收式）

丁式：仄仄｜仄平｜平（仄起平收式）

其中甲、乙两式完全符合平仄交替的原则。丙、丁两式前两个节拍的平仄也是交替的，唯有后两个节拍没有做到平仄交替，这是不得已的，因为丙式的特点是"平起仄收"，第一个节拍是平，第二个节拍用仄声才能与第一个节拍交替，这样第二、三节拍便同为仄声了。同理，丁式的特点是"仄起平收"，第一个节拍是仄，第二个节拍用平声才能与第一节拍交替，这样第二、三节拍便同为平声了。按说丙式句第二拍应为"仄仄"，但这样处理会造成句末三字全为仄声的现象。句末三字全用仄声是古诗的常用句式，律句应尽量避免①，所以将第二拍的第一字改成了平声，这样改不影响此拍的性质。丁式句的第二拍按说也可以用"平平"，但这样处理就成了三平调，三平调是诗家的大忌，应坚决避免②，于是将第二拍的第一个字改成了仄声，这样改既不影响此拍的性质，又避免了三平调。

七律平仄的四种基本格式与五律相同，只是根据平仄交替原则在五律基本格式之前增加一个节拍而已：

甲式：平平｜仄仄｜平平｜仄（平起仄收式）

乙式：仄仄｜平平｜仄仄｜平（仄起平收式）

丙式：仄仄｜平平｜平仄｜仄（仄起仄收式）

丁式：平平｜仄仄｜仄平｜平（平起平收式）

5. 一首律诗平仄的排列法

以上讲的是一句律诗中平仄的排列规则，下面我们看一首律诗中的平仄怎样排列。弄明白了一句律诗的平仄规则，一首律诗的平仄规则便很容易掌握，只需记住以下几句话即可：

（1）一句之中平仄相间；

（2）一联出、对句之间平仄相对；

（3）两联之间平仄相粘；

---

① 也可以不避，唐诗中不避的例子很多，如王维《送梓州李使君》："山中一夜雨，树杪百重泉。"又如杜甫《南邻》："秋水才深四五尺，野航恰受两三人。"
② 唐诗中也有不避的，只是很少，例如常建《破山寺后禅院》："山光悦鸟性，潭影空人心。"

（4）押韵句末字用平声，非押韵句末字用仄声。

所谓"一句之中平仄相间"，是指每一律句中各节拍之间要平仄交替，即前一节拍为仄声，后一节拍就要换用平声。反之，前一节拍为平声，后一节拍就要换用仄声。例如：

国①破丨山河丨在。
仄　仄丨平平丨仄

劝君丨更尽丨一杯丨酒。
仄平丨仄仄丨仄平丨仄

所谓"一联出、对句之间平仄相对"，是指每一联出句与对句各节拍的平仄要相反。其实只要做到第一个节拍（主要看第二个字）平仄相反即可，其余字就按照平仄交替的原则排列。例如：

国破丨山河丨在，城春丨草木丨深。
仄仄丨平平丨仄　平平丨仄仄丨平

——杜甫《春望》

劝君丨更尽丨一杯丨酒，西出丨阳关丨无故丨人。
仄平丨仄仄丨仄平丨仄　平仄丨平平丨平仄丨平

——王维《渭城曲》

---

① "国"为古代入声字，用加黑表示，下同。

所谓"两联之间平仄相粘",是指上联对句的第一节拍要和下联出句的第一节拍（主要看第二个字）平仄相同,即前者为平声,后者亦为平声,前者为仄声,后者亦为仄声。例如:

国破｜山河｜在,

城春｜草木｜深。（首联）

平平｜仄仄｜平

感时｜花溅｜泪,

仄平｜平仄｜仄

恨别｜鸟惊｜心。（颔联）

……

————杜甫《春望》

银烛｜朝天｜紫陌｜长,

禁城｜春色｜晓苍｜苍。（首联）

仄平｜平仄｜仄平｜平

千条｜弱柳｜垂青｜琐,

平平｜仄仄｜平平｜仄

百啭｜流莺｜绕建｜章。（颔联）

……

————贾至《早朝大朝宫呈两省僚友》

所谓"押韵句末字用平声,非押韵句末字用仄声",是指律诗第二、四、六、八句都是押韵句,其末字要用平声,第三、五、七句都是非押韵句,其末字要用仄声。至于首句,无论五言七言,入韵时末字用平声,不入韵时末字用仄声。例如:

城阙辅三秦，（平）风烟望五津。（平）

与君离别意，（仄）同是宦游人。（平）

……

——王勃《送杜少府之任蜀州》

上例首句入韵，故末字用平声。

青山横北郭，（仄）白水绕东城。（平）

此地一为别，（仄）孤蓬万里征。（平）

……

——李白《送友人》

上例首句不入韵，故末字用仄声。

一封朝奏九重天，（平）夕贬潮州路八千。（平）

欲为圣明除弊事，（仄）肯将衰朽惜残年。（平）

……

——韩愈《左迁至蓝关示侄孙湘》

上例首句入韵，故末字用平声。

舍南舍北皆春水，（仄）但见群鸥日日来。（平）

花径不曾缘客扫，（仄）蓬门今始为君开。（平）

……

——杜甫《客至》

上例首句不入韵，故末字用仄声。

诗家对律诗平仄的规定旨在使平仄声的分布均衡合理，富于变化，避免雷同呆板。试想，如果一句之中不要求平仄相间，就会出现一句全用平声字或全用仄声字的现象，如"平平平平平"或"仄仄仄仄仄"。如果一联出、对句的各节拍不要求平仄相对，则会出现对句与出句各节拍平仄完全重复的现象。例如：

平平仄仄平（出句）
平平仄仄平（对句）

如果两联之间不要求平仄相粘，则会出现下联与上联重复的现象。例如：

仄仄｜平平｜仄
平平｜仄仄｜平（首联）
仄仄｜平平｜仄
平平｜仄仄｜平（颔联）

只有根据上述规定排列平仄，才会使律诗前四句的平仄避免重复（后四句与前四句是重复的）。减少重复，使律诗中的平仄极尽曲折变化之妙，以取得音感上抑扬顿挫的效果，这正是古人规定平仄规则的志趣所在。

下面我们以"仄起仄收"和"平起平收"两式为例来看一首律诗平仄的具体排法。

（1）仄起仄收式

月夜　杜甫

今夜丨鄜州丨**月**，　　基本格式

—丨　——　丨　　　丨丨——丨

闺中丨只**独**丨看。

——　丨丨　—　　　——丨丨—

遥怜丨小儿丨女，

——　丨—　丨　　　———丨丨

未解丨忆长丨安。

丨丨　丨—　—　　　丨丨丨——

香雾丨云鬟丨**湿**，

—丨　——　丨　　　丨丨——丨

清辉丨**玉臂**丨寒。

——　丨丨　—　　　——丨丨—

何时丨倚虚丨幌，

——　丨—　丨　　　———丨丨

双照丨泪痕丨干。

—丨　丨—　—　　　丨丨丨——

闻官军收河南河北　杜甫

剑外丨**忽传**丨收蓟丨**北**，　　基本格式

丨丨　丨—　—丨　　　丨丨———丨丨

初闻丨涕泪丨满衣丨裳。

——　丨丨　丨—　—　　　——丨丨丨——

却看丨妻子丨愁何丨在，

｜ — 　—｜ 　—— 　｜ 　　　—— ｜ ｜ —— ｜

漫卷｜诗书｜**喜欲**｜狂。

｜ ｜ 　—— 　｜ ｜ 　— 　　　｜ ｜ ——｜ ｜

白日｜放歌｜须纵｜酒，

｜ ｜ 　｜ — 　—｜ 　｜ 　　　｜ ｜ ——— ｜ ｜

青春｜**作伴**｜好还｜乡。

—— 　｜ ｜ 　｜ — 　— 　　　—— ｜ ｜ ｜ —

即从｜巴峡｜穿巫｜**峡**，

｜ — 　—｜ 　—— 　｜ 　　　—— ｜ ｜ — ｜

便下｜襄阳｜向**洛**｜阳。

｜ ｜ 　—— 　｜ ｜ 　— 　　　｜ ｜ —— ｜ ｜ —

（2）平起平收式

晚晴　李商隐

深居｜俯**夹**｜城，　　基本格式

—— 　｜ ｜ 　— 　　　—— ｜ ｜ —

春去｜夏犹｜清。

— ｜ 　｜ — 　— 　　　｜ ｜ ｜ ——

天意｜怜幽｜草，

— ｜ 　—— 　｜ 　　　｜ ｜ —— ｜

人间｜重晚｜晴。

—— 　｜ ｜ 　— 　　　—— ｜ ｜ —

并添｜**高阁**｜迥，

｜ — 　—｜ ｜ 　　　——— ｜ ｜

微注丨小窗丨明。

—丨 丨— — 丨丨丨——

越鸟丨巢干丨后，

丨丨 —— 丨 丨丨——丨

归飞丨体更丨轻。

—— 丨丨 — ——丨丨

左迁至蓝关示侄孙湘　韩愈

一封丨朝奏丨九重丨天，　　基本格式

丨— —丨 丨— — ——丨丨——

夕贬丨潮州丨路八丨千。

丨丨 —— 丨丨 — 丨丨——丨丨

欲为丨圣明丨除弊丨事，

丨丨 丨— —丨 丨 丨丨———丨丨

肯将丨衰朽丨惜残丨年。

丨— —丨 丨— — ——丨丨——

云横丨秦岭丨家何丨在？

—— —丨 —— 丨 ——丨丨——丨

雪拥丨蓝关丨马不丨前。

丨丨 —— 丨丨 丨 丨——丨丨—

知汝丨远来丨应有丨意，

—丨 丨— —丨 丨 丨丨———丨丨

好收丨吾骨丨瘴江丨边。

丨— —丨 丨— — ——丨丨—丨—

— 288 —

前人或认为一句之中"四声递用"是平仄运用的极致。所谓"四声递用"是指律诗奇数句的末字做到了平上去入四声俱全，或依次排列，或间隔排列①，其用例唐代多出现在杜甫的诗中。例如：

玩月呈汉中王　杜甫

夜深露气清，（平）江月满江城。

浮客转危坐②，（上）归舟应独行。

关山同一照，（去）乌鹊自多惊。

欲得淮王术，（入）风吹晕已生。

刘九法曹、郑瑕丘石门宴集　杜甫

秋水清无底，（上）萧然静客心。

掾曹乘逸兴，（去）鞍马到荒林③。

能吏逢联璧，（入）华筵直一金。

晚来横吹好，（上）泓下亦龙吟。

曲江　杜甫

一片花飞减却春，（平）风飘万点正愁人。

且看欲尽花经眼④，（上）莫厌伤多酒入唇。

江上小堂巢翡翠，（去）苑边高冢卧麒麟。

细推物理须行乐，（入）何用浮名绊此身。

---

① 参见王力《汉语诗律学》，上海教育出版社1979年版，第120—131页。
② 坐字在唐代有上去两读。
③ 到荒林，一作"去相寻"。
④ 经，一作"惊"。

一般来说，律诗应尽量避免相邻两联出句的末字同声，如同声，有人也视为"上尾"。至于各联出句的末字，更应避免都使用同声，否则显得太单调。例如：

石瓮寺　储光羲

遥山起真宇，（上）西向尽花林。

下见宫殿小，（上）上看廊庑深。

苑花落池水，（上）天语闻松音。

君子又知我，（上）焚香期化心。

寻洪尊师不遇　刘长卿

古木无人地，（去）来寻羽客家。

道书堆玉案，（去）仙帔叠青霞。

鹤老难知岁，（去）梅寒未作花。

山中不相见，（去）何处化丹砂。

这种现象在宋人的诗中比较常见，大概唐诗"四声递用"的特点不为一般人所知，或不以为病。例如：

游鹊山院　陈师道

积石横成岭，（上）行杨密映门。

人声隐林杪，（上）僧舍绕云根。

顿摄尘缘尽①，（上）方知象教尊。

只应羊叔子，（上）名字与山存。

---

① 尽，中古读上声。下首诗中的"在"字，中古有上、去两读。

金陵怀古四首·其二　王安石

天兵南下此桥江，（平）**敌国**当时指顾降。

山水雄豪空复在，（上）君王神武自难双。

留连**落日**频回首，（上）想像余墟独倚窗。

却怪夏阳才一苇，（上）汉家何事费罂缸。

　　清人董文涣则认为"四声递用"是指一首律诗的每句都具备了平上去入四类字，这其实很难做到，他指出杜审言《和晋陵陆丞早春游望》一诗即基本达到了这种水平①。下面是这首诗的平仄情况：

和晋陵陆丞早春游望　杜审言②

独有宦游人，偏惊**物**候新。

入上去平平　　平平入去平

云霞**出**海曙，梅柳渡江春。

平平入上去　　平上去平平

淑气催黄鸟，晴光转**绿**蘋。

入去平平上　　平平上入平

忽闻歌古调，归思**欲**沾巾。

入平平上去　　平去入平平

　　如果一首诗每句都要达到这种要求，势必会影响诗意的表

---

① 参见董文涣《声调四声谱说》卷十一。此节所论参见王力《汉语诗律学》，上海教育出版社 1979 年版，第 120—131 页。

② 一作韦应物。

达，实际上杜审言这首诗也没有做到每句四声皆备。

6. 关于"一三五不论，二四六分明"之说

"一三五不论，二四六分明"是古人关于律诗平仄排列规则的简要说法，流行很广，但也遭到不少学者的批评①。这两句话是对七律而言的，对五律来说，就是"一三不论，二四分明"。所谓"一三五不论"是指七言诗每句的第一、三、五字（各节拍第一字）的平仄可以不拘，即可用平声字亦可用仄声字，因为这些字都不在节奏点上。所谓"二四六分明"是指七言诗每句的第二、四、六字（各节拍第二字）的平仄必须严格遵守，不能随意变更，因为这些字都在每一节拍的节奏点上，决定节拍的性质。这两句话可以帮助初学者很快掌握律诗平仄的排列规则，但它有缺陷，没有把诗家关于平仄的一些特殊规定包括进去。这些特殊规定主要有二：一是不能"犯孤平"②，二是不能出现"三平调"。两者都是诗家的大忌。

所谓"犯孤平"是指"平平｜仄仄｜平"（平起平收）或"仄仄｜平平｜仄仄｜平"（仄起平收）式变成了"仄平｜仄仄｜平"或"仄仄｜仄平｜仄仄｜平"式，这样除韵脚字为平声外，全句只剩下了一个平声字，所以叫"犯孤平"。

所谓"三平调"是指"仄仄｜仄平｜平"（仄起平收）或"平

---

① （清）赵执信《声调谱·五言律诗》："律诗平平仄仄平，第二句之正格。若仄平平仄平，变而仍律者也（即是拗句）。仄平仄仄平，则古诗句矣。此格人多不知者，由'一三五不论'一语误之也。"（清）梁章钜《退庵随笔》："古诗纯乎天籁，虽不拘平仄，而音节未有不谐者。至律诗则不能不讲平仄矣。乃不知何时何人，创为'一三五不论'之说，以疑误后学，村师里儒，靡然从之。"
② 参见王力《汉语诗律学》，上海教育出版社 1979 年新 2 版，第 99—100 页。《全唐诗》中只找到两个犯孤平的例子：高适《淇上送韦司仓》："醉多适不愁。"李颀《野老曝背》："百岁老翁不种田。"

平｜仄仄｜仄平｜平"（平起平收）式变成了"仄仄｜平平｜平"或"平平｜仄仄｜平平｜平"式，最后三字都用了平声字。

根据以上两点，检查律句平仄的四种基本格式就会发现，有些第一、三、五字的平仄是不允许变动的。

五律

甲式：⑩仄｜⑭平｜仄（仄起仄收式）

乙式：平平｜⑭仄｜平（平起平收式）

丙式：⑭平｜⑭仄｜仄（平起仄收式）

丁式：⑩仄｜仄平｜平（仄起平收式）

七律

甲式：⑭平｜⑭仄｜⑭平｜仄（平起仄收式）

乙式：⑩仄｜平平｜⑭仄｜平（仄起平收式）

丙式：⑩仄｜⑭平｜⑭仄｜仄（仄起仄收式）

丁式：⑭平｜⑭仄｜仄平｜平（平起平收式）

其中，外加圆圈的字表示可平可仄。从中可以看出，乙式五言第一字、七言第三字不能改用仄声，否则就会"犯孤平"。丁式五言第三字、七言第五字不能改用平声，否则就会出现三平调。

7. 律诗的拗救

所谓拗，是指律诗中某字的声调不合平仄规定，应该用平声却用了仄声，或者该用仄声而用了平声。所谓救，是指出现拗时，在另外该用平声的地方改用了仄声，或该用仄声的地方改用了平声，以求使平仄字数保持平衡。拗救是为了扩大诗人选字范围所采取的变通做法，它可以使诗人保留意义上比较合适的字眼，不至于因声夺义。需要指出的是，拗救的使用并不是任意的，而是有一定规定的，主要有以下三种情况。

（1）甲式句的拗救（对句相救）

甲式句五言第四字、七言第六字如果用了仄声字，算是拗（或称大拗），救的方法是将其对句五言第三字或七言第五字改为平声，具体格式是：

仄仄｜平平｜仄－仄仄｜平仄｜仄
平平｜仄仄｜平－平平｜平仄｜平

平平｜仄仄｜平平｜仄－平平｜仄仄｜平仄｜仄
仄仄｜平平｜仄仄｜平－仄仄｜平平｜平仄｜平

这样出句多了一个仄声，而对句多了一个平声，使整联的平仄数未变，且未影响对句节拍的性质。用例如：

野火｜烧**不**｜尽，春风｜吹又｜生。——白居易《草》

林表｜明霁｜**色**，城中｜增暮｜寒。——祖咏《终南望余雪》

青苔｜寺里｜无马｜**迹**，绿水｜桥边｜多酒｜楼。——杜牧《润州二首·其一》

南朝｜四**百**｜八十｜寺，多少｜楼台｜烟雨｜中。——杜牧《江南春绝句》

甲式句五言第三字、七言第五字如果用了仄声字不算拗（或称小拗），按说不需救，但诗人们习惯上也往往救之，即将对句五言第三字、七言第五字换用平声字，因此在唐人律诗中"平平｜平仄｜平"或"仄仄｜平平｜平仄｜平"这种句式很普遍。例如：

吾爱｜孟夫｜子，风流｜天下｜闻。——李白《赠孟浩然》

挥手｜自兹｜去，萧萧｜班马｜鸣。——李白《送友人》

映阶｜**碧草**｜自春｜**色，隔叶**｜黄鹂｜空好｜音。——杜甫《蜀相》

正因为甲式句五言第三字、七言第五字用仄声字不算拗，所以诗人们不救的情况也很常见。例如：

此地｜**一**为｜**别**，孤蓬｜万里｜征。——李白《送友人》

独坐｜**隔**千｜里，空吟｜对**雪**｜诗。——韩翃《令狐员外宅宴寄中丞》

秋风｜萧飒｜醉中｜**别，白**马｜嘶霜｜雁叫｜烟。——鲍溶《蔡平喜遇河阳马判官宽话别》

（2）乙式句的拗救（本句自救）

乙式句五言第一字、七言第三字如果用了仄声，即犯了孤平。救的方法是将五言第三字、七言第五字由仄声改为平声。具体格式是：

平平｜仄仄｜平→仄平｜平仄｜平

仄仄｜平平｜仄仄｜平→仄仄｜仄平｜平仄｜平

这种救避免了孤平，且未改变各节拍的性质。用例如下：

薄宦｜梗犹｜泛，

故园｜芜已｜平。——李商隐《蝉》

人事｜有代｜谢，

往来｜成古｜今。——孟浩然《与诸君登岘山》

儿童｜相见｜不相｜识，

笑问｜客从｜何处｜来。——贺知章《回乡偶书》

野桃｜含笑｜竹篱｜短，

溪柳｜自摇｜沙水｜清。——苏轼《新城道中二首·其一》

（3）丙式句的拗救（本句自救）

丙式句五言第四字、七言第六字如果用了平声，算是拗，救的方法是将五言第三字、七言第五字由平声换成仄声。具体格式是：

平平｜平仄｜仄→平平｜仄平｜仄

仄仄｜平平｜平仄｜仄→仄仄｜平平｜仄平｜仄

这种拗救格式诵读起来比较上口，诗人们喜欢用，尤其律诗第七句、绝句第三句使用频率很高。用例如下：

无为｜在歧｜路，

儿女｜共沾｜巾。——王勃《送杜少府之任蜀州》

寒山｜转苍｜翠，

秋水｜**日潺**｜湲。——王维《辋川闲居赠裴秀才迪》

正是｜江南｜好风｜景，

落花｜时**节**｜又逢｜君。——杜甫《江南逢李龟年》

苦恨｜年年｜**压金**｜线，

为他｜人**作**｜嫁衣｜裳。——秦韬玉《贫女》

有些书上认为这种拗救是指五言第三字、七言第五字拗，五言第四字、七言第六字救，应该是说反了①，因为五言第三字、七言第五字都不是节奏点，用平用仄无所谓，谈不上拗；而五言第四字、七言第六字是节奏点，其平仄不能变，如果用平声会导致与前一节拍重复，破坏交替，更谈不上救其他音节。

（六）律诗的对仗

对仗，就是对偶。"仗"来源于仪仗队的"仗"，具有两两相对、排列整齐的特点。律诗产生以前，诗歌中的对仗只是修辞上的需要。律诗的对仗不仅是修辞上的需要，更是格律的规定。律诗对仗的位置固定，用在颔联和颈联，至于首联和尾联，可用可不用。对仗的讲究较多，大体可以分为以下几类。

――――――――――

① （清）赵执信《声调谱·五言律诗》："杜牧《句溪夏日送卢需秀才归王屋山将欲赴举》：'行人碧（宜平而仄）溪（宜仄而平）渡，（拗句。第四字拗平，第三字断断用仄，今人不论者非）系马绿杨枝。'"见（清）王夫之等撰，丁福保辑《清诗话》（上册），上海古籍出版社 2015 年版，第 335 页。诗中括号内的字为原文，括号为笔者所加。

1. 工对

诗家通常把词分为名词、形容词、数词、颜色词、方位词、动词、副词、虚词、代词九类。其中名词又细分为以下小类：

天文　时令　地理　宫室　器物　衣饰　饮食　文具　文学

草木　鸟兽　形体　人事　人伦

所谓工对，就是要求在每一大类甚至小类中选择对仗的字眼。

有些名词虽不属同一小类，但由于在实际生活中经常并提，如天地、诗酒、花鸟等，所以用以对仗也算工对。严格的工对是很难做到的，以下是一些比较工整的用例：

露重飞难进，风多响**易**沉。——骆宾王《在狱咏蝉》

不才明主弃，多病故人疏。——孟浩然《岁暮归南山》

星垂平野**阔**，月涌**大**江流。——杜甫《旅夜书怀》

露从今夜**白**，月是故乡明。——杜甫《月夜忆舍弟》

北极朝廷终**不**改，西山寇盗**莫**相侵。——杜甫《登楼》

野蔬充膳甘长藿，**落叶**添薪仰古槐。——元稹《遣悲怀三首·其一》

世事茫茫难自料，春愁黯黯**独**成眠。——韦应物《寄李儋元锡》

惊风乱飐芙蓉水，**密**雨斜侵薜荔墙。

岭树重遮千里**目**，江流**曲**似九回肠。——柳宗元《登柳州城楼寄漳汀封连四州刺史》

2. 宽对

宽对指名词对名词、动词对动词、形容词对形容词，以及名词、形容词、副词对动词的一些对仗，甚至包括半对半不对的对仗。例如：

叹凤嗟身否，伤麟怨道穷。——李隆基《经邹鲁祭孔子而叹之》

几年同在此，今**日各**驱驰。——李白《送友生游峡中》

遥怜小儿女，未解**忆**长安。——杜甫《月夜》

王师非**乐**战，之子慎佳兵。——陈子昂《送著作佐郎崔融等从梁王东征并序》（一作《送崔著作东征》）

九**月**寒砧催**木叶**，十年征戍忆辽阳。——沈佺期《古意呈补阙乔知之》（一作《古意》，又作《独不见》）

怅望千秋**一**洒泪，萧条异代**不**同时。——杜甫《咏怀古迹五首·其二》

三分**割**据纡筹**策**，万古云霄**一**羽毛。——杜甫《咏怀古迹五首·其五》

正**忆**往时严**仆**射，共迎中使望乡台。——杜甫《诸将五首·严武》

3. 借对

借对包括借义对和借声对。其中借义对又分为两种情况：

（1）某词有两种意义，诗人在诗中用此义而以彼义相对。例如：

酒**债**寻常行处有，人生**七十**古来稀。——杜甫《曲江二首·

其二》

岐王**宅**里寻常见，崔九堂前几度闻。——杜甫《江南逢李
龟年》

"寻常"古代有两义：①长度单位，八尺为寻；一丈六尺为
常；②经常。诗人在诗中用"经常"义而借"长度单位"与
"七十""几度"相对。

（2）某词本无某义，只因读音与另一词相同，故借另一词的
意义相对，此即谐音对。例如：

马骄珠汗**落**，胡舞**白**蹄斜。——杜甫《秦州杂诗二十首·其三》
思家步**月**清宵**立**，忆弟看云**白日**眠。——杜甫《恨别》

"珠"无"红"义，因与"朱"同音，故诗中用"玉珠"义
而借"朱"义与"白"相对。"清"无"青"义，因与"青"读
音相近，故诗中用"清静"义而借"青色"义与"白"相对。

4. 流水对

对仗多数是用两句意义相对独立的话相对，如果将一句话分
成两句相对，每句意义不完整，这种对仗就叫流水对。或者说，
用以对仗的两个句子都是半句话，只有将两句合起来意思才完
整。流水对的两句不能调换位置。例如：

不堪玄鬓影，来对**白**头吟。——骆宾王《在狱咏蝉》
承恩**不**在貌，教**妾**若为容。——杜荀鹤《春宫怨》
一从亲几案，常恐近儿童。——贯休《水壶子》

羞将短**发**还吹帽，笑倩旁人为正冠。——杜甫《九日蓝田崔氏庄》

一从麟**笔**题墙后，常祇冥心古像前。——贯休《酬王相公见赠》

门外**若**无南**北**路，人间应免**别**离愁。——杜牧《赠别》

5. 扇面对

或称隔句对，即第一句对第三句，第二句对第四句①。例如：

得罪台州去，时危弃硕儒。移官蓬**阁**后，**谷贵没**潜夫。——杜甫《哭台州郑司户苏少监》

邂逅陪车马，寻芳谢朓洲。凄凉望乡**国**，**得**句仲宣楼。——苏轼《用前韵再和许朝奉》

6. 对仗的避忌

（1）避重字

对仗的字一般不能相同，这叫避重字，但修辞上的刻意对比除外。例如：

举头望明**月**，低头思故乡。——李白《静夜思》

自去自来堂上燕，相亲相近水中鸥。（句中对）——杜甫《江村》

---

① 参见（南宋）胡仔《苕溪渔隐丛话·前集》卷九《杜少陵四》、（明）谢榛《四溟诗话》卷四。

雨前初见花间蕊，雨后全无叶底花。——王驾《雨晴》

（2）避合掌

合掌是指对仗的两句意义完全相同的现象，实际上是同义词相对，应极力避免。合掌例如：

蚕屋朝寒闭，田家昼雨闲。（颔联）——耿沣《赠田家翁》

暮蝉不可听，落叶岂堪闻。（首联）——郎士元《盩厔县郑礒宅送钱大》

赤县东风劲，神州春意浓①。

韬略孔明分禹鼎，神机诸葛列封疆②。

（3）避对开

对仗的两句在意义上要搭配、协调。所谓对开是指出句、对句的意思没有联系或联系不大，东拉西扯，逆向而行，风马牛不相及，或上句气盛，下句气弱，虎头蛇尾。对开破坏了诗意的统一，应坚决避免。例如：

三春白兰地，五月黄梅天③。

风吹马尾千条线，雨打羊毛一片毡④。

---

①　此例属对联，本书作者自撰。
②　此例属对联，取自孙天敕《对联格律及撰法》，贵州人民出版社1996年版，第150页。
③　此例属对联。传说民国初年上海一家酒楼的对联为"三星白兰地，五月黄梅天"，后有人将其中"星"字改为"春"。
④　此例属对联，传说朱元璋出上句，下句为朱元璋长孙朱允炆所对。

气凌衡**岳**三千丈，心**托**离骚**廿**五篇。

万仞惊峰承**日月**，一株柔柳伴花枝①。

梨花带雨滋春**色**，缟素留笺**易**墨痕②。

公门桃李争荣**日**，**法国**荷兰比利时③。

（4）避粗俗

诗句取意宜高雅，不宜让俚俗粗语入诗作对。前人所举的俗语用例如：

①仰面贪看鸟，回头**错**应人。——杜甫《漫成二首》其二

②夜深童子唤**不醒**，猛虎一声山**月**高。——（宋）俞秀老

③鹦鹉杯宜**酌清浊**，麒麟阁懒画丹青。——（宋）胡考

④八**十**丈虹晴卧影，一千顷**玉碧**无瑕。——（宋）杨次公

⑤河摇星斗三更后，**月**挂梧桐一丈高。——（宋）僧显万

⑥愿**缩**天人散花手，放渠奔走趁晨炊。——（宋）黄白石《咏雪》

⑦放开**笔**下闲风**月**，收**拾**胸中旧**甲**兵。——（宋）刘过《送王简卿归天台》

⑧引些渠水添池满，移个柴门傍**竹**开。——（宋）戴敏才《小园》

⑨一心似水惟平好，万事如棋**不**着高。——（宋）戴复古（戴式之）

————————

① 以上两例亦属对联。以上三例均取自孙天敕《对联格律及撰法》。

② 此联取自学生作业。

③ 此例属于戏作，作者不详。

⑩主人一笑先呼酒，劝客三杯更当茶。——（宋）高菊磵

⑪三年受用惟栽竹，一日工夫半为梅。——（宋）王梦弼

⑫胸中襞积千般事，到得相逢一语无。——（宋）方翥《寄友》

⑬荒村三月不肉味，并与瓜茄倚阁休。——（宋）程东夫

⑭世事看来忙不得，百年到手是功名。——（宋）刘改之
《送王简卿归天台·其二》

例①，清人吴乔《围炉诗话》："《漫成》诗之'仰面贪看
鸟，回头错应人'，谁人将此情景作诗材耶？"清人施补华《岘佣
说诗》批评说："粗俗是诗人所戒，如'仰面贪看鸟，回头错认
人'之类，虽出自少陵，不可学也。"

例②—⑬，清人贺裳《载酒园诗话》批评说："又如俞秀老
'夜深童子唤不醒，猛虎一声山月高'，此岂佳事，而谓可与'炉
烟消尽寒灯晦''童子开门雪满松''日午独觉无馀声，山童隔竹
敲茶臼'并驱也。至所谓折句法，尤可憎。如胡考'鹦鹉杯宜酌
清浊，麒麟阁懒画丹青'，正所谓折腰之步，令人呕哕。至如杨次
公'八十丈虹晴卧影，一千顷玉碧无瑕'，僧显万'河摇星斗三
更后，月挂梧桐一丈高'，摹拟处总落粗俗。又黄白石《咏雪》
'愿缩天人散花手，放渠奔走趁晨炊'，语既酸鄙，状尤扭捏。即
刘过《送王简卿》'放开笔下闲风月，收拾胸中旧甲兵'，亦非雅
谈也。宋人力贬绮靡，意欲澹雅，不觉竟入酸陋。如戴敏才'引
些渠水添池满，移个柴门傍竹开'，二虚字恶甚。其子复古'一
心似水惟平好，万事如棋不着高'，高菊磵'主人一笑先呼酒，
劝客三杯更当茶'，王梦弼'三年受用惟栽竹，一日工夫半为
梅'，方翥《寄友》'胸中襞积千般事，到得相逢一语无'，程东

夫'荒村三月不肉味，并与瓜茄倚阁休'，当时自以为人情切事，不知皆村儿之语，徒供后人捧腹耳。宋诗之恶，生硬鄙俚两途尽之。更有二种，'山如仁者寿，水似圣之清'，太学究气；'浮云一任闲舒卷，万古青山只么清'，太禅和气，皆凌夷风雅者也。"

例⑭，清人潘德舆《养一斋诗话》批评说："刘改之《送王简卿》诗云：'世事看来忙不得，百年到手是功名。'此村夫子语耳。辛稼轩目为'横空盘硬语，妥帖力排奡'，乃宋人习气，以粗俗直率为盘硬排奡者也。"

主要参考文献

（清）董文焕：《声调四谱图说》，上海医学书局 1927 年版。

（清）王夫之等撰，丁福保辑：《清诗话》，上海古籍出版社 2015 年版。

王力：《诗词格律》，中华书局 1977 年版。

王力：《汉语诗律学》，上海教育出版社 1979 年版。

喻守真：《唐诗三百首详析》，中华书局 1957 年版。

（清）周兆基：《佩文诗韵释要》，上海古籍出版社 1982 年版。

律诗的章法和意境

　　和绝句相比，律诗（特指五律、七律）要难写得多，因为绝句只有四句，且不要求对仗，律诗不仅容量大，且中间两联要求对仗，所以要写出高水平的律诗是不容易做到的。清人潘德舆《养一斋诗话》："五律章法变化，对仗精工，结构之严，一字不苟……至七律尤健于五律。"清人刘公𫘤甚至认为"七律如强弓硬弩，古来能开到十分满者，殆无几人"（梁章钜《退庵随笔·学诗二》）。

　　写好律诗的关键在于章法和意境，二者关乎诗品的高低优劣，学诗者不可不察。

一　律诗的章法

　　律诗的章法指律诗内容如何表达的组织方法。律诗的结构可以分为三大部分，其中首联是开头，颔联、颈联是主体，尾联是收尾。颔联、颈联在形式上是并列的，在内容上则关系比较复杂。古人关于章法有一个普遍的说法即"起承转合"。所谓"起"即开头,"承"指承接破题切入正题,"转"指深入变化,"合"指收尾。对于律诗来说,"起承转合"大体就相当于首联、颔联、颈联、尾联的内容①。清人吴乔《答万季野诗问》曰:"古诗如古文,其布局千变万化。七律颇似八比②:首联如起讲、起头,次联如中比,三联如后比,末联如束题。但八比前中后一定,诗可以错综出之,为不同耳。七绝,偏师也,或斗山上,或斗地下,非必堂堂之阵,正正之旗者也。"这是将律诗四联比作八股文议论部分的"起讲(起比)、中比、后比、束题(束比)",与上说所指略有不同,但与律诗结构的基本划分无异,即将首联作为开头,颔颈二联作为主体部分,尾联作为结尾。

元人范德机(范梈)首倡诗的"起承转合"之说,并对各要素提出了具体要求,其《诗法》曰:"作诗有四法:起承转合。起要平直,承要春容,转要变化,合要渊永。"此说到明清时期很盛行,且有所发展,例如清人薛雪《一瓢诗话》曰:"人云:起要平直,戒陡顿;承要从容,戒迫促;转要变化,戒落魄;合要渊永,戒断送。起处必欲突兀,承处必不优柔;转处不致窘束,合处必不匮竭。"当然,也有对此说持排斥态度者,例如清人吴乔《围炉诗话》即认为:"凡守起承转合之法者,则同妇女足指,弓弯纤月,娱目而已。受几许痛苦束缚,作得何事?"本文认为,起承转合之说在很大程度上反映了诗文章法的基本规则,是写作律诗的重要参考,对谋篇造句有积极的启发作用,只是不可步步拘守,否则胶柱鼓瑟,作茧自缚,反而会影响佳作的

---

① 只能说是大体相当,例如八股文的破题要求必须揭示题旨,律诗的首联则未必关乎题旨。

② 八比:八股文的别称。

产生，例如从前人的创作实践看，首联的表意并非都是平直的，颈联的表意也并非都是深入变化的。下面分别谈谈律诗四联的一些基本特征和相互关系。

（一）首联

律诗的首联可以采用多种方式开头，常见的有以下几种。

1. 平淡式。平淡式指的是轻松自然地提起要表达的内容的方式。这种开头贵乎自然，从容舒缓，闲静淡雅，如闲云出岫，舒展自如。例如：

> 寒山转苍翠，秋水日潺湲。（王维《辋川闲居赠裴秀才迪》）
> 空山新雨后，天气晚来秋。（王维《山居秋暝》）
> 渡远荆门外，来从楚国游。（李白《渡荆门送别》）
> 舍南舍北皆春水，但见群鸥日日来。（杜甫《客至》）
> 蓬门未识绮罗香，拟托良媒益自伤。（秦韬玉《贫女》）
> 澹然空水带斜晖，曲岛苍茫接翠微。（温庭筠《利州南渡》）

2. 突兀式。突兀式指的是将重要内容直接和盘托出的表达方式。这种开头旨在追求豁然开朗乃至震撼的效果，如开门见山，或如风雨突起。例如：

> 吾爱孟夫子，风流天下闻。（李白《赠孟浩然》）
> 山暝听猿愁，沧江急夜流。（孟浩然《宿桐庐江寄广陵旧游》）
> 望君烟水阔，挥手泪沾巾。（刘长卿《饯别王十一南游》）
> 燕台一去客心惊，笳鼓喧喧汉将营。（祖咏《望蓟门》）

渭水自萦秦塞曲，黄山旧绕汉宫斜。（王维《奉和圣制从蓬莱向兴庆阁道中留春雨中春望之作应制》）

为人性僻耽佳句，语不惊人死不休。（杜甫《江上值水如海势聊短述》）

3. 顺序式。顺序式指的是按照事物发展顺序或诗人观察顺序依次叙说的表达方式。这种开头具有脉络清晰、因果分明的效果。例如：

太乙近天都，连山到海隅。（王维《终南山》）

故人具鸡黍，邀我至田家。（孟浩然《过故人庄》）

昔闻洞庭水，今上岳阳楼。（杜甫《登岳阳楼》）

群山万壑赴荆门，生长明妃尚有村。（杜甫《咏怀古迹五首·其三》）

王濬楼船下益州，金陵王气黯然收。（刘禹锡《西塞山怀古》）

银烛朝天紫陌长，禁城春色晓苍苍。（贾至《早朝大明宫呈两省僚友》）

4. 倒序式。倒序式指的是将人物的结局或事情的结果首先指出来的表达方式。这种开头旨在避免平铺直叙，容易引起读者的兴趣。例如：

流落征南将，曾驱十万师。（刘长卿《送李中丞归汉阳别业》）

前年戍月支，城下没全师。（张籍《没蕃故人》）

早被婵娟误，欲妆临镜慵。（杜荀鹤《春宫怨》）

昔人已乘黄鹤去，此地空余黄鹤楼。（崔颢《黄鹤楼》）

5. 议论式。议论式指的是对人或事物发表议论的表达方式。这种开头重在发表看法，表现作者的认识或论断。例如：

好雨知时节，当春乃发生。（杜甫《春夜喜雨》）

离离原上草，一岁一枯荣。（白居易《草》）

人事有代谢，往来成古今。（孟浩然《与诸子登岘山》）

三年谪宦此栖迟，万古惟留楚客悲。（刘长卿《长沙过贾谊宅》）

诸葛大名垂宇宙，宗臣遗像肃清高。（杜甫《咏怀古迹五首·其五》）

6. 抒情式。抒情式指的是一开始便直接抒发作者某种情感的表达方式。这种开头重在突出作者的思想感情，渲染气氛。例如：

天地英雄气，千秋尚凛然。（刘禹锡《蜀先主庙》）

本以高难饱，徒劳恨费声。（李商隐《蝉》）

凄凉宝剑篇，羁泊欲穷年。（李商隐《风雨》）

城上高楼接大荒，海天愁思正茫茫。（柳宗元《登柳州城楼寄漳汀封连四州刺史》）

谢公最小偏怜女，自嫁黔娄百事乖。（元稹《遣悲怀三首·其一》）

一上高城万里愁，蒹葭杨柳似汀洲。（许浑《咸阳城东楼》，一作《咸阳城西楼晚眺》）

东望望春春可怜，更逢晴日柳含烟。（苏颋《奉和春日幸望春宫应制》）

7. 交代背景式。交代背景式指的是先交代写作的时间、地点、起因、形势等要素的表达方式。这种开头有助于读者准确把握全诗的内容。例如：

城阙辅三秦，风烟望五津。（王勃《送杜少府之任蜀州》）

海上生明月，天涯共此时。（张九龄《望月怀远》）

国破山河在，城春草木深。（杜甫《春望》）

朝闻游子唱离歌，昨夜微霜初度河。（李颀《送魏万之京》）

花近高楼伤客心，万方多难此登临。（杜甫《登楼》）

去年花里逢君别，今日花开又一年。（韦应物《寄李儋元锡》）

昨夜星辰昨夜风，画楼西畔桂堂东。（李商隐《无题》）

8. 发问式。发问式指的是以提问或者自问自答起笔的表达方式。这种开头便于提起话题，引起读者注意。例如：

凉风起天末，君子意如何？（杜甫《天末怀李白》）

丞相祠堂何处寻？锦官城外柏森森。（杜甫《蜀相》）

谁家第宅成还破，何处亲宾哭复歌？（白居易《放言五首·其四》）

缀玉联珠六十年，谁教冥路作诗仙？（李忱《吊白居易》）

以上几种开头是从不同角度而言的，实际上各类之间的关系并不是严格对立的，此类完全可能兼具彼类的性质，例如顺序式同时也可能属于平淡式，抒情式同时也可能属于议论式，交代背景式同时也可能属于顺序式。

（二）颔联和颈联

颔联和颈联是律诗主题思想的继续和深化，即重心所在，故古人非常重视，名作如"千条弱柳垂青琐，百啭流莺绕建章。剑佩声随玉墀步，衣冠身惹御炉香"（贾至《早朝大明宫呈两省僚友》）、"五更鼓角声悲壮，三峡星河影动摇。野哭几家闻战伐，夷歌数处起渔樵"（杜甫《阁夜》）、"鸟去鸟来山色里，人歌人哭水声中。深秋帘幕千家雨，落日楼台一笛风"（杜牧《题宣州开元寺水阁阁下宛溪夹溪居人》）、"楼船夜雪瓜洲渡，铁马秋风大散关。塞上长城空自许，镜中衰鬓已先斑"（陆游《书愤》）等。颔联和首联要衔接好，既有联系，又不能重复，自然切入中心，这就是所谓"承"。颔联和颈联的关系总体来说是相应相避，要轻重疏密得宜，力避合掌与对开（"对开"指出句和对句的意思无联系或联系不大）。前人有颔联宜舒缓和平、颈联宜峭然峻拔的说法，意思是颔联承首联要自然，颈联的用意要生动，要起变化。例如元人杨载《诗法家数》即指出："颔联或写意，或写景，或书事、用事引证；此联要接破题，要如骊龙之珠，抱而不脱。颈联或写意、写景、书事、用事引证，与前联之意相应相避；要变化，如疾雷破山，观者惊愕。"请看以下例子：

八月湖水平，涵虚混太清。

气蒸云梦泽，波撼岳阳城。（颔联）

欲济无舟楫，端居耻圣明。（颈联）

坐观垂钓者，空有羡鱼情。

——孟浩然《望洞庭湖赠张丞相》

细草微风岸，危樯独夜舟。

星垂平野阔，月涌大江流。（颔联）

名岂文章著，官应老病休。（颈联）

飘飘何所似，天地一沙鸥。

—— 杜甫《旅夜书怀》

本以高难饱，徒劳恨费声。

五更疏欲断，一树碧无情。（颔联）

薄宦梗犹泛，故园芜已平。（颈联）

烦君最相警，我亦举家清。

——李商隐《蝉》

花近高楼伤客心，万方多难此登临。

锦江春色来天地，玉垒浮云变古今。（颔联）

北极朝廷终不改，西山寇盗莫相侵。（颈联）

可怜后主还祠庙，日暮聊为《梁甫吟》。

——杜甫《登楼》

王濬楼船下益州，金陵王气黯然收。

千寻铁锁沉江底，一片降幡出石头。（颔联）

人世几回伤往事，山形依旧枕寒流。（颈联）

今逢四海为家日，故垒萧萧芦荻秋。

——刘禹锡《西塞山怀古》

去年花里逢君别，今日花开又一年。

世事茫茫难自料，春愁黯黯独成眠。（颔联）

身多疾病思田里，邑有流亡愧俸钱。（颈联）

闻道欲来相问讯，西楼望月几回圆。

——韦应物《寄李儋元锡》

　　这些用例基本符合前人的说法，其中颔联多数是写景，颈联是写人事变化，或是抒情议论，和颔联相比，颈联的内容明显起了变化，有所深入。不过，根据本文的观察，颔联和颈联的这种关系特点只是诗家理想的一种效果，事实上许多颔联和颈联的意思、语势是平等的，看不出有多大差别。例如：

　　　　　寒山转苍翠，秋水日潺湲。

　　　　　倚杖柴门外，临风听暮蝉。（颔联）

　　　　　渡头馀落日，墟里上孤烟。（颈联）

　　　　　复值接舆醉，狂歌五柳前。

　　　　　　　　——王维《辋川闲居赠裴秀才迪》

　　　　　渡远荆门外，来从楚国游。

　　　　　山随平野尽，江入大荒流。（颔联）

　　　　　月下飞天镜，云生结海楼。（颈联）

　　　　　仍怜故乡水，万里送行舟。

　　　　　　　　——李白《渡荆门送别》

　　　　　群山万壑赴荆门，生长明妃尚有村。

　　　　　一去紫台连朔漠，独留青冢向黄昏。（颔联）

　　　　　画图省识春风面，环佩空归月夜魂。（颈联）

　　　　　千载琵琶作胡语，分明怨恨曲中论。

　　　　　　　　——杜甫《咏怀古迹五首·其三》

　　　　　谢公最小偏怜女，自嫁黔娄百事乖。

　　　　　顾我无衣搜画箧，泥他沽酒拔金钗。（颔联）

　　　　　野蔬充膳甘尝藿，落叶添薪仰古槐。（颈联）

　　　　　今日俸钱过十万，与君营奠复营斋。

　　　　　　　　——元稹《遣悲怀三首·其一》

这些例子中的颔联和颈联要么都是写景或叙述，要么都是发表议论，谈不上有什么起伏变化。

（三）尾联

尾联虽不是诗意的重心，但往往起着总结全诗或画龙点睛的作用，许多名句都出自尾联，例如"会当凌绝顶，一览众山小"（杜甫《望岳》）、"出师未捷身先死，长使英雄泪满襟"（杜甫《蜀相》）、"苦恨年年压金线，为他人作嫁衣裳"（秦韬玉《贫女》）、"人生自古谁无死，留取丹心照汗青"（文天祥《过零丁洋》）。尾联的取意大体上可以分为两种。一种是通过议论或抒情深化主题，使诗意进一步升华，以上用例即属这一类。又如：

无人信高洁，谁为表予心？（骆宾王《在狱咏蝉》）
谁能将旗鼓，一为取龙城。（沈佺期《杂诗三首·其三》）
薄暮空潭曲，安禅制毒龙。（王维《过香积寺》）
共看明月应垂泪，一夜乡心五处同。（白居易《自河南经乱，关内阻饥，兄弟离散，各在一处。因望月有感，聊书所怀，寄上浮梁大兄、於潜七兄、乌江十五兄，兼示符离及下邽弟妹》）
茂陵不见封侯印，空向秋波哭逝川。（温庭筠《苏武庙》）

另一种是诗意的自然结束，尽量做到合情合理，且有韵味。避免生硬平庸、过度渲染或妄发议论，与主题失去关联。例如：

无为在歧路，儿女共沾巾。（王勃《送杜少府之任蜀州》）
回看射雕处，千里暮云平。（王维《观猎》）

欲投人处宿，隔水问樵夫。（王维《终南山》）

待到重阳日，还来就菊花。（孟浩然《过故人庄》）

又送王孙去，萋萋满别情。（白居易《草》）

即从巴峡穿巫峡，便下襄阳向洛阳。（杜甫《闻官军收河南河北》）

肯与邻翁相对饮，隔篱呼取尽余杯。（杜甫《客至》）

共沐恩波凤池上，朝朝染翰侍君王。（贾至《早朝大明宫呈两省僚友》）

文章已满行人耳，一度思卿一怆然。（李忱《吊白居易》）

前人认为好的尾联应做到言已尽而意无穷，事实则是，有些尾联可以做到，有些则很难做到。所以说如何写好尾联，要根据诗的具体内容而定，不必一概而论。

二　律诗的意境

意境是指文艺作品中表现出来的情调和境界，也就是想象空间。"意"的含义包括"情和理"，"境"的含义包括"形和神"。简单地说，意境包含"写景"和"抒情"二事。好的写景，能将客观事物形象逼真地再现出来，诱发和扩大人们的想象空间。好的抒情，能将人的思想情感充分感人地抒发出来，令读者产生共鸣。而且写景要带着感情，抒情要以写景为基础，两者相互依存，相互渗透，做到情景交融，虚实相生，所谓"景无情不发，情无景不生"（范晞文《对窗夜语》）。王国维先生指出："大家之作，其言情也必沁人心脾，其写景也必豁人耳目。其辞脱口而出，无矫揉装束之态。"（王国维《人间词话·卷上》）此以杜甫《蜀相》为例，前四句"丞相祠堂何处寻，锦官城外柏森森。映阶碧草自春色，隔叶黄鹂空好音"为写景，同时字字带着深厚的情感。后四句"三顾频烦天下计，两朝开济老臣心。出师未捷身先死，长使英雄泪满襟"为抒情，句句都是在写景的基础上抒发其崇敬之情。再看刘长卿《长沙过贾谊宅》，前四句"三年谪宦此栖迟，万古惟留楚客悲。秋草独寻人去后，寒林空见日斜时"主要也是写景，但句句充满深情。后四句"汉文有道恩犹薄，湘水无情吊岂知？寂寂江山摇落处，怜君何事到天涯"为抒情，在前文写景的基础上而发，并照应了前文。除了写景抒情，好的意境至少还应顾及以下四个方面。

首先，表意清楚，切忌晦涩艰深或言不及义。在表意方面，宋人严羽主张："意贵透彻，不可隔靴搔痒。语贵脱洒，不可拖泥带水。"（《沧浪诗话·诗法》）可谓抓住了诗法的钤键。王国维提出了"隔"与"不隔"之说。所谓"不隔"，就是做到了清楚明白，塑造的艺术形象具体鲜明，生动传神，不假雕饰，浑然天成。所谓"隔"，就是未做到清楚明白，或堆砌辞藻，矫揉造作，境界浅俗，或东拉西扯，不着边际，给人雾里观花之感。他说："问隔与不隔之别，曰：陶谢之诗不隔，延年则稍隔矣。东坡之诗不隔，山谷则稍隔矣。'池塘生春草''空梁落燕泥'等二句，妙处唯在不隔。词亦如是。即以一人一词论，如欧阳公《少年游》咏春草上半阕云：'阑干十二独凭春，晴碧远连云。二月三月，千里万里，行色苦愁人。'语语都在目前，便是不隔。至云'谢家池上，江淹浦畔'，则隔矣。"（王国维《人间词话·隔与不隔》）这里再看几例：白居易《草》："离离原上草，一岁一枯荣。野火烧不尽，春风吹又生。远芳侵古道，晴翠接荒城。又送王孙去，萋萋满别情。"李商隐《登乐游原》："向晚意不适，驱车登古原。夕阳无限好，只是近黄昏。"杜甫《闻官军收河南河北》："剑外忽传收蓟北，初闻涕泪满衣裳。却看妻子愁何在，漫卷诗书喜欲狂。白日放歌须纵酒，青春作伴好还乡。即从巴峡穿巫峡，便下襄阳向洛阳。"李白《赠汪伦》："李白乘舟将欲行，忽闻岸上踏歌声。桃花潭水深千尺，不及汪伦送我情。"无不篇篇明白，句句如话。

其次，含蓄有致，不可过于直白。宋人张表臣《珊瑚钩诗话》："篇章以含蓄天成为上，破碎雕镂为下。如杨大年西崑体，非不佳也，而弄斤操斧太甚，所谓七日而混沌死也。以平夷恬淡为上，怪险蹶趋为下，如李长吉锦囊句，非不奇也，而牛鬼蛇神太甚，所谓施诸廊庙则骇矣。"宋人魏庆之《诗人玉屑》引《漫斋语录》："诗文要含蓄不露，便是好处。古人说雄深雅健，此便是含蓄不露也。用意十分，下语三分，可几风雅；下语六分，可追李杜；下语十分，晚唐之作也。用意要精深，下语要平易，此诗人之难。"所谓含蓄就是内容有深意而不尽露，"不着一字，尽得风流"（司空图《二十四诗品·含蓄》）。所谓有致就是有味道，耐人咀嚼。只有含蓄有致，才能余韵隽永，言已尽而意无穷。含蓄不等于"隔"。"隔"是话没说清楚，总觉得隔着一层，捉摸不透。"含蓄"的意思很清楚，只是未尽说出，令人一想就明白，甚至留下无限的想象空间。试看刘禹锡《春词》：

新妆宜面下朱楼，深锁春光一院愁。

行到中庭数花朵，蜻蜓飞上玉搔头。

"新妆"句表现了宫女的美貌和身份，"深锁"句表现了宫女对囚禁般后宫生活和青春流逝的怨恨，"行到"句表现了宫女的无聊，"蜻蜓"句表现了宫女如花的容貌和粉香。全诗对宫女的美貌、痛苦、怨恨和寂寞无聊未着一字，但只要稍加联想，这些内容就会一一展现，令人回味无穷。又如杜牧《秋夕》：

银烛秋光冷画屏，轻罗小扇扑流萤。

天阶夜色凉如水，卧看牵牛织女星。

这也是一首写宫女的诗。"银烛"句字面上是说秋夜宫女卧室中烛光月影一并映照在清冷的屏风上，实际上反映了宫女居处的冷清；"轻罗"句字面上是说宫女用小扇扑赶流萤，实际上反映了宫女居住环境不佳，秋凉无须用扇，宫中也不该有流萤，现在却用小扇驱赶流萤，说明宫女住在潮湿易生草虫的地方。另外古诗常以秋扇喻弃妇，故此句同时也暗示了宫女被遗忘冷落的命运。"天阶"句字面上是交代地点、时间和气温，实际上是在暗示宫中生活的冷酷无情。"卧看"句字面上写宫女看牵牛织女星，实际上暗示了宫女对爱情生活的向往。全诗表面上不动声色，看似很轻松，但只要稍加思索，便会从字里行间中感受到宫女悲惨凄凉的境遇以及失落、孤寂、无奈、渴望自由幸福的心境。所谓"用意十分，下语三分"。正如清人贺裳《载酒园诗话》所指出的："此诗全写凄凉，反多含蓄。"

　　第三，语言形象，切记抽象说理。所谓语言形象就是要将事物通过诗句真切、具体、生动地表现出来，使读者能够通过字面看到事物真实可感的面貌，而非空洞的说理或口号。许多名诗都是因为语言形象而达到了使人过目不忘、流传千古的效果。例如王维《辋川闲居赠裴秀才迪》，几乎每句都是一幅形象鲜明的画面。再看李白《送孟浩然之广陵》："故人西辞黄鹤楼，烟花三月下扬州。孤帆远影碧空尽，惟见长江天际流。"通过"烟花三月""孤帆远影碧空尽，惟见长江天际流"的具体描写，让读者看到了江南春色以及友人已乘船远去而诗人仍伫立目送的动人情景。宋诗为何不及唐诗？原因之一就是说理过多，语言的形象性远逊于唐人。请看以下两首诗的比较：

> 天街小雨润如酥，草色遥看近却无。
>
> 最是一年春好处，绝胜烟柳满皇都。
>
> ——韩愈《早春呈水部张十八员外二首·其一》
>
> 胜日寻芳泗水滨，无边光景一时新。
>
> 等闲识得东风面，万紫千红总是春。
>
> ——朱熹《春日》

　　同样是描写春天，韩诗侧重形象的刻画，而朱诗侧重议论。在韩诗中我们看到了初春"小雨润如酥，草色遥看近却无"的真切画面，而在朱诗中，我们除了笼统的"万紫千红"外，具体的春景什么也没看到。再看李白与苏轼两首七绝的比较：

日照香炉生紫烟，遥看瀑布挂前川。

飞流直下三千尺，疑是银河落九天。

——李白《望庐山瀑布》

横看成岭侧成峰，远近高低各不同。

不识庐山真面目，只缘身在此山中。

——苏轼《题西林壁》

同样是写庐山的诗，李诗重在形象的表现，四句均写景，日光下香炉峰瀑布的景色具体逼真；苏诗则重在议论，只有前两句在写景，且形象不够具体，用于表现其他山峰如华山、黄山也无不可。

第四，构思巧妙，避免平淡无奇，落入俗套。构思包括全诗布局、词语搭配、主题表现、炼字炼句等，都应求新求奇。凡是意境好的诗，首先是构思好，作者在这方面肯定下了很大工夫，只是读者不知道而已。古人所谓"两句三年得，一吟双泪流"，主要就难在构思。有些诗的构思表面上看很简单，其实并不简单，可能经过了许多推敲才呈现在读者面前。例如李白《静夜思》："床前明月光，疑是地上霜。举头望明月，低头思故乡。"看起来自然平淡，如话家常，其实构思很巧妙，妙就妙在把思乡背景设在月夜床前，并且用"低头"和"抬头"对应，瞬间转换，以加深思乡的情绪，如此极易引起读者的共鸣。前人写望月思乡的诗篇无数，但通过抬头、低头进行情景转换深化主题的仅此一首。再如：

春江一曲柳千条，二十年前旧板桥。

— 321 —

曾与美人桥上别，恨无消息到今朝。

——刘禹锡《杨柳枝》

去年今日此门中，人面桃花相映红。

人面不知何处去，桃花依旧笑春风。

——崔护《题都城南庄》

别梦依依到谢家，小廊回合曲阑斜。

多情只有春庭月，犹为离人照落花。

——张泌《寄人》

　　这三首诗都是怀念美人的，构思各不相同，但都很巧妙。刘诗是通过目睹"春江"触发对二十年前的回忆以表现诗人的念念不忘和痛苦。崔诗是通过"人面桃花"和"人面不知何处去"与"桃花依旧笑春风"的对比以表现女子的美丽和诗人的思念与遗憾。张诗是通过"别梦依依"和"春庭月"的多情以表现诗人的怀念之深和无限惆怅。三者构思的共同点是都把思念时间放在了最易引起人们情感触动的春天。不同点是刘诗采用了倒叙手法，且设置的时间跨度大，虽然过去了二十年，但"恨无消息到今朝"，说明年年都在思念，年年都在等待消息却毫无结果，恨憾之情可想而知。崔诗重在对比，去年与今年对比，人面与桃花对比，特别是"桃花依旧笑春风"一语，既表现了春天桃花盛开的美好，更反衬了诗人与美人失之交臂的无奈和失落。张诗则是采用了拟人化的写法，且把寻访时间放在梦中的月夜，给人感觉是夜夜都在思念，魂牵梦绕。

主要参考文献

陈超敏：《沧浪诗话评注》，上海三联书店 2013 年版。

（清）冯班撰，（清）何焯评：《钝吟杂录》，李鹏点校，中华书局 2013 年版。

（清）何文焕辑：《历代诗话》，中华书局 2004 年版。

刘坡公：《学诗百法》，上海古籍出版社 1983 年版。

（宋）欧阳修、司马光撰，克冰评注：《六一诗话　温公续诗话》，中华书局 2014 年版。

滕咸惠：《人间词话校注》，齐鲁书社 1986 年版。

王闻点校：《诗人玉屑》，中华书局 2007 年版。

（清）翟灏撰，颜春峰点校：《通俗编　附直语补正》，中华书局 2013 年版。

文言文作法漫谈

文言文作为书面语虽然早已成为历史，但直到今天，在某些场合仍然发挥着重要作用，例如祭文和碑文，如果采用白话文，就会大为逊色。再如，近年来出现了不少敷写城市的新赋，说明赋这种文体直到今天还有一定的生命力。和白话文相比，文言文最重要的特点是凝练、含蓄、典雅、高古，其特有的表达效果不是白话文可以替代的。例如乐毅《报燕王书》"臣闻：古之君子，交绝不出恶声；忠臣之去也，不洁其名"一语，如果换成白话"我听说：古代的君子，断绝关系后不说对方的坏话；忠臣被罢免离开朝廷时，不标榜自己的名声"，原文典雅高古的特点就没有了。又如唐人张说《让中书令表》"乞回荣授，改择时髦"，如果换成白话"请收回让我倍感荣幸的任职命令，重新选用当代杰出的人才吧"，原文凝练含蓄的特点就看不到了。再如"履新""述职""出马""椿萱并茂""别来无恙乎"一类话，如果换成现在的说法"担任新的职务""向主管部门汇报工作""出面""父母身体都好""近来身体还好吧"，原文简洁古雅的效果就减弱了。其中"迩来无恙乎"更不可以用"近来没有病吧"的话去替换，否则别人就不敢领教了。下面就文言文写作谈几点不成熟的看法，仅供读者参考。

一　表达清楚明白，力避晦涩窒碍

王国维在《人间词话》中把诗词表意显豁叫作"不隔"，把表意朦胧叫作"隔"。用这种说法衡量散文，清楚明白的文章就是"不隔"，而晦涩窒碍的文章就是"隔"。优秀的文言作品，表达无一不是清楚明白的，例如李斯《谏逐客书》、贾谊《过秦论》、晁错《论贵粟疏》、东方朔《答客难》、扬雄《解嘲》、诸葛亮《出师表》、李密《陈情表》、王羲之《兰亭集序》、陶渊明《桃花源记》《五柳先生传》、李白《与韩荆州书》、李华《吊古战场文》、韩愈《师说》《进学解》、柳宗元《钴鉧潭西小丘记》、刘禹锡《陋室铭》、杜牧《阿房宫赋》、范仲淹《岳阳楼记》、欧阳修《醉翁亭记》《秋声赋》、周敦颐《爱莲说》、王安石《答司马谏议书》《游褒禅山记》、苏轼《赤壁赋》，等等。即使像《尚书》《左传》这类文献，在其产生的时代，也是清楚明白的，只是由于年代久远，语言发生了变化，所以我们今天才感到艰涩难懂。凡是读过《毛泽东选集》的人，应当知道其中每一篇都写得清楚明白，包括哲学著作，如《论持久战》《论联合政府》《矛盾论》《实践论》《在延安文艺座谈会上的讲话》等，至于像"老三篇"就更不用说了，这是毛泽东取得成功的重要原因之一。文章的高深和晦涩是两码事。有些人误把晦涩当高深，事实上，清楚明白的文章远比晦涩窒碍的文章难写。前者既要有好的立意，又要有严密的逻辑、层次分明的布局和准确清晰生动的语言，所以需要反复推敲，揣摩布局，炼意炼字，惨淡经营。后者不在取意、逻辑、布局和语言表达方面下大功夫，往往立意不明、条理不清而不自知，语无诠次、言不及义而自以为是，乱用古词或自造生词而故作高深，所以省力得多。这就像画人画鬼一样，画人要讲规则，有现实的人作比较，故难；画鬼不讲规则，没有现实的鬼作比较，故易。凡是自己费力写成的文章，读者读起来就容易，凡是自己轻易草就的文章读者读起来就费力，所以宁可自己费力劳神，而不要让读者费力吃苦。

二 务求精要简洁，切忌臃肿冗长

文言最重要的特点之一是精要简洁，例如上节所举的文章莫不如此。精要简洁不等于内容缺少。好的文章，既言简，又意赅，所谓"辞约而旨丰，事近而喻远"（《文心雕龙·宗经》）。要做到言简意赅并非易事，需要具备一定的鉴别识断能力，并作认真的布局和剪裁，忍痛割爱。古代文学批评家和文学家在这方面作了很好的研究和实践，例如刘勰《文心雕龙·镕裁》上说："思赡者善敷，才覈者善删。善删者字去而意留，善敷者辞殊而意显。……夫美锦制衣，修短有度，虽玩其采，不倍领袖……"韩愈《答李翊书》上说："惟陈言之务去。"学习文言写作的人，最易在简繁两方面都处理不当：文简者或内容缺失，或语脉中断。例如写山水游记，尚未作必要的景物描写就大发感慨，令人不知所指，莫名其妙。或全是景物描写而缺乏必要的议论，导致文章像记流水账，没有升华。文长者或拖沓重复，或横生枝节。例如写城市赋，不管文意和语势是否需要，一味堆砌辞藻，不加剪裁，企图以赘词冗句求胜。或将历史和现实中的事物都写进去，好像是在做资料统计工作，生怕有遗漏，导致文意松散，主题不集中，可读性大大降低。古文中有许多行文简洁的范例，历来为人称道，影响深远，值得借鉴，例如《春秋·僖公十六年》"十有六年春正月戊申朔，陨石于宋五"、《左传·桓公元年》"宋华父督见孔父之妻于路，目逆而送之，曰：'美而艳'"、《左传·哀公十四年》"陈成子惮之，骤顾诸朝"，等等。清人郑板桥以"删繁就简三秋树，领异标新二月花"这副对联为比喻，形象、生动地说明了做事或为文贵在简洁创新。

三 兼顾铺叙议论，布设轻重合度

无论是山水游记、人物传状还是杂记、赋铭之类的文章，往往都由铺叙（包括写景）、议论两部分构成。即使是论辩类的文章，也需要先提出一定的事实作为根据。这在白话、文言都是一样的，初学文言写作者务必重视布局，设模以位理，拟地以置心，使之长短得宜，轻重合度。假如没有铺叙，议论就失去了依据；假如没有议论，文章就得不到升华。例如杜牧的《阿房宫赋》，前面不惜笔墨对阿房宫的奢华进行渲染，实际上是为后面的议论服务的。议论得出了"灭六国者，六国也，非秦也。族秦者，秦也，非天下也"的结论，同时向当政者发出了"使六国各爱其人，则足以拒秦。秦复爱六国之人，则递三世可至万世而为君，谁得而族灭也？秦人不暇自哀而后人哀之。后人哀之而不鉴之，亦使后人而复哀后人也"的奉告，使文章具有了强烈的警策作用。又如《岳阳楼记》，如果没有前三段的铺叙，后一段的议论便成了无的放矢；如果没有后一段的议论，提炼出"先天下之忧而忧，后天下之乐而乐"的思想，则该文仅成了一篇写景之作，不可能产生巨大的影响。再如欧阳修《五代史伶官传序》一文，是针对《五代伶官传》写的一篇议论。即使这篇纯议论的文章，也是由铺叙和议论两部分组成的：前三段简要叙写后唐国君李存勖如何奋志兴国以及又如何宠信伶人导致身死国灭的历史，后一段发表议论，内容如下：

《书》曰："满招损，谦得益。"忧劳可以兴国，逸豫可以亡身，自然之理也。故方其盛也，举天下之豪杰莫能与之争；及其衰也，数十伶人困之而身死国灭，为天下笑。夫祸患常积于忽微，而智勇多困于所溺，岂独伶人也哉？

这段议论得出的历史教训足以令人震撼，"忧劳可以兴国，逸豫可以亡身""祸患常积于忽微，而智勇多困于所溺"已成为名言，具有深刻的普遍意义。

除了纯粹的议论文，铺叙在散文中所占的比例一般都比较大，而议论所占的比例很小。议论所起的作用是画龙点睛，提炼思想，升华主题，故点到为止。不可信马由缰，漫无边际地写下去，否则就破坏了文体，把散文写成了议论文。再说议论过多，空话连篇，缺乏思想，读者也是不买账的。从实践来看，一些初学者所写的山水游记，往往用很大的篇幅进行议论，记叙写景的文字却很少，寥寥数语，空泛无物，这是不可取的，应多借鉴柳宗元《永州八记》的写法。

四　取法经典，笔耕不辍

文言文作为书面语早已成为历史，所以一般学子除了学习理论知识外，是没有文言文写作实践的。没有写作实践，自然不会有写作经验，包括立意、谋篇、语法、辞藻和造句的写作技巧以及形成风格的艺术。在这种情况下，要想在短期内写好文言文是不可能的，这就好像学习了一些游泳知识而没有下过水、领教了一些驾驶技术而没有摸过方向盘一样。所以初学写文言文，难免意寡言拙，理乖词穷，生搬硬凑，或才不逮意，东拉西扯，顾此失彼。解决的方法除了上述几点外，还有一个方面就是老老实实地多读古人的典范作品，向古人讨教，向经典学习，有疑难多从古人的作品中找答案，且勿闭门造车，自以为是，使用前人罕用的僻词冷语，或者生造除了自己谁也不懂的词语。同时要养成勤以动笔、不断推敲、勇于反思和修改的习惯。好文章一定是在无数写作实践的基础上形成的，所谓"宝剑锋从磨砺出，梅花香自苦寒来"。一个人如果从不操觚搦管，一夜之间就能写出好文章的事是不会有的。

纵观古今中外，凡是文章妙手，无一不酷爱读书，取法经典，善于借鉴。以汉代贾谊和唐代王勃为例，虽然他们二三十岁即英年早逝，但其文章深邃老辣，含英咀华，千古不朽。究其原因，无疑首先取决于他们的深厚学养和写作经验。深厚学养来自苦读积学和思想修炼，写作经验来自坚持不懈的写作实践，舍此而外，别无他途，如果仅凭天赋绝不可能取得如此成就。韩愈在《答李翊书》中论及自己的写作经验时指出："虽然，不可以不养也，行之乎仁义之途，游之乎《诗》《书》之源，无迷其途，无绝其源，终吾身而已矣。"以韩愈这样的古文大师，尚且时刻不忘学习经典，效法古贤，补充营养，终身不懈，况他人乎？

文言文的写作技巧很多，重点无非立意、谋篇和辞藻三事，立意要高古，谋篇要严谨，辞藻要典雅。此三事也正是操翰者所难的，于青年学子尤感棘手，因为青年人涉世未深，阅读有限，思想一般比较稚嫩，但是只要多读经典，不断从中汲取营养，扩大视野，借鉴技巧，积累词汇，提高认识能力，并经常运用于创作实践，就能解决好这三个问题。常言道："熟读唐诗三百首，不会作诗也会吟。"文言文写作也是一样，如果能熟读《古文观止》，甚而能背诵许多文章，就有了很好的写作基础，久而久之，古人立意、谋篇、用词的技巧就会潜移默化于我们的头脑，并自觉投射到写作实践中。

五 家国情怀，忧患意识

文言文写作和白话文写作一样，其内容应积极反映社会现实，讴歌祖国的大好山河和生活中真善美的人和事，同时要揭露和批判现实中假丑恶的不良现象，帮助社会向正确的方向发展。这就需要作者富有家国情怀、忧患意识，肩负社会责任，关注社会现实，侧身践行；而不应脱离现实，无视眼前发生的重要事件，使作品远离社会，局限于个人生活琐事，趣味低俗。这一点看起来和写作技巧关系不大，实际上联系密切，因为写作技巧取决于思想认识，认识超迈，见解卓越，技巧自然会如影随形，就像赛跑一样，跑得快的人，其动作要领自然正确得法。刘勰所谓"根柢槃深，枝叶峻茂"（《文心雕龙·宗经》），韩愈所谓"养其根而俟其实，加其膏而希其光。根之茂者其实遂，膏之沃者其光晔，仁义之人，其言蔼如也。……气，水也；言，浮物也。水大而物之浮者小大毕浮。气之与言犹是也。气盛，则言之短长与声之高下皆宜"（《答李翊书》），都讲的是这个道理。试看传世名作，无一不和国家社会民生息息相关。无论屈原、司马迁、班固、曹操、韩愈、柳宗元，还是李白、杜甫、白居易、范仲淹、王安石、苏轼、陆游、辛弃疾等，这些巨匠之所以能够写出穿越历史的伟大作品，首先在于他们具有家国情怀和忧患意识，胸怀天下，关注民生，精神博大，思想卓越。

附　录

附录一 作者手迹

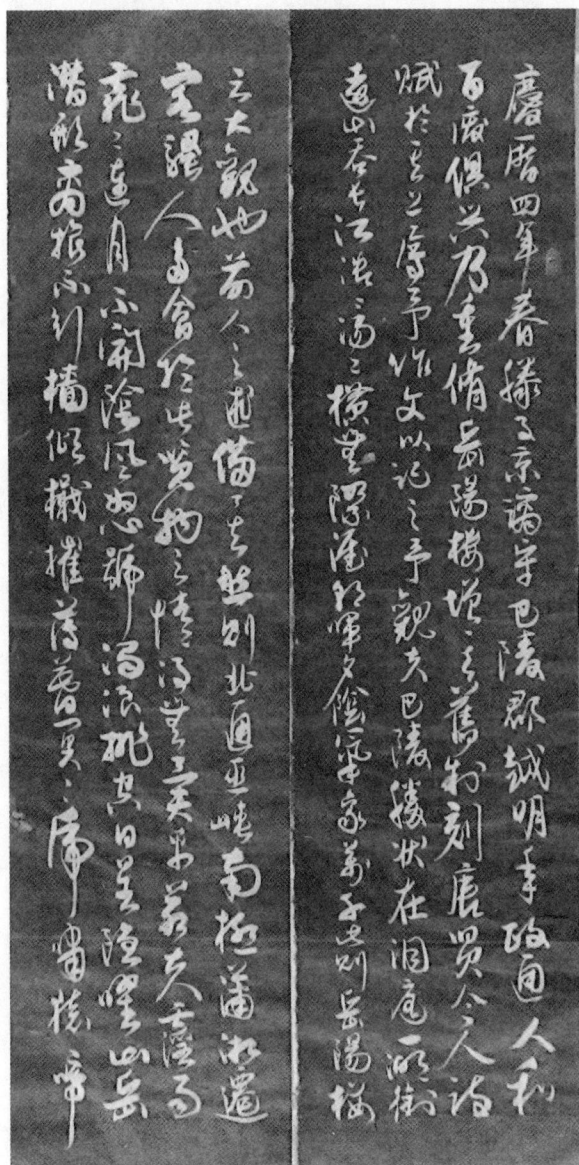

庆历四年春，滕子京谪守巴陵郡。越明年，政通人和，百废俱兴，乃重修岳阳楼，增其旧制，刻唐贤今人诗赋于其上。属予作文以记之。予观夫巴陵胜状，在洞庭一湖。衔远山，吞长江，浩浩汤汤，横无际涯。朝晖夕阴，气象万千。此则岳阳楼之大观也，前人之述备矣。然则北通巫峡，南极潇湘，迁客骚人，多会于此，览物之情，得无异乎？若夫淫雨霏霏，连月不开，阴风怒号，浊浪排空，日星隐曜，山岳潜形，商旅不行，樯倾楫摧，薄暮冥冥，虎啸猿啼。登斯楼也，则有去国怀乡，

登斯楼也，则有去国怀乡，忧谗畏讥，满目萧然，感极而悲者矣。

至若春和景明，波澜不惊，上下天光，一碧万顷；沙鸥翔集，锦鳞游泳；岸芷汀兰，郁郁青青。而或长烟一空，皓月千里，浮光跃金，静影沉璧，渔歌互答，此乐何极！

登斯楼也，则有心旷神怡，宠辱偕忘，把酒临风，其喜洋洋者矣。

嗟夫！予尝求古仁人之心，或异二者之为，何哉？不以物喜，不以己悲；居庙堂之高则忧其民；处江湖之远则忧其君。是进亦忧，退亦忧。然则何时而乐耶？其必曰：先天下之忧而忧，后天下之乐而乐欤！噫！微斯人，吾谁与归？

范仲淹　岳阳楼记　庚子之夏　胡崇顺书

寒泉汲试新藏墨
高阁重温旧读书

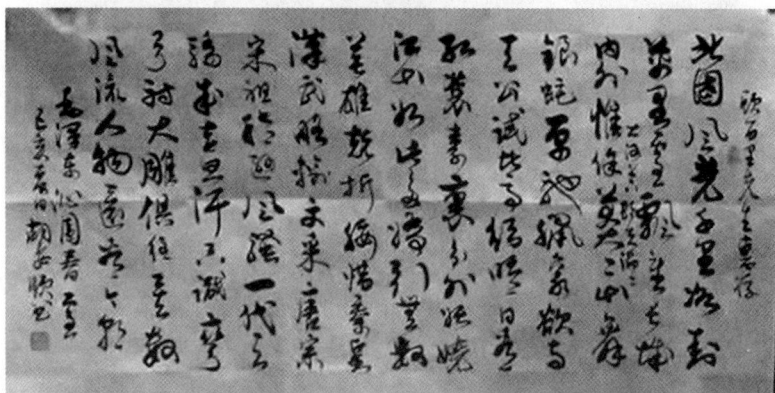

附录二　作者所撰对联、碑文照片

一　2000 年参与撰写澳门回归黄帝陵立纪念碑碑文之照片

澳门回归纪念碑、黄帝陵立碑纪念鼎
新闻发布图片

澳门回归纪念碑　摄影：陈海洋　　　澳门回归纪念碑文　摄影：李　铠

陕西省海外联谊會
SHAANXI ASSOCIATION FOR
FRIENDSHIP WITH CHINESE OVERSEAS
中国·西安市建国路信义巷14號　邮编：710001
TEL:7212720 7273914　　FAX:(029)7212778

胡安顺教授：

　　感谢您积极参与黄帝陵立澳门回归纪念碑活

动，您为这项活动起草的纪念碑文受到大家好评，

现寄去这次活动的正式碑文照片和澳门回归纪念碑

照片。同时，为了表示我们的谢意，特寄去人民币500

元，请查收。

　　夏安！

陕西省海外联谊会

2000年5月30日

二 2001年清明节公祭黄帝所撰对联照片

三 《长影世纪村记》立碑照片

四　《关中民俗艺术博物院记》刻碑照片

附录三　先师李葆瑞教授诗选

李葆瑞先生，东北师范大学中文系教授，著名语言学家罗常培先生之高足。1982 年春，余有幸亲炙先生门庭以为徒。先师业兼语言文学，且精通书法诗词之道。1983 年秋，予求先师赐字以为留念，得蒙慨允，继以硬笔书其律诗十余首相赠，予喜不自禁。又，1983 年秋，适值 1981 级研究生访学伊始，先师命余等拜访其同窗马学良、周祖谟、陈奇猷、刘禹昌诸先生，由青年教师闫玉山师带队。先师以毛笔书函介绍，吾等持以面呈，惜几经周折而未能与刘先生谋面，是故先师之函由吾保留至今，虽有所憾，亦有所幸，非唯吾等弟子得睹先师书法之灿然真迹，亦使诸后学晚辈可见前辈学者之国学功力。先师出身富家，骨鲠而谨行，守道君子；师承名门，博通而慎言，大音希声。诗如其人，字如其人。三十余年过去，虽先师早已魂归道山，墓木已拱，然音容宛在，手泽如新。今借拙著出版之际，特将先师诗作及手迹附录于此，以志感念轸怀之情。乙亥年秋日，及门弟子胡安顺谨识。

虎 丘

古阊门外湧奇峰，断壁悬崖看不穷。

季札为民何必让，阖庐图霸自需争。

沉潭久饮青萍恨，守塚深诬白虎情。

话到桑沧今胜昔，石徒也似点头听。

1974 年 12 月作于苏州。

六和塔

傍水依山气势雄，攀登直上最高层。

江天漠漠群帆小，云气茫茫一线通。

岂有子胥吹浪起，何劳吴越射潮平。

英雄还属今朝胜，勿负桥头血染红。

孤 山

白堤尽处是孤山，乘兴攀登未觉难。

放眼平湖波万顷，追怀往事语当年。

残梅有意留疏影，野鹤无踪望夕烟。

便使林翁今尚在，也应不再厌人间。

岳 坟

古木森森绕殿堂，棲霞岭下里湖旁。

昔年高塚寻无迹，此日残梅尚有香。

报国空余慈母恨，撼山徒诩岳家强。

千秋功过纷纭事，留与来人细考量。

又

坟坛翁仲两无留，古木藏莺啼未休。

万里河山存正气，流传何用土馒头。

林逋墓遗址

放鹤亭边石柱间，孤坟旧迹尚依然。

暗香疏影今犹昔，莫负芳时恨逝川。

秋瑾墓遗址和风雨亭

西泠桥畔立斜阳，碧草犹存义骨香。

泉下英灵堪告慰，秋风秋雨化春光。

虎跑道济塔遗址

碎塔残碑委草丛，依稀识得济公名。

西园犹有癫僧像，笑脸迎人宛似生。

苏　堤

十里清波卧彩虹，绯桃碧柳斗东风。

望山桥下船来往，坐听酣歌笑语声。

飞来峰

雕镂营建待人材，佳木犹须众手栽。

寄语世人齐奋斗，奇峰何日更飞来。

紫云洞

棲霞古洞早闻名，室宇恢弘拟殿庭。

漫道浮生真若梦，满堂紫气兆前程。

　　　　　　　　洞中刻有"浮生若梦"四字。

杭　州

不计衰年尚远行，武林佳胜久关情。

平湖泛艇疑天上，曲径寻幽似画中。

为探奇观登鸟道，搜求遗迹辨碑铭。

湖山为我增豪气，重整精神献此生。

　　　　　　　　以上各诗1975年3月作于杭州。

海龙水库

小楼傍水复依山，不尽波光远接天。

云散四围诸嶂秀，风平一镜数峰悬。

湖心舟过惊鱼跃，坝上人归止鸟喧。

万顷良田铺碧毯，稻花香里兆丰年。

1978 年 7 月作于海龙县。

和马伯煌

鸡鸣风雨旧相知，三十年来忆往时。

正值江南春似锦，重逢沪上夜吟诗。

羡君意气雄犹昔，笑我消沉悔未迟。

珍惜夕阳无限好，加鞭老骥共飞驰。

附马伯煌原诗

平生患难几相知，垂老重逢忆旧时。

京国才华空话虎，汉园风趣喜谈诗。

波翻云诡扁舟稳，蝶舞蜂狂老菊迟。

盛世河山开四化，据鞍顾盼志犹驰。

题小照

坐拥书城老兴浓，平生不辱亦无荣。

纵横宇宙神犹健，俯仰乾坤道不穷。

身似禾苗沾夏雨，心随桃李笑春风。

长河我且添新露，日夜奔流永向东。

以上各诗 1979 年作于上海。

病中作

无端扑动来方寸，遂使劳生尽日闲。

岂恤寒姿行化土，方期星火更燎原。

华山晓日含佳气，渤海长风卷巨澜。

待得神州花似锦，莺歌燕语伴春眠。

1980 年 5 月作于东北师范大学校医院。

附录四　先师李葆瑞教授手迹

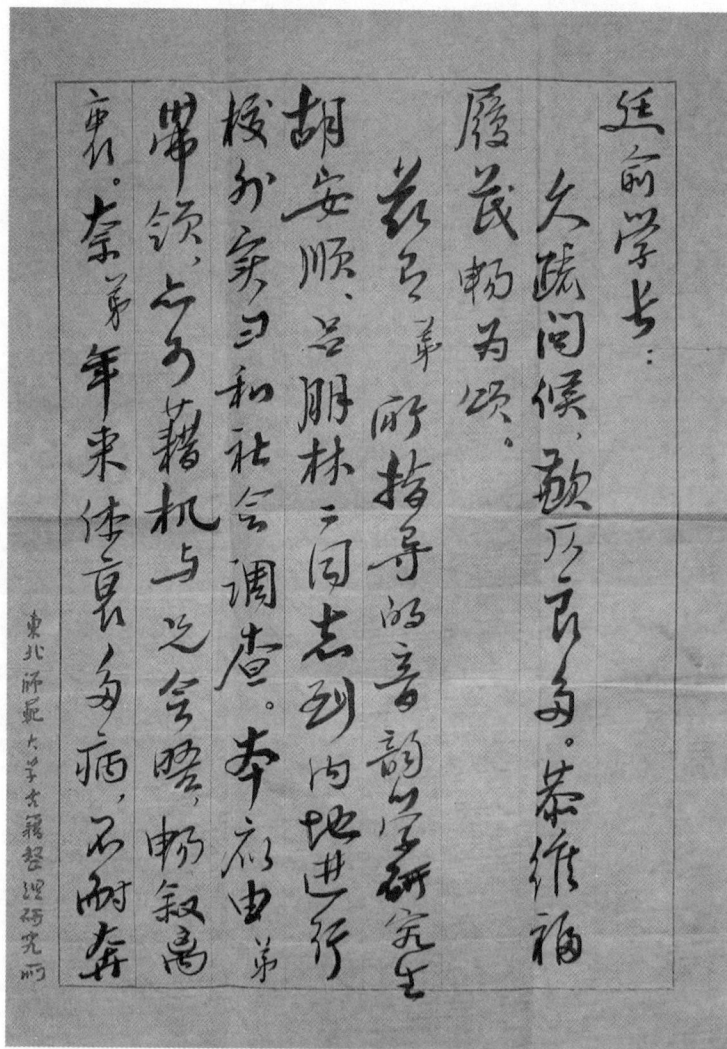

久疏问候，歉//良多。恭维福履茂畅为颂。兹有//所指导的音韵学研究室胡安顺、吕朋林二同志到内地进行授//亲习和社会调查。本应由弟带领，以//籍机与之会晤，畅叙离束。奈弟年来体衰//病，不耐劳

东北师范大学古籍//理研究所

波。兹由闾玉山同志率队前往晋谒。务祈拨冗指引。想不致训诲胜于弟三年讲授多矣。

专此，顺颂

教安！

弟　李葆瑞

一九八三年九月吾

东北师范大学古籍整理研究所

胡安顺同志以此册来，倩余题字。因录旧作诗若干首，即希指正。

李葆瑞

一九八三年九月十三日

虎丘

古阖门外涌奇峰，　　断壁悬崖看不穷。
季札名氏何必让，　　园庐图霸自需争。
沉潭久饮青萍恨，　　守墓深还白虎情。
话到沧桑今胜昔，　　石栏此洞点头听。

一九七四年十二月作于苏州

六和塔

傍水依山气势雄，　　攀登直上最高层。
江天漭漭群帆小，　　云气茫茫一线通。
岂有子胥吹浪起，　　何劳吴越射潮平。
英雄还属今朝胜，　　匆匆桥决血染红。

孤山

白堤尽处是孤山，乘兴攀登未觉难。
放眼西湖波万顷，追怀往事话当年。
残梅有意留疏影，野鹤无踪讶夕烟。
倘使林翁今尚在，也应不再厌人喧。
　　　"倾"字是"顷"之误。

岳坟

古木森森绕殿堂，楼台岑下里湖旁。
当年冢塚寻无迹，此日残梅尚有香。
报国应全慈母恨，撼山徒调吾家将。
千秋功过凭青史，留与来人细考量。

又

岳坟翁仲两无俦，古木藏鸦未休。
万里河山存正气，流传何用土馒头。
　　　"鸦"后脱"啼"字。

林逋墓遗址

放鹤亭边石柱间，孤坟旧迹尚依然。
暗香疏影今犹昔，莫负芳时恨逝川。

秋瑾墓遗址和风雨亭

西泠桥畔立斜阳，璞草犹在又骨香。

泉下英灵堪告慰，"秋风秋雨"化春光。

虎跑书藏经塔遗址

碎塔残碑委草丛，依稀识得济公名。

西园独有藏僧像，笑脸迎人宛似生。

苏　堤

十里清波卧彩虹，绯桃碧柳斗东风。

望山桥下船来往，坐听菱歌笑语声。

飞　来　峰

雕镂营建待人材，佳木犹须众手栽。

寄语世人齐努力，奇峰何日又飞来。

紫　云　洞

探寻古洞早闻名，堂宇恢弘拟殿庭。

漫道"浮生真若梦"，满怀壮志兆前程。

洞中刻有"浮生若梦"四字。

杭　州

不计崇年高运行，武林佳胜久关情。

平湖波漾疑天上，曲径寻幽仍画中。

为探奇观登岛屿，搜求遗迹辨碑铭。

湖山为我增豪气，壮志精神献此生。

以上五诗一九七五年三月作于杭州

海龙水库

小楼傍水复依山，不尽波光远接天。
云敛四围诸嶂秀，风平一镜数峰悬。
湖心舟过惊鱼跃，坝上人归趁鸟喧。
万顷良田铺碧毯，稻花香里兆丰年。

　　　　　　一九七八年七月作于海龙县。

和马伯煌

鸡鸣风雨心相知，三十年来忆往时。
正值江南春似锦，重逢沪上夜吟诗。
羡君意气雄犹昔，笑我清沉悔未迟。
珍惜夕阳无限好，加鞭老骥共飞驰。

附马伯煌原诗

平生患难几相知，重见重逢忆旧时。
京国才华空语虎，汉园风趣喜谐诗。
波谲云诡扁舟稳，蝶舞蜂狂老菊迟。
盛世河山开四化，挥鞭顾盼志犹驰。

题小照

坐拥书城老一派，平生不喜亦无荣。
纵横宇宙神犹健，俯仰乾坤道不穷。
驱入禾苗沾雨雾，心陶桃李笑春风。

长河载旦添新姿，以楫夺流永向东。

以上二句诗一九七九年三月作于上海

病中作

无端扰动来方寸，遍使芸生尽曰闲。

总恤寒姿纾亿土，亢期足火更馀原。

华山晓曰含佳气，渤海长风卷巨澜。

待得神州花似锦，莺歌燕语伴春眠。

一九八〇年五月作于东北师大校医院

附录五　西北大学文学院刘炜评教授戏作

调胡安顺教授三首
——顷见先生照片数帧

刘炜评

其　一

照面藜羹和泪吞，星眸茅屋瞩霄云。

炎寒恶楮书生趣，气格未输王右军。

注：幼年失怙，贫寒度日，然志意不屈，品学兼优，能文善书。

其　二

跣足昂头出水村，风沙万里壮赢身。

白头遥谢天山雪，澡瀹学林王洛宾。

注：年十五投胞兄转学到新疆兵团，客居新疆近二十载。

其　三

优游学海遣晨昏，开阖文华众妙门。

像读先生谁与似？望之俨正即之温。

注：为著名古代汉语专家、陕西省语言学学会会长、陕西省诗词学会副会长。治学创作兼重，凡古文、辞赋、四六、诗词、联语，靡不驾驭自如。

2019 年 5 月 16 日